Richard Gordon
Finger weg, Herr Doktor!

Richard Gordon

Finger weg, Herr Doktor!

MOEWIG

VPM Verlagsunion Pabel Moewig KG, Rastatt
Genehmigte Sonderausgabe

Originaltitel: Doctor on the Boil © Gordon Osterle 1970
Umschlaggestaltung: Werbeagentur Zeuner, Ettlingen
Umschlagfoto: Image Bank
Druck und Bindung: Ebner Ulm
ISBN: 3-8118-4689-2
Printed in Germany 1997

1

An einem schönen Maimorgen schlenderten zwei junge Männer in kurzen weißen Kitteln durch die Halle von St. Swithin's Hospital. Generationen von angesehenen Ärzten und von Patienten, denen diese das Ansehen verdankten, hatten hier den Fußboden abgetreten.

»Warum fängst du immer im Frühling damit an, Terry?« fragte Ken Kerrberry, der größere und gesetztere von den beiden. »Genausowenig originell wie im Januar Grippe zu bekommen.«

»Aber, Ken, ich versichere dir, diesmal ist es ernst.« Terry Summerbee war ein dunkler, drahtiger Typ, der gern lächelte.

»Also rekapitulieren wir: Im vorletzten Frühjahr warst du ernsthaft in diese üppige Physiotherapeutin verliebt, die deinen gezerrten Quadriceps behandelte.«

»Welcher Mann wäre nicht versessen auf ein Mädel, das ihm die Schenkel im Rhythmus von Straußwalzern massiert?«

»Letztes Frühjahr war es der kleine Rotkopf aus dem Speisesaal. Die ließ dir wenigstens doppelte Portionen Pommes frites zukommen. Also schieß los! Wie sieht das derzeitige Modell aus?«

»Ich möchte nicht, daß es die Runde macht, sonst bekomme ich am Ende zu viele Konkurrenten.«

»Ich schwöre zu schweigen, beim Schließmuskel des Hippokrates.«

»Wie steht's mit dir selbst?« fragte Terry argwöhnisch.

»Aber du weißt doch, daß mich dieses Mädchen vom Fernsehen schon ganz schlaff macht.«

»Also gut, die Meine heißt Stella Gray. Das ist die neue Blonde unten im Röntgenlabor. Hast du sie vielleicht schon bemerkt?«

»Bemerkt ist gut! Genausogut könntest du mich fragen, ob mir aufgefallen ist, daß Kleopatra auferstanden ist, um Aufnahmen von unseren Innereien zu machen. Aber mein lieber Terry« – er legte seine Hand väterlich auf die Schulter des Kollegen –, »ich flehe dich an, vergiß sie!«

»Aha! Versuchst schon sie mir auszuspannen? Dann bist also du hinter ihr her?«

»Nein, nein! Aber die ist nichts für dich.«

»Danke! Eine nette, freundschaftliche Bemerkung!«

»Ich meine es ernst. Also zunächst einmal: Ihr Vater ist Millionär ...«

»Das weiß bereits das ganze Spital. Er macht in polymerisierten Kunstharzen. Keine Ahnung, wozu dieses Zeug gut ist.«

»Sie gehört zum Jet-set, während wir noch kein Flugzeug von innen gesehen haben. Sie ist herumgekommen: St. Tropez, Nassau, Nepal. Du brauchst nur so einen Namen zu nennen, gleich fängt sie an zu schwärmen. Medizinstudenten schaut sie nicht an, sogar Ärzte vom Haus dürften sich bei ihr kalte Füße holen.«

»Ich weiß zufällig, daß sie nach mir schmachtet. Und aus ihrem Geld mache ich mir überhaupt nichts.«

»Also ich kann ja nicht verstehen, was sie in dieser Bruchbude hier will.«

»Sie fühlt sich eben berufen und ist scharf aufs Fotografieren.«

»Folge meinem Rat und laß sie ruhig weiter in ihrem Bariumbrei panschen.«

»Ich habe vor, sie auszuführen«, sagte Terry bestimmt.

Ken lachte. »Das wird dich wieder zur Vernunft bringen. Es wird nicht viel helfen, wenn du sie mit einer Tüte Chips und einem Spaziergang um den Turm des Postamtes abspeist. Und dann, mein Lieber, vergiß nicht, am Montag trittst du beim Dean in der Internen an. Wenn du durchfällst, verlierst du gleich sechs Monate, da kennt der gar nichts. Diesmal würden wir ihn nicht herumkriegen können. Du weißt, wie unverdaulich der Alte in den letzten Wochen war.«

»Entspannung ist die beste Vorbereitung aufs Kinderkriegen und für Prüfungen«. Terry grinste selbstzufrieden.

Sie waren beim Haupteingang angekommen, durch den man auf eine breite steinerne Treppe und in den Hof gelangte, wo sich ein halbes Dutzend schmutziger Platanen abmühte, Knospen hervorzubringen. Der Hof war von der Straße durch ein starkes Eisengitter getrennt, dessen zwei Tore von Ziegelpfeilern flankiert wurden. Die beiden beobachteten mit lässiger Neugier einen Rolls-Royce, der eben durch das offene Tor brauste und zu Füßen der steinernen Treppe zum Halten kam. Ihre Neugier verwandelte sich in Überraschung, als der Fahrer an einer Stelle ausstieg, wo selbst für den Dean strengstes Parkverbot herrschte. Alarmstimmung bemächtigte sich ihrer, sobald sie die Gestalt näher ins Auge faßten. Die beiden jungen Männer rissen Mund und Augen auf, als ein großer, stämmiger Mensch mit wildem Bart, auffallend in einen Tweedanzug mit Knickerbocker und Jägerhut gekleidet, entschlossenen Schrittes die Stufen heraufgestapft kam.

»Das kann nicht wahr sein!« Terry rang nach Luft. »Ich glaubte nie, daß er wirklich existiert.«

»Das ist ja wie eine Begegnung mit dem Vogel Greif oder sonst einem Fabelwesen!«, rief Ken.

»Wenn du mich fragst, eher mit dem widerwärtigen Schneemenschen –«

»Sie! Sie zwei! Sie sind doch sicher Medizinstudenten, oder?«

»J – ja, Sir.«

»Dacht' ich's doch.«

Sir Lancelot Spratt, der berühmte Chirurg, strich sich den Bart und durchbohrte sie mit dem starren Blick, der bis zu seinem Eintritt in den Ruhestand Generationen von Chirurgen des St. Swithin hatte erbleichen lassen.

»Sind Sie vertraut mit den Schriften des englischen Philosophen des 17. Jahrhunderts Thomas Hobbes?«

»Nicht gerade intim vertraut, Sir«, sagte Ken, der Mutigere von den beiden.

»Er beschrieb das Leben des prähistorischen Menschen als armselig, trostlos, viehisch und kurz. Ich habe das immer für eine passende Beschreibung des modernen Medizinstudenten gehalten. Halten Sie sich gerade, Bursche!« röhrte er. »Nehmen Sie die Hände aus den Taschen. Das beleidigt nicht nur das Auge, sondern wird Ihnen außerdem in mittleren Jahren eine Arthritis der Halswirbel eintragen. Wie weit sind Sie denn in Ihrer sogenannten Ausbildung?«

»Wir machen eben unser zweites Spitalspraktikum«, erwiderten beide hastig.

»Zum Studieren bleibt ja heute keine Zeit mehr. Ihr müßt demonstrieren und haut dabei unseligen Polizisten mit Transparenten eins über den Kopf. Ich verabscheue Gewalt«, belehrte er sie mit Nachdruck. »Daß in euren Köpfen eine Reihe hoher und hehrer Grundsätze herumschwirrt, ist mir bekannt. Aber wenn ihr einmal etwas gegen die Welt, in die ihr hineingeboren seid, einzuwenden habt, so schreibt doch Leserbriefe! Die Feder ist mächtiger als das Schwert! Darauf fußt die Zivilisation. Aber das werdet ihr wohl nie begreifen.«

»Ich bin Pazifist, Sir«, sagte Terry.

»Die werden meist in blutigere Kämpfe verwickelt als alle anderen. Aber ich kann nicht meine ganze Zeit mit euch vergeuden.« Sir Lancelot betrat das Gebäude. »Portier! Wo steckt dieser verdammte Portier? Wahrscheinlich döst er wie gewöhnlich in einer Ecke.«

In der runden Glasscheibe der Portiersloge tauchte Harrys Kopf auf. Er machte ein

Gesicht, als sähe er St. Petrus, der ungeduldig mit den Himmelsschlüsseln rasselte. Aber da er ein wendiger Mensch war, der sich dank seiner raschen Auffassungsgabe zwanzig Jahre lang auf seinem Posten gehalten hatte, gelang es ihm auch jetzt, sein zerfurchtes Gesicht zu einem Lächeln zu verziehen, als er sagte: »Sie sind's, Sir Lancelot! Was für eine Überraschung! Ich freue mich wirklich, Sie wiederzusehen, Sir.«

»Sie freuen sich ganz und gar nicht, mich zu sehen«, berichtigte ihn der Chirurg. »Sie haben nämlich verabsäumt, mir die Gewinne meiner allerletzten Wette zu überweisen, die Sie auf meine Bitte für mich in Kempton Park placierten, an dem Nachmittag, an dem ich in den Ruhestand trat.«

»Wirklich, Sir?« Er schien entsetzt. »Das muß mir ganz entfallen sein, weil ich so außer mir war über Ihren Abschied –«

»Reden Sie keinen Quatsch, Mann. Ist der Dean da?«

»Laut Diensttafel ja, Sir.«

»Gut. Dann kommen Sie mit. Los! Ich laufe hier nie ohne Gefolge herum. Und was sollen diese Laufbetten da, die im Gang herumstehen? Räumen Sie die sofort weg. Die Patienten kommen nicht gerne herein und werden auch nicht gerne daran erinnert, daß sie vielleicht hinaus gefahren werden.« Sein Blick fiel auf eine Anschlagtafel. »Seien Sie so freundlich und entfernen Sie dieses Plakat des Ministeriums mit dem Aufruf ›Wir wollen Ihr Blut‹. Nervöse Patienten könnten das leicht in die falsche Kehle bekommen. Du meine Güte, Schwester, was hat denn die Wäscherei mit Ihrer Uniform gemacht?«

Eine junge blonde Schwester stand wie versteinert da und schaute ihn mit dem gleichen Entsetzen an wie vorher die beiden Studenten.

»Ich kann deutlich Ihre *patellae* sehen«, sagte er zu ihr.

»Ach ja!« Sie blickte an ihrem Rock hinunter. »Die neue Oberschwester, Sir, hat uns erlaubt, unsere Uniformen zu kürzen. Damit wir etwas modischer aussehen, Sir.«

»Ich hätte eher gedacht, daß hier das Diktat der Harley Street gilt und nicht das der Carnaby Street«, entgegnete ihr Sir Lancelot von oben herab. Er starrte auf den Schürzenlatz ihrer Schwesterntracht. »Steht da auf dem Schildchen Ihre Diagnose?«

Sie griff nach dem metallenen Schildchen. »Hier steht mein Name, Sir. Ich bin Schwester Smallbones. Wir alle tragen das jetzt.«

»Du meine Güte«, murmelte Sir Lancelot abermals. »Meine Zustimmung hätten Sie zu so etwas nie bekommen. Ich zog es immer vor, meine Aufgaben hier in völliger Anonymität zu erfüllen. Bitte machen Sie Ihr Kleid länger, Schwester. Es ist reichlich indezent. Harry, wo sind Sie? Ich gehe jetzt zum Dean.«

Sir Lancelot rieb sich die Hände wie vor einem guten Essen oder einer interessanten Operationsliste, dann wälzte er sich durch den belebten Hauptkorridor wie ein Panzer durch ein Kornfeld.

Das Büro des Dekans lag im Erdgeschoß der Internen Abteilung in einem Seitentrakt des Spitalsgebäudes. Sir Lancelot hatte erst den halben Weg zurückgelegt, als er plötzlich mit einem Schrei innehielt: »Sie?«

»Guten Morgen, Sir Lancelot«, sagte ein junger Mann in langem weißem Mantel mit freundlichem Gesicht, gelocktem Haar und nettem Schnurrbärtchen, ein Stethoskop um den Hals. »Ich dachte, Sie lassen sich's noch bei den Geishas gutgehen? Wie war der Tadsch Mahal bei Mondschein?«

»Ich habe den Tadsch Mahal nicht gesehen, weil ich indisponiert war. Was zum Teufel tun Sie hier, Grimsdyke? Ich dachte, die Klinik wäre Sie schon längst losgeworden.«

»Ich vertrete einen jungen Sekundararzt, der auf Flitterwochen ist.«

»Hm. Wie ich Sie kenne, ist es ein Wunder, daß Sie sich nicht angeboten haben, ihn auf der Hochzeitsreise zu vertreten.«

»Ich glaube, das hätte ich nicht sehr genossen, Sir. Der Sekundararzt ist eine ›Sie‹.«

»Ach so... Und weiter als bis zum Vertreter eines Sekundararztes haben Sie es bisher nicht gebracht, in Ihrem Alter?«

»Ich bitte Sie, Sir.« Grimsdyke zwirbelte gequält seinen Schnurrbart. »So alt bin ich gar nicht. Heutzutage sind die sieben Alter eines Mannes etwas ineinandergeschoben. Es gibt nur noch Jugend und schlotternde Senilität.«

Sir Lancelot starrte ihn böse an. »Und in welche Kategorie gehöre ich denn, bitte? Ich bin ehrlich enttäuscht, daß Sie die ärztliche Erfolgsleiter nicht höher hinaufgeklettert sind. Auch wenn die mittleren Ränge zugegebenermaßen so überfüllt sind wie die Oxford Street bei Ausverkauf, und dieselbe Ellbogentechnik angewendet wird. Nicht genug, daß Sie unser ältester Student waren, wollen Sie jetzt unser ältester Sekundararzt werden. Wenn es Ihr Ehrgeiz ist, der Peter Pan der Ärzteschaft zu sein – bitte!«

»Ich habe andere Interessen, Sir«, verteidigte sich Grimsdyke.

»Medizinische Mondscheinpartien, was? Davon gibt es genug: Ärzte, die sich abrackern und jedes Wochenende hart arbeiten, damit vom Glück begünstigte Kollegen in mittleren Jahren Golf spielen können. Was kann man denn anderes erwarten, bei der jämmerlichen Bezahlung im Spital?«

»Ich nahm diesen Job eigentlich als Fortbildungskurs an. Man ist überhaupt nicht mehr auf dem laufenden. Ich weiß jetzt, wieso ich beharrlich mein Ziel verfehlt habe: Ich habe so lange studiert, daß jede Behandlungsmethode, die man mir anfangs beigebracht hatte, sich im weiteren Verlauf als überholt und in der Folge als höchst gefährlich herausstellte.«

»Bleiben Sie mir damit vom Leib!«

»Doch, doch, Sir, Sie sind in Pension –«

»Das werden wir noch sehen«, antwortete Sir Lancelot kurz. »Jetzt darf ich aber den Dean nicht länger warten lassen. Ich wollte schon vor einer Stunde bei ihm sein.«

2

Dr. Lionel Lychfield, Mitglied des Königlichen Kollegiums der Internisten und Dekan der medizinischen Fakultät von St. Swithin, war ein kleiner Mann und sah mit seinem spitzen Glatzkopf, großen spitzen Ohren und starken Brauen wie ein reizbarer Gartenzwerg aus. Selbst an guten Tagen war er nervös und launenhaft und neigte zu Schlamperei und Vergeßlichkeit; wäre er statt Internist Chirurg geworden, hätte er bestimmt bei Operationen so manches Instrument im Inneren seiner Patienten liegengelassen. Da er seit einer Woche wußte, daß Sir Lancelot nicht nur wieder in England war, sondern auch die Absicht hatte, in St. Swithin aufzutauchen, war er unberechenbarer und reizbarer denn je. An diesem Morgen hatte er es kaum über sich gebracht, sein Haus zu verlassen. Aber der Brief, den er auf seinem Schreibtisch im Spital vorfand, löschte jeden Gedanken an Sir Lancelot und alles andere aus.

Er saß auf der Kante seines hochlehnigen Lederstuhls in einem Büroraum, an dessen Wänden Mahagoniregale voll ledergebundener Bücher standen, darüber die Büsten Platos und Lord Listers sowie eine schön gerahmte Reproduktion von Luke Fildes' Gemälde »Der Arzt«. Der Brief, der ihn so bewegte, lag vor ihm auf der Schreibunterlage. Der Dekan beugte sich vor, faltete die Hände unter dem Kinn und starrte gebannt auf die Handschrift und den zerrissenen Umschlag, der den Vermerk »Streng vertraulich« trug. Mit wachsendem Entzücken las er ihn immer wieder.

Der Brief kam von einem der exklusivsten Londoner Klubs, dem in St. Martin's Lane gelegenen Garlick Club. Sein Inhalt war schlicht:

Lieber Lionel!
Halt die Nase in den Wind!

Dein Willie

»Es ist also soweit!« Die Augen des Dekans glänzten hinter den dicken Brillengläsern. »Das zeigt wieder einmal, wie nützlich es ist, die richtigen Freundschaften am richtigen Ort zu pflegen. Für den Erfolg zählt nicht, was man *kann*, sondern wen man *kennt*. Eigentlich alarmierend, daß das auch schon für die Medizin gilt.«

Er las die wenigen Worte wieder und wieder, als hätte er ihre Bedeutung noch nicht voll erfaßt. Dann zog er ein Blatt Papier aus dem Fach und malte darauf: »Sir Lionel Lychfield«. Voll Bewunderung blickte er auf die Worte nieder.

»Guten Morgen, Sir Lionel«, sprach er zu sich. »Wie geht es Ihnen, Sir Lionel? Ihr Wagen ist vorgefahren, Sir Lionel. Spricht dort Sir Lionel Lychfield? Und nun, Studenten, ein dreifaches Hoch auf Sir Lionel!«

Darunter schrieb er: »Lord Lychfield«. Da er die Wendung elegant fand, fügte er hinzu: »Graf von Lychfield«. Mit einem Lächeln fuhr er fort: »Seine Gnaden, der Herzog von Lychfield.«

»Gar nicht auszudenken, wo die Ehren aufhören, wenn man erst einmal den Start hinter sich hat«, murmelte er, während er »Seine Majestät, König Lionel I.« kritzelte.

Die Tür ging auf: »Ah, Dean. Schön, Sie zu sehen.« Der Dean sprang auf, zerknüllte Papier und Brief und ließ die Kugel in seine Rocktasche gleiten.

»Mein ... mein lieber Lancelot! Ich hatte ganz vergessen ...«

»So? Haben Sie denn mein Telegramm aus New Delhi nicht erhalten?«

»O ja, doch! Meine Gedanken waren nur im Moment woanders. Ich habe nämlich heute früh zu meiner größten Freude erfahren, daß ich in Kürze ...«

Voll Entsetzen über seine Geschwätzigkeit unterbrach er sich. Er war mit dem Protokoll bei Hofe nicht vertraut, glaubte aber, wenn die Freudenbotschaft vorzeitig durchsickerte, würde Ihre Majestät so empört sein, daß die Ehrung automatisch entfiele. In seiner Glückseligkeit wäre ihm fast das Wort »Adel« entschlüpft.

»Ich werde in Kürze ... in Kürze«, sagte er betreten.

»Du meine Güte, Sie werden doch in Ihrem Alter nicht wieder für Familiennachwuchs gesorgt haben?«

Der Dean schüttelte den Kopf: »Ich werde in Kürze gratis Einführungsunterricht im Tanzen nehmen.«

»Das scheint mir aber kaum ein Grund zum Jubeln zu sein!«

»Wie war's im Fernen Osten?« fuhr der Dean hastig fort.

»Scheußlich!«

»Oh. Sahen Sie den Tadsch Mahal bei Mondschein?«

»Ich habe den Tadsch Mahal überhaupt nicht gesehen!« Die beiden nahmen Platz. Mit übereinandergeschlagenen Knickerbockerbeinen meinte Sir Lancelot: »Ich sehe, Sie haben noch immer diesen gräßlichen, sentimentalen Kitsch von Fildes an der Wand. Wissen Sie, wie unser verstorbener Berufskollege und Bühnenautor James Bridie dieses Bild beschrieb? ›Ein Mann mittleren Alters, der sich den Bart streicht und fragt, was dem kranken Kind, das er da kurieren soll, wohl fehlen mag‹.«

»Mir gefällt es aber!«

»Ich muß schon sagen, Dean, ich habe mir meinen Empfang großartiger vorgestellt. Schließlich war ich doch längere Zeit weg von hier, nicht?«

»Mehrere Mitglieder unseres Spezialistenteams sind unerwartet auf Urlaub gegangen.«

»Aber sie wußten doch ganz genau, daß ich komme!« Der Dean schwieg. »Deswegen sind sie wahrscheinlich weggefahren. Na ja, ich kann nur hoffen, daß sie gutes Urlaubswetter haben. Ist Professor Bingham hier?«

Der Dean lächelte: »Ich glaube nicht, daß unser neuer Chirurg je Urlaub macht. Jung und auf Draht, wissen Sie! Ein Ausbund an Fleiß und Energie. Ein hervorragender Mann für diesen Posten.«

Ich wette, daß dieser dynamische Typ schüsselweise unnötig Blut vergießt, dachte Sir Lancelot, aber er sagte nichts. Er war so fair, hinter dem Rücken von Kollegen keine abfälligen Bemerkungen zu machen. Ins Gesicht war er so beleidigend wie nur möglich. »Den Gazetten entnehme ich, daß Sie und der junge

Bingham ins Transplantationsgeschäft eingestiegen sind.«

»Ich bin der Internist, und er ist als Chirurg natürlich der Chef des Teams«, sagte der Dean vorsichtig. »Ein ausgezeichnetes Team übrigens. Wir hatten sehr gute Erfolge.«

»Ja, ja, auf dem letzten Foto in der Zeitung sahen Sie aus, als ob Sie das Cupfinale gewonnen hätten.«

Der Dean sah beleidigt auf: »Es ist die Chirurgie der Zukunft.«

»Aus meiner altmodischen Sicht sollten wir lieber alles daransetzen, die Chirurgie der Vergangenheit zu perfektionieren, mein lieber Dean! Was habe ich in der Chirurgie nicht kommen und gehen sehen, Modetorheiten wie bei Weiberröcken und Weiberhüten. Anfangs pumpten wir in unsere Patienten so viel flüssiges Paraffin, daß es aus allen Poren heraustrat. Dann machten wir uns daran, jedes Organ zu entfernen beziehungsweise zu ersetzen, sofern es mit der Lebensfähigkeit des Patienten vereinbar war, und das bei jeder Art von Beschwerden, von der Verstopfung bis zum Mutterkomplex. Danach erfanden wir die Wanderniere und machten im Bauch alles fest wie Deckfracht bei Sturm. Erinnern Sie sich an den septischen Herd, Dean? Ehrlich gesagt, ich habe nie einen gesehen, aber wahrscheinlich Hunderte der lästigen kleinen Dinger entfernt. Gegen Ende des Krieges glaubten wir, daß der septische Herd für alles mit Ausnahme der Schwangerschaft verantwortlich sei. Dann geriet er gänzlich in Vergessenheit, wahrscheinlich wegen des fürchterlichen Durcheinanders, das Nye Bevan mit seinem Staatlichen Gesundheitsdienst anrichtete ...«

»Wo sind Sie in London abgestiegen?« unterbrach der Dean plötzlich Sir Lancelots markige und fesselnde Erinnerungen.

»Ich habe ein Zimmer im ›Crécy‹ bestellt. Ich fahre nachher hin.« Sir Lancelot zog ein rotweiß getupftes Taschentuch heraus und prustete hinein.

»Ich würde Ihnen ja so gerne unsere Gastfreundschaft anbieten. Josephine und ich, wir wären hocherfreut, wenn Sie bei uns wohnten. Wirklich hocherfreut! Aber leider sind wir zum Bersten voll. Außer Miss MacNish haben wir derzeit noch ein schwedisches Au-pair-Mädchen, und das einzige überzählige Schlafzimmer benützen die zwei Kinder als Studierraum.«

Sir Lancelot brummte: »Wie geht's denn eigentlich Ihren Kindern?«

Die Gesichtszüge des Deans, die bisher den angespannten Ausdruck eines Patienten hatten, der darauf wartet, daß der Zahnarzt mit dem Bohrer auf den Nerv trifft, verzogen sich zu einem stolzen Lächeln. »Muriel gewann in Anatomie die Goldmedaille, und George bestand das zweite medizinische Bakkalaureat nach ein- oder zweimaligem Anlauf, wie ich gestehen muß; er ist bei Prüfungen nie ganz auf der Höhe, ein ziemlich nervöser Bursche. Jedenfalls arbeiten beide bereits hier im Spital.«

Der Dean fingerte in seiner Rocktasche und stieß dabei auf ein zerknülltes Blatt Papier. Verwundert zog er es heraus und strich es auf der Unterlage glatt. Er las die paar Zeilen auf dem Zettel, faltete ihn hastig zusammen und steckte ihn wieder ein.

»Welchem Umstand verdanken wir Ihren – äh, kurzen Besuch?« fragte er Sir Lancelot, der ihn mit hochgezogenen Augenbrauen ansah.

Der Chirurg nahm eine Prise Schnupftabak. »Ich bin aus zwei Gründen hier. Erstens habe ich Husten ...«

»Oh, das tut mir aber leid.«

»Nicht andauernd. Am Morgen ist er ärger. Kein blutiger Auswurf oder sonstwas Bedrohliches. Er erwischte mich gegen Ende meiner Asienreise und hielt mich auch davon ab, den Tadsch Mahal zu besichtigen. Es schien mir besser, den Ausflug nicht zu gefährden, und im übrigen gibt es ja auch Ansichtskarten. Ich glaube nicht, daß ich etwas Ernstes habe, aber ein zäher Husten gehört untersucht.«

»Da haben Sie recht.«

»Deshalb bin ich zu Ihnen gekommen. Sie sind Internist! Ich bin Chirurg und verstehe daher nichts vom Brustkasten. Mir dient er bei Operationen bloß als brauchbarer Abstellplatz für die Instrumente.«

»Mein lieber Lancelot, natürlich werde ich für Sie tun, was ich kann.« Der Dean zeigte die Sympathie aller Mediziner für Kollegen, die peinlicherweise selbst erkrankten. »Kommen Sie doch nach dem Mittagessen zu mir hinauf. Ich werde Sie untersuchen und, falls notwendig, röntgen lassen. Es gibt sogar momentan ein freies Zimmer, das für die Prüfung am Montag hergerichtet wird.« Er rieb sich die Hände. »Diesmal werde ich unseren Quälgeistern richtig zusetzen. Viel zuviel Schlendrian hier in letzter Zeit, die haben nichts als Mädchen, Poker und elektrische Gitarren im Kopf.«

»Da haben Sie ganz recht«, sagte Sir Lancelot freundschaftlich. »Der zweite Grund meines Kommens ist eine andere Beschwerde, an der die ganze Welt leidet: Langeweile.«

Der Dean seufzte und trommelte mit den Fingern leicht auf den Schreibtisch. »Welch ein

Segen, daß unser verantwortungsvoller Beruf eine nie endende Flut interessanter Arbeit mit sich bringt.«

»Sehr richtig«, pflichtete ihm Sir Lancelot bei. »Wie Sie wissen, ging ich vorzeitig in den Ruhestand – auf der Höhe meiner Schaffenskraft. Aber ich glaubte, mein Teil für die Menschheit und das Finanzamt getan zu haben. Ich wollte mein Landhaus in Wales genießen. Vielleicht war das zu selbstsüchtig von mir.«

»Wir alle hielten es für eine ausgezeichnete Idee«, versicherte ihm der Dean mit Wärme.

»Da starb meine arme Frau. Jetzt bin ich einsam. Fischen kann man nur in der Saison. Man kann nicht ununterbrochen als Tourist um die Erde kreisen. Da ich Engländer bin, interessiere ich mich nicht sonderlich für Lokalpolitik, die mir sowieso unverständlich ist. Ich brauche einen Lebenszweck.«

Der Dean nickte: »Man sagt, daß Briefmarkensammeln sehr interessant sein kann. Oder das Sammeln von Schmetterlingen und Nachtfaltern. Vielleicht versuchen Sie's mit Vogel- oder Höhlenkunde?«

»Mein lieber Dean«, Sir Lancelot erhob sich, die Hände auf dem Rücken, und schickte sich an, langsam den Raum zu durchmessen. »Sie kennen doch den Stiftungsbrief unseres ehrwürdigen Spitals?«

»Verliehen von Ihrer Majestät, Königin Elisabeth I.«, rezitierte der Dean genüßlich. »Ich habe oft das Originalpergament studiert. Wirklich ehrfurchtgebietend, wie unser Leben auch heute noch von diesen Satzungen regiert wird.«

»*Wirklich* ehrfurchtgebietend.« Sir Lancelot hielt inne, um zu husten. »Dann werden Sie sich erinnern, daß Internisten und Chirurgen des Spitals, selbst wenn sie sich von der aktiven Arbeit zurückgezogen haben, jederzeit das Recht zusteht, zurückzukehren und nach eigenem Gutdünken die Behandlung von Patienten zu übernehmen. Der Zweck ist klar: Unsere Gründer fanden es wünschenswert, die lange Erfahrung eines Chirurgen im Ruhestand nicht brachliegen zu lassen.«

»Lancelot!« rief der Dean.

»Damals freilich gingen die Leute in den Ruhestand, um der Königin zu dienen oder die amerikanischen Kolonien zu erforschen.«

»Von diesem Recht ist in der ganzen Geschichte von St. Swithin noch niemals Gebrauch gemacht worden!« rief der Dean, wobei ihm das Blut zu Kopf schoß.

Sir Lancelot fixierte ihn. »Dann wird das eben jetzt der Fall sein, Alter.«

»Aber, aber ... das ist doch unerhört, einfach unerhört! Was, glauben Sie, würden die Patienten dazu sagen? Angenommen, Sie gehen auf Professor Binghams Station und teilen einfach einem der Patienten mit, daß Sie seine Gallenblase entfernen wollen –«

»Da meine Honorare die höchsten von London waren, würde er höhere Vergütungen von der Krankenkasse bekommen.«

Der Dean schlug auf den Tisch: »Ich werde dafür sorgen, daß die Satzungen geändert werden.«

»Dazu ist ein Parlamentsbeschluß erforderlich. Verlangen Sie es vom Premierminister, wenn Sie wollen, aber er wird möglicherweise wichtigere Dinge im Kopf haben.«

»Lancelot, das ist wirklich unvernünftig von Ihnen«, fuhr der Dean ärgerlich fort. »Das Ministerium wird kopfstehen. Und gerade jetzt, da ich die Nase ...« Er stockte.

»Ja?« fragte Sir Lancelot.

»Ach, ich leide in letzter Zeit unter Heuschnupfen ... Nein, nein, das kommt überhaupt nicht in Frage.«

»Wir werden ja sehen. Inzwischen werde ich einen Streifzug im vertrauten Revier unternehmen. Wir sehen uns also nach dem Essen. Und sorgen Sie bitte dafür, daß ein Gefäß von entsprechender Größe für die Harnprobe bereitsteht. Ihr Internisten verwendet manchmal Behälter, die den Eindruck erwecken, als könnte ein Kamel durch ein Nadelöhr pinkeln.«

3

»Du meine Güte«, murmelte Sir Lancelot Spratt, »welch Sakrileg!«

Er fühlte einen Klumpen in der Kehle. Eine Träne hatte sich im Augenwinkel gebildet, rann langsam über die runzlige Wange und versickerte im Bart. Er tupfte sie mit dem rot-weißen Taschentuch weg und ordnete mannhaft seine Gesichtszüge.

»Man soll nicht über Stein und Mörtel trauern«, sagte er streng zu sich selbst. »Aber es ist traurig, den Schrein seiner Erinnerungen zu verlieren.«

Der Grund seines Schmerzes war der chirurgische Trakt von St. Swithin. Ein schönes Gebäude war er nie gewesen. Er war zu jener Zeit errichtet worden, als Lord Lister unter dem Titel »aseptische Chirurgie« eine Menge neumodischen Unsinn einführte; als die Architekten glaubten, daß Einrichtungen für arme Kranke ein abstoßend kirchliches Aussehen haben müßten, um die Patienten in die gefügige Stimmung erschrockener Dankbarkeit zu versetzen. Er hatte ausgesehen wie die Kreuzung zwischen einem Warenhaus und einer pompösen Kapelle; jetzt aber stand er, wie so viele viktorianische Absonderlichkeiten Londons, nicht mehr da. Die Säle, die Sir Lancelot einst majestätisch durchschritten hatte, waren – unglaublich, aber wahr – verschwunden. Ebenso der Operationssaal, in dem er so viele blutige Schlachten gewonnen, manche auch verloren hatte. Sogar der armselige, schlecht beleuchtete Vorlesungssaal, wo er die Feinheiten der Chirurgie in die Schädel zahlloser Studenten hineingehämmert hatte, war unbarmherzig zu einem Haufen Schutt zermalmt worden. Jetzt erinnerte nichts mehr daran; nur ein Loch im Erdboden, ein Bulldozer, der Schlammassen aushob, und ein halbes Dutzend Männer mit weißen Helmen, die Tee tranken.

Sir Lancelot wollte sich eben von dem quälenden Anblick abwenden, als sein Blick auf einen Gegenstand fiel, der inmitten der Ziegeltrümmer zu seinen Füßen im Morgensonnenschein lag. Er hob ein rostiges Skalpell auf – die altmodische Type mit fixer Klinge, das chirurgische Gegenstück zum Rasiermesser des Meuchelmörders. Gedankenvoll strich er sich den Bart. »Das muß wohl jenes sein, das ich im Jahr 1939 meiner Operationsschwester bei der Nierenoperation nachgeworfen habe. Hab' mich oft gefragt, was aus ihm geworden sein mag.«

Er steckte die Reliquie in die Brusttasche seiner Tweedjacke, kehrte der Vergangenheit den Rücken und wandte sich leichten Fußes dem neuen chirurgischen Trakt zu, der sich an der Stelle der ehemaligen Küchen und der Leichenhalle erhob. »Sieht aus wie ein Supermarkt«, knurrte er angesichts des Turmes aus Beton und Spiegelglas. »Komisch, daß man in den nächsten hundert Jahren auch das als Dorn im Auge empfinden wird. Obwohl vielleicht ein medizinischer Supermarkt haargenau das richtige wäre«, überlegte er. »Man schiebt seinen kleinen Rollwagen von einem Arzt zum anderen und beschwert sich fürchterlich, wenn der letzte Schrei an Therapie noch nicht im Sortiment ist. Wie anders war das doch, als ich jung war; man mußte den Leuten nicht erzählen, was ihnen fehlte, sondern nur, was für sie gut war. Wagte es einer, irgendwelche Fragen zu stellen, wurde er mit einem Floh im Ohr weggeschickt.« Als er durch die automatische Schiebetür trat, schnupperte er: »Kein Geruch. Gar keiner. Ich mochte den alten Gestank nach gedünstetem Kohl und Desinfektionsmitteln. Das gab dem Ort Atmosphäre.« Er nahm den funkelnden Ärztelift zum obersten Stockwerk, zur chirurgischen Station. Er wollte die

Schwester besuchen, die in der Männerabteilung Dienst gemacht und es irgendwie fertiggebracht hatte, zwanzig Jahre lang seine Überempfindlichkeit ohne hysterischen Anfall zu ertragen. Sie und Harry, der Portier, der für ihn Wetten gesetzt und ihm während derselben zwanzig Jahre reichlich unzuverlässige Turfinformationen verschafft hatte, waren für ihn die einzigen Personen in St. Swithin, die ihn interessierten.

Stirnrunzelnd ging er den kurzen, mit Kunststoff ausgelegten Gang entlang. Die modernen Krankenzimmer versetzten ihm einen Schock: Die kleinen Räume vermochten kaum die chirurgischen Höflinge zu fassen, mit denen er sich so gern umgab. Sie waren mit der allerneuesten elektronischen Ausrüstung versehen, von der er ebensowenig verstand wie von den neuesten Popgesängen.

»Das ist ja Sir Lancelot!«

Schwester Virtue flatterte in ihrer modernisierten Uniform auf ihn zu. Es fiel ihm auf, daß er zum erstenmal im Leben die Mitte ihrer Waden sah.

»Meine liebe Schwester!« Er musterte sie aufmerksam. »Sie tragen Make-up? Im Dienst?«

»Aber ja. Das ist jetzt erlaubt. Von der neuen Oberschwester, Sie wissen ja. Mit Maß, versteht sich.«

Er strich sich den Bart. Erstaunlich, dachte er, eigentlich sieht sie gar nicht mehr wie eine alte Hexe aus. »Hier scheint sich viel zu ändern.«

Sie klatschte in die Hände. »Alles. Der Dean, der Professor, der ganze medizinische Stab wollen uns jetzt up to date sehen. Unsere ganze Ausrüstung ist aus Kunststoff: Spritzen, Leibschüsseln, Masken und Mäntel. Manchmal habe ich direkt Sehnsucht nach diesen süßen alten abgeschlagenen Emailschüsseln und den soliden Porzellanflaschen.«

Sir Lancelot musterte das Schildchen auf ihrer Tracht. »In all den Jahren haben Sie mir nie gesagt, daß Sie Esmeralda heißen.«

»Wirklich nicht?« Sie errötete und blickte zu Boden.

»Schade, Ihr Name gefällt mir.«

»Oh, Sir Lancelot!«

Er lächelte. Zweier Charakterschwächen war er sich immer bewußt gewesen: der Neigung, allzu leichtfertig einen Bauch aufzuschneiden, und einer Vorliebe für das weibliche Geschlecht. Zum Glück, sagte er sich, gelang es ihm oft, beide Fehler unter Kontrolle zu halten.

»Tut mir leid, Sir, daß ich vorhin nicht am Tor war, um Sie zu begrüßen. Hab' dieser Tage so schrecklich viel zu tun.«

Die galante Unterhaltung wurde durch das Erscheinen von Professor Bingham unterbrochen. Er trug einen weißen Mantel und hatte den langen Lochstreifen einer Computeraufzeichnung in der Hand. Sir Lancelot blickte seinen Kollegen keineswegs freundlich an. Zugegeben, er selbst hatte, als der junge Mann noch bei ihm studierte, die Überzeugung gehabt, daß Jimmy Bingham Professor der Chirurgie werden würde. Aber er hatte gehofft, daß Binghams Lehrstuhl in Sydney, Vancouver oder einem anderen recht entlegenen akademischen Zentrum stehen möge.

»Morgen, Bingham! Ein paar Neuerungen im Spital, wie ich sehe.«

»Selbst eine so verehrungswürdige Institution wie St. Swithin muß dem Fortschritt des zwanzigsten Jahrhunderts Rechnung tragen.« Der Professor schob seine Brille über die Nase hinauf, eine Gewohnheit, die Sir Lancelot schon irritiert hatte, als er mit dem Mann zum erstenmal, anläßlich seines Eintritts in die Ärzteschule, gesprochen hatte. »Der Umbau wurde dadurch erleichtert, daß in letzter Zeit so viele Mitglieder des alten Fachärzteteams in den Ruhestand traten.«

»Hm«, machte Sir Lancelot. Zweifellos die gleiche Geisteshaltung, dachte er, deren sich

Macbeth erfreute, nachdem er Duncan und Banquo beseitigt hatte. Nun, wenn's ums Spuken ging, verfügte er über lebenslange Erfahrung, wie man den Leuten eine Gänsehaut über den Rücken jagte. Er sagte nichts vom Stiftungsbrief. Es würde unterhaltender sein, einfach einen oder zwei Patienten zu schnappen und Bingham nachträglich draufkommen zu lassen. »Was ist das komische Ding dort in der Ecke?« fragte er. »Ein elektrisches Lotto?«

Binghams Gesicht nahm einen wissenschaftlichen Ausdruck an, den Sir Lancelot unerträglich fand. »Dieses komische Ding, wie Sie es zu nennen belieben, ist mit dem zentralen Computer verbunden. Vorbei die Zeit, da wir die Patienten mit bloßen Händen untersuchten, die Fakten in unseren Köpfen sammeln und eine Diagnose stellen mußten. Einfach nicht mehr zeitgemäß, wie Gänsekiel und Tintenfaß. Jetzt machen wir die erforderlichen chemischen Untersuchungen, füttern den Computer auf Lochkarten und erhalten binnen Sekunden die Diagnose. Jetzt gibt es keinen Irrtum mehr, dem doch alle menschlichen Wesen unterliegen, sogar Sie, Sir Lancelot, nicht wahr?« Bingham schmunzelte. »In wenigen Jahren wird das gang und gäbe sein.«

»Keine Verwendung mehr für fade alte Ärzte aus Fleisch und Blut, wie, außer um Krankenberichte zu schreiben und den Brechnapf zu halten? Und was haben Sie, wenn ich fragen darf, mit dem schmutzigen großen Loch vor, da, wo früher die Chirurgie war?«

Binghams Augen blitzten vor Stolz: »Das wird eine neue sterile Einheit, die ausschließlich der Transplantationschirurgie gewidmet sein wird.«

»Du meine Güte«, murmelte Sir Lancelot.

»Soll das heißen, daß Sie das Projekt nicht billigen?« fragte Bingham gequält.

»Natürlich nicht. Die ganze Welt ist verrückt auf Transplantationen. Jede Sensationsgier ist verwerflich, in der Chirurgie ist sie unverzeihlich. Nebenbei bemerkt ist das alles für meinen Geschmack noch zu sehr im Versuchsstadium.«

»Sie können den Fortschritt der Wissenschaft nicht aufhalten«, sagte Bingham und schüttelte weise sein Haupt.

»Wenn Sie mich fragen: Verpulvern Sie doch das Geld für etwas Nützlicheres, wie zum Beispiel eine Behandlung für den gewöhnlichen Schnupfen. Woher kommt denn überhaupt der Goldregen? Die Mittel sind doch, weiß Gott, heutzutage recht beschränkt. Unser Land kann sich nicht einmal ein schottisches Regiment und eine anständige Autostraße nach Wales leisten.«

»Der Dean managt das alles. Ich kann mir nicht erlauben, mir auch noch rein finanzielle Fragen aufzuhalsen. Jedenfalls müssen wir nicht nach Whitehall betteln gehen. Der Blaydon Trust unterstützt unseren Fonds, und zwar großzügig, soweit ich informiert bin.«

»So, so, der Blaydon Trust?« Etwas schien Sir Lancelot zu erheitern. »Gut, gut.«

»Lord Blaydon dürfte nicht mehr am Leben sein, aber die Millionen, die er mit Ploughboy-Bier gemacht hat – ich bedaure, es nie gekostet zu haben, da ich schon als Student Abstinenzler war –«

»Abwaschwasser«, bemerkte Sir Lancelot. »Ich nehme an, seine Witwe kontrolliert die Ladenkasse. Ich kannte die Dame einst gesellschaftlich.«

»Wir verhandeln nur mit ihren Rechtsanwälten. Sie scheint eine recht geheimnisvolle Person zu sein. Aber offenbar fühlt sie sich St. Swithin verbunden, wofür wir ihr ehrlich dankbar sein müssen.«

Sir Lancelots Blick fiel auf den Patienten im nächsten Bett. »Was fehlt diesem Burschen?«

Binghams pausbäckiges rosa Kindergesicht nahm einen unsicheren Ausdruck an: »Er wurde letzte Nacht mit Leibschmerzen und Pyrexie eingeliefert.«

»Diagnose?«

»Leider läßt uns der Computer noch im dunkeln. Wir haben ihn aber auch noch nicht genug gefüttert. Noch heute nachmittag werden wir zwanzig bis dreißig weitere Tests an dem Patienten vornehmen – Punkturen an verschiedenen Stellen zur Entnahme von Proben seiner Körperflüssigkeiten – Sie verstehen. Das wird die Antwort bestimmt zutage fördern.«

»Fragen Sie Ihren Computer, ob der Patient Chinese ist.«

»Wie bitte?«

»Andernfalls hätte er für mein altmodisches blutunterlaufenes Auge die erste schwache Färbung von Gelbsucht. Guten Morgen.«

Sir Lancelot stapfte aus dem Krankenzimmer. Die Hände in den Hosentaschen, ging er den Korridor entlang auf den Lift zu. Er drückte den Knopf, um hinunterzufahren, und begann zu kichern. Bingham ist ein Narr, überlegte er. Das ist jeder, der die Medizin nur als Wissenschaft auffaßt, während sie doch zu einem Teil reine Kunst, zum anderen Hexerei und schwarze Magie ist. Nach zwei Stockwerken blieb der Lift stehen, um einen zweiten Fahrgast aufzunehmen, den Sir Lancelot, in seine Gedanken vertieft, undeutlich als Krankenschwester ausmachte.

»Wollen Sie auch ins Parterre?« fragte er geistesabwesend.

»Danke, ja, Sir.«

Er starrte geradeaus auf die Lifttüren. Aber etwas in den drei Worten, ein Tonfall in der Stimme, bewirkte, daß in ihm eine Erinnerung wachgerufen wurde. Er spitzte die Lippen. Langsam ließ er den Blick schweifen. »Guter Gott«, murmelte er.

»Was für ein Glück, daß ich Eile hatte und den Lift nahm, normalerweise gehe ich zu Fuß.«

»Aber was, zum Teufel, machen Sie noch immer hier?«

Seine Gefährtin lächelte. »Und was, zum Teufel, machen Sie noch immer hier?« fragte sie freundlich. »Ich hörte, Sie seien im Ruhestand.«

»Das bin ich, aber –« Plötzlich erfaßte er die Bedeutung ihrer Tracht. »Du liebe Güte, Sie sind die Oberschwester!«

»Ja, nur daß das heute ›Generalsuperintendentin des pflegenden und dienenden Personals‹ heißt. Das ist wohl moderner, oder es soll der großartige Titel für die armselige Bezahlung entschädigen. Aber jeder nennt mich noch immer Oberschwester.«

Sir Lancelot beugte sich vor, um den Namen an ihrem schicken grünen Uniformkleid zu lesen. »Miss Charlotte Sinclair. Noch immer?

Und jener Mr. Right, den Sie hätten heiraten sollen?«

Sie erreichten das Erdgeschoß. Die Aufzugtür öffnete sich; der Dean stand davor. »Ah, Lancelot –«

»Tut mir leid, muß hinauf.« Sir Lancelot drückte auf den Knopf.

»Ach, den hab' ich ganz vergessen.« Sie lachte. Die neue Oberschwester von St. Swithin war klein, zierlich und blond, hatte grüne Augen und eine Stupsnase. Sie war Mitte der Dreißig, sah aber wie alle zarten Frauen jünger aus, als sie war. »Man kann doch einen Unsichtbaren nicht heiraten.«

Sir Lancelot runzelte die Stirn. »Deshalb haben Sie aber das Spital verlassen.«

»Sie müßten doch über den Zwischenfall seither nachgedacht haben, Lancelot. Sie sind wohl unkomplizierter, als ich dachte. Das war nämlich der einzige Weg, um ein Feuer wie das Ihre zu löschen.«

Der Aufzug stand. Die Tür flog auf. Professor Bingham wollte einsteigen.

»Bedaure«, fuhr ihn Sir Lancelot an, »wir fahren gerade hinunter.«

Während er auf den Knopf drückte, beklagte er sich: »Wirklich, Tottie, du hättest mich ernster nehmen sollen. Ich war in dich verliebt.«

»Das weiß ich, lieber Lancelot, aber offiziell warst du in deine Frau verliebt.«

»Ich glaube, Maud hätte mich freigegeben. Uns hielt mehr Gewohnheit als Zuneigung zusammen, wie wohl die meisten Ehepaare.«

»Aber was hätten deine muffigen Kollegen dazu gesagt?« Totties Mundwinkel kräuselten sich. Das hatte ihn schon immer erregt. »Damals war die Gesellschaft noch nicht so tolerant, erinnere dich!«

Der Aufzug hielt. »Wirklich, Lancelot –«, klagte der Dean.

»Bedaure, kein Platz.« Sie rauschten wieder hinauf. »Das war etwa zur Zeit der Krönung, erinnere ich mich. Was hast du dann gemacht, Tottie?«

»Ich habe eine Stelle in Amerika bekommen. Das war recht einfach, bei dem Mangel an Krankenschwestern. Ich glaube, ich machte mich ganz gut, denn zuletzt hatte ich ein ganzes Spital unter mir. Dann gab ich das im letzten Jahr plötzlich auf, um zu reisen und mich im Land umzusehen. Und kurz vor Weihnachten beschloß ich heimzufahren.«

Er schüttelte langsam den Kopf. »Das kommt mir vor wie ein Traum. Bedaure, Bingham!« Er drückte auf den Knopf.

»Hat jemand etwas von uns beiden geahnt?«

»Nicht daß ich wüßte. Du wirst dich ja erinnern, Tottie: Unsere Beziehung war krampfhaft diskret; ganz davon zu schweigen, daß sie auch krampfhaft keusch war. Es war in der Krönungsnacht, glaube ich, als du in dem Gang hinter den alten Operationssälen deine Ehre mit dem linken Blatt einer alten Geburtszange verteidigtest.«

Tottie lachte. Der Aufzug hielt an. Als die Tür aufglitt, warf Sir Lancelot sie sogleich wieder zu, dem Dean vor der Nase.

»Das zeigt, daß ich vernünftiger war als die meisten jungen Schwestern«, sagte sie, während sie wieder hinauffuhren. »Vernünftiger zumindest als die, die ich jetzt zu beaufsichtigen habe. Aber vielleicht ist die Auffassung der jungen Leute richtig. Sie haben mehr Spaß.«

»Das ist alles relativ. Wir waren schon glücklich, wenn wir nur Händchen halten konnten. Wenn ich es sagen darf, Tottie, du siehst einfach zauberhaft aus.«

»Danke schön. Und du bist noch genau derselbe.«

»Das bezweifle ich stark. Aber ich werde mich hier noch eine Weile herumtreiben – das wird uns vielleicht Gelegenheit geben, das herauszufinden.«

Binghams verärgertes Gesicht erschien kurz in der offenen Lifttür.

»Und wie geht es Lady Spratt?« fragte Tottie auf dem Weg abwärts. »Hast du nicht gehört?«

»Oh«, Tottie biß sich in den Finger, »ja, jetzt erinnere ich mich. Tut mir leid.«

»Keine Ursache. Ich komme darüber hinweg. Dennoch ist es immer ein Schock, wenn die selbstgeknüpften häuslichen Fesseln plötzlich gelöst werden. Ja, Tottie –«

Die Tür ging auf. Der Dean setzte seinen Fuß hinein: »Mein lieber Lancelot, ist mit dem Mechanismus des Aufzuges etwas los? Sie sind auf und ab gefahren wie ein Jo-Jo. Überdies bin ich in gräßlicher Eile. Darf ich Sie mit unserer neuen Oberschwester bekannt machen?«

»Sehr freundlich«, strahlte Sir Lancelot. »Übrigens, vergessen Sie nicht, Dean, wir treffen uns nach dem Mittagessen!«

»Ach ja. Zwei Uhr. Ich werde Bingham sagen, er soll mich daran erinnern.«

Tottie stieg rasch aus und eilte zu ihrem Büro. Sir Lancelot strich gedankenvoll an der Hinterseite des neuen Gebäudes entlang. Eine bemerkenswerte Sache. Und vielleicht auch ein bißchen aufregend. Er würde seine Rückkehr nach St. Swithin noch mehr genießen, als er sich vorgestellt hatte.

Aber zunächst wartete der Dean um zwei Uhr auf ihn, und Sir Lancelot erinnerte sich, daß er immer klamme Finger und ein eiskaltes Stethoskop gehabt hatte.

4

Als die Bar im Gemeinschaftsraum der Studenten an diesem Nachmittag um halb sechs geöffnet würde, sagte Ken Kerrberry zu Terry Summerbee: »Schau, da ist diese Nervensäge George Lychfield. Glaubst du, daß wir ihm die Fragen seines Vaters für die Prüfungsarbeit entlocken könnten? Terry, du hörst mir nicht zu!«

»Tut mir leid. Ich hab' so viel im Kopf. Ich gehe meine Neurologie nochmals durch.« Als Ken das Ansinnen wiederholte, schüttelte Terry den Kopf. »Ich glaube nicht, daß gerade ihm der Dean etwas anvertraut.«

»Aber wer weiß, vielleicht spricht er laut im Schlaf. Wir müssen es versuchen. George, lieber Junge!« rief er laut. »Darf ich dir was zu trinken kaufen?«

Georges Augen leuchteten hinter den runden Brillengläsern auf. Er war klein und dicklich und sah aus wie ein Gartenzwerg aus demselben Guß wie sein Vater, nur etwas weniger verwittert. Aus zwei zusammenhängenden Gründen nahm er das Angebot sofort an. Erstens konnte er wie sein Vater nichts ausschlagen, was gratis war, vom Plastikgolfschläger einer Heilmittelfirma angefangen bis zu den verschiedensten Ehrentiteln. Überdies wurde er von seinem Vater mit Bedacht kürzergehalten als alle seine Jahrgangskollegen.

Ken kaufte ihm eine Halbe und erwähnte beiläufig: »Du weißt doch, daß dein verehrter Vater nächsten Montag mein diesjähriges Schicksal besiegeln wird. Ich nehme ja nicht an, daß er die schriftlichen Prüfungsfragen im Haus herumliegen läßt, so daß du mal einen schnellen Blick darauf werfen könntest – oder doch?«

George rief entsetzt: »Du scherzt wohl? Niemals könnte ich so etwas Unehrenhaftes tun. Nicht einmal, wenn ich selbst die Prüfung ablegen müßte.«

»Aber falls dein Auge zufällig auf den Prüfungszettel fallen sollte –«, Ken nahm einen Schluck Bier, »würde ich dir ein Äquivalent bieten, verstehst du? Was immer du möchtest.«

»So spät ist es schon?« rief Terry nach einem Blick auf die Wanduhr.

»Nein, Ken«, sagte George mit Bestimmtheit, während Terry zum Ausgang eilte. »Nichts, aber auch schon gar nichts könnte mich verlocken ...« Er hielt inne. »Na ja, ich habe gehört, du kennst ein Mädchen beim Fernsehen.«

»Dein Vorschlag ist nicht nur beleidigend, sondern auch außerordentlich unhygienisch.«

»Nein, nein, so habe ich es nicht gemeint. Ich dachte nur an eine Einführung. Eine berufliche Einführung. Weißt du ...« Er blickte um sich und senkte die Stimme. »Ich möchte nicht, daß es meinem Vater zu Ohren kommt, aber ich habe ein paar Drehbücher geschrieben.«

»Doch nicht wieder Spitalsdramen –«

»Nein, ganz was anderes: Lustspiele. Sie sind wirklich nicht schlecht. Zumindest findet das unser Au-pair-Mädchen, das freilich einen schwedischen Sinn für Humor hat und nicht sehr gut Englisch spricht.«

»Vielleicht kann ich etwas vermitteln«, meinte Ken von oben herab. »Mein Täubchen arbeitet übrigens in der Scriptabteilung.«

Georges Augen leuchteten auf.

»Aber zuerst die Prüfungsfragen. Einführung nachher. Einverstanden?«

»Einverstanden.« George stimmte schuldbewußt zu. »Danke für das Bier. Du entschuldigst, hab' keine Zeit mehr, dir auch eine Halbe zu kaufen.«

Inzwischen lief Terry Summerbee die vielen Stufen von der Halle zur Röntgenabteilung hinunter, die einen Teil des Erdgeschosses einnahm und wie jede andere Abteilung in dem viktorianischen Gebäude, mit Apparaten so vollgestopft war, daß sie ständig einen behelfsmäßigen Eindruck machte. Er zog den Knoten seiner Krawatte fester, lugte verstohlen nach einem Lebenszeichen des Chefradiologen, dann schritt er entschlossen mitten durch die Apparate zu einer Tür am anderen Ende, deren Aufschrift lautete: DUNKELKAMMER – NICHT EINTRETEN!

»Hallo, wer da?! Klein-Summerbee, wie ich sehe. Röntgenstrahlen für die Prüfung aufpolieren? Sehr eifrig! Wenn ich zu meiner Zeit das Pech hatte, mit einer Röntgenaufnahme konfrontiert zu werden, pfiff ich nur leise und sagte: ›Das sieht aber garstig aus!‹ Erstaunlich, wie oft der Prüfer von Herzen zustimmte und das Thema fallenließ.«

Terry unterdrückte einen Fluch. Doktor Grimsdyke war unter den Studenten sehr beliebt, und da er einst der erfahrenste Student weit und breit gewesen war, konnte er ihren Standpunkt immer verstehen. Aber er neigte dazu, aufdringlich, geschwätzig und eine Spur zu herzlich zu sein, also keineswegs der Typ, den Terry als Komparsen bei seinem delikaten Unternehmen wünschte.

»Ich dachte nur, ich könnte mir ein paar Filme aus dem Röntgenmuseum holen.«

»Sehr weise von Ihnen. Dieses kleine Gruselkabinett wird immer für die Prüfungen geplündert. Aber vielleicht gestatten Sie mir die Feststellung, daß sich das Museum am andern Ende dieser Abteilung befindet.«

»Ach so?« rief Terry unschuldig. »Ich finde mich hier nicht so gut zurecht wie Sie.«

»Schon möglich«, stimmte Grimsdyke zu. »Trollen Sie sich jetzt. Wenn Sie auf das Baby stoßen, das eine Sicherheitsnadel verschluckt hat, achten Sie darauf, daß sein Herz in die falsche Richtung zeigt. Damit haben sie mich einmal drangekriegt ... na, vielleicht ist das kleine Ding heut schon Vater.«

Grimsdyke beobachtete mit halbem Lächeln, wie Terry sich nach dem gegenüberliegenden Ende des Erdgeschosses aufmachte. Als er den Studenten sicher durch die Tür mit der Aufschrift MUSEUM wußte, wandte er sich der Dunkelkammer zu und klopfte an.

»Nur herein. Das Licht brennt.«

Grimsdyke schritt durch die doppelte Tür. Der kleine Raum sah mit seinen offenen Wasserbehältern und tropfenden Flüssigkeiten wie eine Meeresgrotte aus. Durch die Negative menschlicher Skelette fiel der geisterhafte Schimmer diffusen Lichtes. Grimsdyke fand, daß die neue Röntgenschülerin Stella in diesem Licht sehr hübsch aussah mit ihrem langen blonden Haar, das auf die Schultern ihres weißen Nylonoveralls herabfiel – entgegen den Vorschriften, aber diese schien sie ausschließlich als Unannehmlichkeiten für andere Leute zu betrachten.

»Irgendein interessanter Schnappschuß heute?«

»Die Bemerkung haben Sie gestern schon gemacht, Herzensjunge«, sagte sie.

»Wirklich?« Grimsdyke schwang sich auf die Kante eines Wasserbeckens am Ende des Raumes. »Wie wär's heut abend mit einem gemütlichen Essen?«

»Aber, Herzensjunge, ich sagte es Ihnen doch schon: Das ist mein Abend für Oxfam.«

»Was ist mit morgen?«

»Morgen ist Donnerstag, nicht wahr? Ach, da hab' ich einen langweiligen Abend mit meinen Eltern.«

»Und Freitag?«

»Freitag ist der Abend für meinen Cordon-bleu-Kochkurs, Herzensjunge. Und der Samstag ist für Monate ausgebucht.«

»Sonntag?«

»Oh, da bin ich viel zu fromm. Macht es Ihnen etwas aus, wenn ich das Licht abdrehe?«

»Nein, nein, nur zu!«

Im Schein einer matten roten Eckbeleuchtung

begann Stella in einem Wasserbecken zu planschen. Grimsdyke erhob sich und kam ganz nahe.

»Herzensjunge, haben Sie die Buchstaben M.F.A. hinter Ihrem Namen?«

»Was heißt das? Medizinischer Fremdarbeiter, oder was?«

»Muß-Fleisch-angreifen. Eine richtige Manie von Ihnen!«

Grimsdyke setzte sich wieder. An der Außentür klopfte es.

»Herein! Bitte die Doppeltür beachten!« rief sie.

Er saß im Dunkeln, zupfte an seinem Schnurrbart und ärgerte sich über das Eindringen eines anderen Mitglieds des Röntgenstabes. Aber eine Stimme sagte: »Stella, wo sind Sie?«

»Wenn Sie nichts dagegen haben: Sie berühren mich gerade.«

»Ich habe nur wie ein Blinder Ihr Gesicht abgetastet, um Sie zu erkennen«, sagte Terry Summerbee.

»Also gut, Herzensjunge«, sagte sie gelangweilt, »jetzt wissen Sie's: Ich habe keine Warzen und bin weiblichen Geschlechts. In Ordnung?«

»Wie wär's, wenn wir heute abend ausgingen?« Terry packte immer den Stier bei den Hörnern, in der Medizin und im Leben.

»Aber, Herzensjunge, heute abend ist mein Cordon-bleu-Kochkurs.«

»Also morgen?«

»Die Eltern, Herzensjunge. Sie wissen, wie pflichtbewußt ich bin. Sie schenkten mir das Leben.«

»Wie wär's mit Samstag? Ich bin frei.«

»Der Samstag gehört der Besinnung über den Sonntag. Da faste ich den ganzen Tag in meinem Schlafzimmer. Tut mir leid, Herzensjunge!«

Terry schluckte. Er beschloß aber weiterzumachen, da ihn Stella dauernd »Herzensjunge« nannte. Er wußte allerdings nicht, daß sie momentan jeden so ansprach, sogar Verkehrspolizisten und ihren Vater. »Wie schaut's nächste Woche aus?«

»Hören Sie, Herzensjunge, wenn Sie mich wirklich ausführen wollen, dann könnten wir es morgen ein für allemal erledigen.«

»Aber ich dachte, morgen wäre Elterntag oder so etwas.«

»Sagte ich das? Da muß ich auf den falschen Knopf gedrückt haben.«

»Wir treffen uns also im Hof um sechs, wenn Sie aus haben, ja?« sagte Terry begierig.

»Ich werde kommen, Herzensjunge. Geben Sie auf die Doppeltüren acht beim Hinausgehen!«

Grimsdyke wartete, bis er die Außentür ins Schloß fallen hörte, und brach dann in lautes Gelächter aus: »Wie süß!«

»Terry ist lieb und nett, nicht wahr? Wie ein junger Hund.«

»Stella, schimmernde Perle in der Dunkelheit ...«

»Nehmen Sie die Hand von den Juwelen! Ich drehe wieder das Licht auf!«

Hastig begann sie, trockene Röntgenbilder zu sortieren und in braune Kuverts zu stecken. »Terry kann man doch nicht ernst nehmen.«

Sie schürzte ihre vollen Lippen. »Und warum nicht?«

»Er ist nichts für Sie, Stella. Sie brauchen einen Mann von Welt, mit dem Sie herumkommen. Einen Mann mit Erfahrung.«

»Spielen Sie am Ende die Generationenwalze ab, Herzensjunge? Das ist neu.«

»Sie können jedenfalls morgen nicht mit ihm ausgehen. Sie haben versprochen, mit mir auszugehen.«

»Hab' ich das?« Sie fuhr im Sortieren der Röntgenbilder fort. »Da muß ich den falschen Schalter geknipst haben.«

»Ich werde mich jedenfalls einfinden: um sechs beim Haupteingang.«

»Wie Sie wünschen, Herzensjunge, wie Sie wünschen«, sagte sie beflissen.

»Ich werde sehr, sehr zärtlich zu Ihnen sein, Stella.« Grimsdyke umfing sie von hinten und biß sie sanft in den Nacken. »Gefällt Ihnen das?«

»Nicht besser als ein Mückenstich!«

»Wie wär's mit einem netten ...«

»Gaston, Herzensjunge, würden Sie bitte diesen Stoß Röntgenbilder dem Dean hinaufbringen? Er hat sie speziell angefordert.«

»Na gut«, sagte Grimsdyke ungetröstet, »also dann morgen um sechs, Herzensmädel.«

5

Der Dean kam gewöhnlich um sieben Uhr nach Hause. An diesem Abend parkte er seinen Jaguar in der Garage seines Hauses und öffnete, die Aktentasche in der Hand, die Hintertür mit dem angenehmen Gefühl eines Mannes, der gute Nachrichten heimbringt, vor allem solche, die ihn selbst betreffen. Er hängte seinen Homburg auf die Ablage in der Halle, ging munteren Schrittes auf die Tür seines ebenerdig gelegenen Arbeitszimmers zu und öffnete sie. Sein Lächeln erstarb, als er seinen Sohn George darin vorfand.

»Was kramst du in meinem Schreibtisch herum?«

»Oh, hallo, Papa! Ich suche das *British Medical Journal* von dieser Woche.«

»Seit wann bist du so scharf darauf, über die neuesten medizinischen Errungenschaften auf dem laufenden zu sein? Dein Hirn hätte, weiß Gott, genug damit zu tun, sich die Erkenntnisse der letzten fünfhundert Jahre anzueignen.« Die Augen des Deans verengten sich zu Schlitzen.

»Du suchst doch nicht etwa die Prüfungsfragen, wie?«

»Aber, Papa, ich trete doch nicht einmal zur Prüfung an.«

»Eben. Aber ich würde es nicht für unmöglich halten, daß dich einer der Studenten bestochen hat.«

»Papa, was für entsetzliche Dinge sagst du da?«

»Entsetzlich, ja, aber deswegen um nichts unwahrscheinlicher. Wir haben derzeit ein paar üble Burschen an der Ärzteschule. Du solltest dir deine Freunde sorgfältiger aussuchen, besonders jetzt, da ich ...« Er hielt inne. »Oh, Hüterin des Hauses, liebe Inga!« rief er aus, als der blonde Schopf des Au-pair-Mädchens in der Tür auftauchte. »Sagen Sie bitte meiner Frau, sie möchte einen Augenblick herkommen! Und du, George, geh auf dein Zimmer und vertief dich in deine Bücher! Im Leben eines Medizinstudenten ist jede Minute kostbar. Bis zum Abendessen kannst du noch leicht ein wichtiges Kapitel lernen.«

»Papa!« George trat von einem Fuß auf den anderen. »Ich frage mich oft, ob ich mich wirklich fürs Medizinstudium eigne.«

»Aber natürlich!« belehrte ihn sein Vater kurz. »In unserer Familie gibt es seit den Tagen der

Gladstoneschen Blutegel Ärzte. Ich wollte, du würdest dem Beispiel deiner Schwester folgen. Sie sitzt bestimmt oben und studiert eifrig, wie gewöhnlich. Und was möchtest du statt dessen anfangen, wenn ich fragen darf?«

»Ich dachte an ... äh, an das Schauspiel.«

Der Dean schnaubte: »Nur weil du in der Spitalspantomime einen Narren abgegeben hast, bildest du dir ein, eine Mischung aus George Bernard Shaw und Brian Rix zu sein.«

»Alle sagen, daß ich Talent habe.«

»Wer sagt das? Inga wahrscheinlich. Im übrigen habe ich bemerkt, daß du zuviel mit ihr herumschäkerst. Wir legen in unserer Familie Wert auf ein bestimmtes Niveau, auch wenn alle anderen nur Pot, Pille und Porno im Kopf haben. Ah, da bist du ja, meine Liebe.«

George verschwand. Seine Mutter war eine große, gutaussehende, elegant gekleidete Frau mit freundlichen grauen Augen und sanftem Wesen. Auf den Dean übte sie die behagliche Faszination eines dem Kamin zugewendeten Sofas an einem kalten Nachmittag aus. Er öffnete die Hausbar in der Ecke und entnahm ihr eine Flasche Sherry.

»Josephine, wir wollen anstoßen.« Er füllte zwei Gläser. »Auf ... nein, trinken wir auf dein Wohl. Auf die zukünftige Lady Lychfield!« Sie starrte ihn an. »Es ist alles festgesetzt«, fuhr er augenzwinkernd fort. »Ich bekam einen Brief von Willie aus dem Ministerium. Die Mühlen haben gemahlen. Meine Jahre selbstlosen Dienstes für St. Swithin und die Medizin im allgemeinen sollen nunmehr ihre gerechte Belohnung finden, und zwar am Geburtstag der Königin. Obwohl sie mich, wenn ich es recht bedenke, schon vor Jahren hätte adeln müssen.«

»Oh, Lionel«, flüsterte sie, »Sir Lionel.«

Der Dean küßte sie flüchtig auf die Wange. »Hat sich gelohnt, all die Jahre mit mir verheiratet zu sein, was?«

Ihre Augen funkelten. Nie zuvor war sie ihm so schön erschienen. Welch unglaublicher Zauber geht doch von den zweimal jährlich erscheinenden Ehrenlisten aus, und das in einem Land, wo selbst der Premierminister Wert darauf legt, bekanntzumachen, daß er die gleiche in Flaschen abgefüllte Sauce über die Bratkartoffeln gießt wie die übrige Bevölkerung.

»Aber ich bitte dich, zu niemandem ein Sterbenswörtchen!« beschwor er sie in ernstem Ton. »Natürlich muß ich in den nächsten Monaten die Nase in den Wind halten, sagte Willie, aber es gibt praktisch kein Hindernis mehr. Ritter des allerhöchsten Ordens des britischen Empires.« Die Worte rollten in seinem Mund, und er berauschte sich mehr an ihnen als am Sherry. »Obwohl ich natürlich persönlich«, fügte er rasch hinzu, »keinen Deut auf Titel und Auszeichnungen gebe. Ich nehme nur zu Ehren des Spitals an. Es ist höchste Zeit, daß wieder einmal ein Adeliger unter den Ärzten von St. Swithin ...« Er unterbrach sich. Eine Wolke war über die sonnige Landschaft seines Lebens gezogen. »Ich habe ganz vergessen, daß Sir Lancelot –«

»Ist er tot?« rief sie.

»Nein, verdammt noch mal! Er ist so unzerstörbar wie ein fossiles Rhinozeros. Er ist aus dem Fernen Osten zurück.«

»Fabelhaft! Wir müssen ihn zum Essen einladen!«

»Das eilt nicht.« Daß seine Frau Sir Lancelot ertrug, hielt er für eine jener Ungereimtheiten des weiblichen Wesens, die die männliche Verstandeskraft übersteigen. »Er wird nämlich eine Weile in London bleiben. Aber sicher nicht bei uns!«

Der Dean starrte durch das Fenster in die Dämmerung hinaus, die sich langsam über das freundliche grüne Rund des Regent's Parks senkte. Sein geräumiges Haus lag nahe der Harley Street und dem West End; inmitten der würdevollen Häuserzeilen und baumbestandenen Straßen, die zu der Anhöhe im Norden Londons hinaufführen, machte es den Eindruck köstlicher Raumverschwendung. »Vielleicht wird er mit jedermann Streit beginnen und dann nach Wales zurückkehren«, tröstete sich der Dean. »Er verließ den Stab von St. Swithin auch nur wegen einer Streiterei mit dem Chirurgieprofessor.« Niemand in St. Swithin war je darauf gekommen, ob dies auf Divergenzen in der Operationstechnik oder darauf zurückzuführen war, daß der Professor seinen Mini hartnäckig in jener Hofecke parkte, die einer alten Tradition zufolge für Sir Lancelots Rolls-Royce reserviert war. »Trotzdem ist es unangenehm. So ein alter Geizkragen wie er könnte leicht all die aufregenden Änderungen gefährden, die wir eben in St. Swithin durchführen.«

»Wenn die Angelsaison beginnt, wird es ihn hier vielleicht nicht länger halten.«

»Alles erscheint einem lange in Lancelots Gesellschaft«, sagte er resigniert.

Es klopfte. Es war Miss MacNish, die Köchin und Haushälterin aus Aberdeen, freundlich, tüchtig, rothaarig, Mitte der Dreißig, die man sofort begierig von Sir Lancelot übernommen hatte, als er London verließ.

»Sir Lancelot Spratt ist wieder in London«, verkündete ihr der Dean düster.

»Na, das ist aber eine freudige Überraschung,

Herr Doktor! Haben Sie ihn eingeladen, hier zu wohnen?«

»Ich habe ihn *nicht* eingeladen.«

»Ich werde ihm einen Dundee-Kuchen backen, den hat er so gern. Das wird eine nette Abwechslung für ihn sein nach all dem Curry und Chop-suey, das er dauernd gegessen haben wird. Ich bin gekommen, um zu sagen, daß das Essen angerichtet ist.«

Der Dean schüttelte den Kopf. Frauen sind manchmal lächerlich, wenn sie den Charakter eines Mannes beurteilen. Kein Wunder, daß so viele vor dem Scheidungsrichter landeten. An der Tür fiel ihm Sir Lancelots Röntgenbild ein. Er ging zurück, öffnete die Aktentasche und hielt die Aufnahme gegen die Lampe. Sein Atem stockte.

»Nein!« Das Negativ zitterte in seiner Hand. »Das kann doch nicht wahr sein!« Er betrachtete es aus der Nähe. »Um Gottes willen, tatsächlich. Armer Kerl, armer Lancelot! Und ich habe so roh über den lieben unglücklichen Mann gesprochen!«

6

»He, Schutzmann«, rief Sir Lancelot aus dem Fenster seines Rolls-Royces, »mir scheint, ich habe ein Hotel verloren! Würden Sie bitte so freundlich sein, mir zu sagen, wie ich zum Crécy komme?«

»Aber das ist genau gegenüber, Sir. Das große weiße Gebäude.«

Sir Lancelot runzelte die breite Stirn: »Dieser überdimensionale Silo?«

»Sie denken vielleicht an das alte Hotel, Sir? Das wurde abgerissen.«

»Du meine Güte! Wurde etwa der Buckingham-Palast auch schon abgerissen?«

Der Polizist grinste: »Nein, Sir. Aber nach den Preisen zu schließen, die man in der Bude gegenüber verlangt, würden Sie wahrscheinlich im Buckingham-Palast billiger wohnen.«

Sir Lancelot hielt in der Auffahrt des Hotels, in der sich lärmende junge weibliche Wesen drängten.

»Offenbar eine Art Demonstration«, stellte er fest und schlug die Wagentür zu. »Oder eine Art

Maskenfest. Obwohl ich annehme, daß man heutzutage solche Kleider sogar bei Begräbnissen trägt.« Sein Gesicht erhellte sich, als er den Geschäftsführer wiedererkannte, der in schwarzem Jackett und gestreifter Hose neben dem Türsteher wartete.

»Luigi! Wie nett, Sie zu sehen. Wenn Ihr Haus auch eine bestürzende Metamorphose durchgemacht hat!«

»Wie schön, Sie wieder hier zu haben, Sir.« Der große, weißhaarige Italiener sah mit seiner würdevollen Erscheinung wie der Doyen des diplomatischen Korps in irgendeiner stilvollen Hauptstadt aus. »Ich fürchte, die Tage des altmodischen Londoner Familienhotels sind für immer vorbei. Aber ich versichere Ihnen, daß Komfort und Service gleichgeblieben sind. Wir haben Sie im sechzehnten Stock untergebracht, gleich neben der Picardy-Suite. Und das Huhn à la Kiew in der Grillstube ist so gut wie eh und je.«

»Ist Potter-Phipps noch Ihr Hotelarzt?«

»Leider nein. Wir haben jetzt einen neuen Mann – recht jung und sehr brillant, den Eindruck sucht er zumindest zu erwecken. Der Portier wird Ihren Wagen in die Garage fahren«, fügte er noch hinzu, als ein Träger Sir Lancelots Koffer einsammelte.

»Nett von Ihnen, mich persönlich zu begrüßen, Luigi.«

Der Geschäftsführer sah etwas betreten drein: »Ich muß gestehen, ich erwarte jeden Augenblick einen anderen Gast. Einen, der ebenso bedeutend ist wie Sie, Sir Lancelot: Eric Cavendish, der Filmschauspieler.«

»Ist *der* noch im Geschäft? Den hab' ich doch bestimmt schon als Partner des jungen Buster Keaton gesehen.«

Der Geschäftsführer lachte. »Er ist populärer denn je, besonders bei den Teenagern, wie Sie sehen.«

»Seltsam«, murmelte der Chirurg, »ich nehme an, Freud hat eine Erklärung dafür, wenn ich nur überhaupt begreifen könnte, wovon der Gute redet.«

Während er sprach, brach die Menge in laute Schreie aus. Luigi raste hinaus, als ein von einem Chauffeur gesteuerter Mercedes vorfuhr. Der Geschäftsführer geleitete einen großen, schlanken Mann, dem ein kleiner fetter folgte, in die Halle. Beide trugen dunkle Brillen, obwohl es bereits finster war.

»Ich nehme an, er wohnt in der Picardy-Suite?« fragte Sir Lancelot den Träger. »Ich werde den Wirbel erst einmal abklingen lassen, bevor ich mich hinaufwage. Übrigens habe ich einen langen Tag am Steuer von Wales hierher hinter mir und brauche dringend eine Bar, wenn ihr noch so einen altmodischen Winkel unter all dem funktionellen Kunststoff habt.« Er blieb im Stiegenhaus stehen: »Katzenmusik! Dieses Land wird langsam wie Prosperos Insel: ›Mir klimpern manchmal viel tausend helle Instrument' ums Ohr und manchmal Stimmen ...‹ Und ich kann's, verdammt noch mal, nicht ausstehen!«

Als Eric Cavendish die Picardy-Suite erreicht hatte, legte er zuerst sein juckendes Toupet ab. Dann nahm er die dunkle Brille ab und untersuchte vorsichtig seine Augenlider, ob sie geschwollen seien. Daraufhin öffnete er ein kleines krokodilledernes Necessaire voll Plastiktiegel, entnahm ihm eine grüne Pille, eine blaue, zwei orangefarbene und eine gelb-rot gestreifte, ging ins Badezimmer und spülte sie mit einem Glas Wasser hinunter.

»Jetzt ist mir besser, Ted«, verkündete er dem fetten Mann, seinem britischen Agenten, der ihn vom New Yorker Flugzeug abgeholt hatte. »Gott, wie herrlich, wieder im guten alten London zu sein! Hier wurde ich geboren, wissen Sie! Mag man mich einen Weltbürger nennen – ich habe ein Appartement in Paris und eine Produktionsgesellschaft in Hollywood, ich habe in Las Vegas geheiratet und wurde in

Mexiko geschieden, mein Bankkonto ist in der Schweiz und meine Steuern zahle ich in Liechtenstein –, aber wirklich zu Hause fühle ich mich nur hier!«

Ted, der seine Brille aufbehalten hatte, fragte: »Haben Sie heute abend etwas vor, Eric? Meine Frau und ich dachten, daß vielleicht ein gemütliches Essen nach der Reise –«

»Ich habe etwas sehr Schönes vor.« Er schaute auf die Uhr. »In neunzig Minuten wird die wundervollste Puppe der Welt durch diese Tür treten. Ich hab' sie zum Essen hier, nur wir zwei, gemütlich nach der Reise, wie Sie sagten.«

Ted zog interessiert die Brauen hinter den dunklen Gläsern hoch: »Glauben Sie, daß ich sie kenne?«

»Nein!« Eric begann sich auszuziehen, um zu duschen. »Ich habe sie bei meiner TV-Show in New York kennengelernt. Sie war auf irgendeiner Werbereise drüben – Miss Zahnpasta oder Miss Mülleimer oder was ähnliches Atemberaubendes. Ich machte ein Rendezvous mit ihr aus. Heute früh vor dem Abflug habe ich sie angerufen, und alles ist o. k.«

»Wo wohnt sie?«

»Lassen Sie mich nachdenken – ich habe die Geographie dieser Stadt vergessen. Die Gegend heißt Tooting. Komischer Name, nicht?« Der

Schauspieler lachte. »Ich wette, er ist historisch. Vornehm?«

»In letzter Zeit gab es da eine Reihe von Sanierungsplänen«, antwortete Ted ausweichend. Er zündete sich eine Zigarette an. »Wie alt ist sie?«

»Siebzehn.«

Für kurze Zeit herrschte Stille. »Schauen Sie, Eric, jetzt sehe ich Sie nicht mehr so oft, aber als Sie anfingen, war ich sowohl Ihr Kamerad als auch Ihr Agent. Da kann ich wohl offen sprechen. Warum gönnen Sie sich nicht etwas Ruhe?«

»Warum?« fragte Eric Cavendish fröhlich, während er das Hemd auszog und den Reißverschluß seines Korsetts öffnete. »Ich mag sie nun mal in dem Alter, und sie mögen mich.« Er hielt inne: »Habe ich auch nicht vergessen, die gestreifte Pille zu nehmen?«

»Das meine ich ja gerade. Ich mach' mir Sorgen um Ihre Gesundheit. Sie waren diesmal in Kalifornien ganz schön krank.«

»Und wissen Sie, wie ich's durchgestanden habe? Ich hatte einen englischen Arzt und eine englische Krankenpflegerin. Sie waren großartig! Ich erinnere mich an einen Abend: Ich war im Begriffe durchzudrehen – mich einzurollen und zu sterben, um niemals wieder einem neuen Tag ins Gesicht sehen zu müssen. Aber diese Pflegerin saß nur da, hielt meine Hand und redete mir gut zu wie einem Kind. Ich wette, sie hat mir das Leben gerettet.«

»Falls Sie hier einen Arzt brauchen, das Hotel beschäftigt einen. Ich werde ihn ausfindig machen.«

»Danke, Ted. Aber ich hab' mich noch nie fitter und jünger gefühlt. Seien Sie nicht böse, wenn ich Sie bitte, jetzt zu gehen! Ich habe noch meine elektrische Massage vor mir, dann das Heilbad und die Meditation.«

Eineinhalb Stunden später fragte Miss Iris Fowler aus Tooting Bec, regierende Miss Büromöbel, in der Rezeption gelassen nach Mr. Eric Cavendish.

»Ja, er erwartet Sie, Miss. Der Page wird Sie hinaufführen.«

Sie war ein kleines blondes Mädchen mit zarten, babyhaften Zügen, großen, langbewimperten blauen Augen und trug ein Kleid, das Sir Lancelot als »notdürftig die Scham bedeckend« bezeichnet hätte. Im Aufzug holte sie tief Atem. Sie freute sich nicht gerade übermäßig auf den Abend. Sie kannte ein gutes Dutzend Burschen ihres Alters, mit denen sie ihn lieber verbracht hätte. Aber sie war ein schlaues Mädchen. Sie wollte beim Fernsehen oder beim Film als Modell unterkommen und jede Chance ergreifen, um nicht mehr Tippfräulein sein zu müssen. Die

Tatsache, daß sie zur Miss Büromöbel gewählt worden war, hatte zu ihrer Enttäuschung keinerlei Früchte getragen. Aber eine Stunde mit Eric Cavendish mochte allerhand ins Rollen bringen.

»Hallo, Mädchen!« begrüßte sie der Schauspieler begeistert. Sein Toupet war sicher befestigt, die Augenlotion eingeträufelt, das Mieder eng geschnürt, die Haut geknetet und gecremt, der Geist durch Meditation in Hochstimmung versetzt.

»Und wie geht's meinem Baby-doll?«

»Danke, nicht schlecht.«

Er lachte. »Dieser süße britische Akzent! Ich bin Engländer, müssen Sie wissen. Zumindest war ich's einmal. Man brachte mich in die Staaten, als ich noch ein Kind war.«

»Nein, so was!«

»Haben Sie alle meine Filme gesehen?«

»O ja!«

»Haben sie Ihnen gefallen?«

»Ja, ja, immer.« Sie fügte »Danke« hinzu, da sie ein sorgfältig erzogenes Mädchen war.

Eric schenkte zwei Martinis ein. Das Dinner wurde serviert und gegessen. Er sprach von sich, während sie ihn nur mit ihren großen, sanften Augen anschaute, und er hielt sie für eine köstliche Gesprächspartnerin. Als die Überreste des Mahls beseitigt und die Kellner ausgiebig mit Trinkgeldern versehen waren, setzte er sich dicht neben sie auf das Sofa und beschloß zur Sache zu kommen.

»London ist schon einen Besuch wert!«

»O ja. Der Tower, die Wachablöse –«

»Ich meine in bezug auf Sex.«

»Oh, Sex. Ja, wahrscheinlich.«

»Wenn Sie's gerade möchten, tun Sie's einfach.«

»Was?«

»Sex.«

Ihr Blick fiel auf die elektrische Wanduhr. »Ach, so spät ist es schon? Ich muß an meinen letzten Bus denken.«

Er lachte. »Sie fahren im Bus? Das nenn' ich Demokratie oder Sozialismus, oder wie immer man das ausdrücken will. Lassen wir uns Zeit! Ich werde Ihnen einen Wagen bestellen.«

»Nein, ich darf nicht spät nach Hause kommen. Sonst glaubt Vati, ich hab' einen Unfall gehabt.«

»Sollen wir's also angehen?«

Sie schluckte. »Gut. Danke.«

Er führte sie zum Schlafzimmer und murmelte: »Macht es dir etwas aus, wenn ich das Licht abdrehe? Ich bin so scheu.«

»Ganz wie Sie meinen.«

Im Dunkeln zog er Anzug, Korsett und das Kupferband aus, das er gegen Rheumatismus trug. »Baby-doll, wo bist du?«

»Ich bin auf dem Bett. Es ist saukalt.«

»Gleich bin ich bei dir.« Er legte den Rest seiner Kleider ab, um es möglichst zu genießen. Mit ausgestreckten Armen durch die Dunkelheit tappend, keuchte er: »Da bin ich, Baby-doll.«

Er kletterte aufs Bett. »Uh, bist du haarig!« Sie kicherte. »Das kitzelt.«

»Wo sind deine Lippen?« fragte er heiser. Seine sexuelle Technik war wie sein Schauspiel durch lange Erfahrung automatenhaft geworden, doch sie war ausgefeilt, wenn auch etwas altmodisch, und befriedigte im allgemeinen das Publikum.

»Oh, Pardon«, entschuldigte sie sich, »ich schaute gerade in die andere Richtung.«

»Ich werde dich jetzt beißen.«

»Könntest du das bitte auf einem Fleck tun, wo man es nicht sieht? Die Mädchen im Büro ...«

»Oder soll ich einfach nur weitermachen?«

»Ja, an sich besteht kein Grund, Zeit zu verlieren, oder?«

Er lachte sanft. »Ach, ihr Londoner Mädel! Wie unersättlich!«

»Ich hab' nur an meinen Bus gedacht.«

Plötzlich stieß er einen lauten Schrei aus. Sie setzte sich kerzengerade auf: »Was ist los?«

»Es fängt schon wieder an.«

»Was fängt an?«

Er keuchte: »Ich sterbe.«

»Scheiße!«

»Dreh das Licht auf!«

»Ich weiß nicht, wo es ist.«

»Neben dem Bett, du Trampel.«

Sie tastete nach dem Schalter. Er lag ausgestreckt, das Gesicht nach unten, stöhnte und hielt sich das Kreuz.

»Hol einen Arzt!«

»Ich hab' bei den Pfadfinderinnen mein Erste-Hilfe-Abzeichen gemacht –«

»Einen Arzt! Ruf in der Rezeption an!«

»Ich möchte nicht, daß mich jemand so sieht«, erklärte sie ihm energisch.

»In der Toilette ist ein Bademantel.«

»Das kommt in keinem Ihrer Filme vor«, beklagte sie sich.

»Bitte! Einen Arzt, ich flehe dich an!«

Sie schrie laut auf.

»Was, in Gottes Namen –«

»Ihr Kopf!« rief sie entsetzt. »Der Scheitel löst sich ab.«

Er setzte sein Toupet wieder auf. »Hol den Arzt, sei so lieb. Einen Arzt! Ich tu' alles für dich, alles ...«

Ihre Augen leuchteten auf. »Meine Mutti sagt immer, ich würde mich sehr gut als Fotomodell machen –«

»In Ordnung, in Ordnung, das verschaff' ich dir. Euch beiden. Aber hol um Gottes willen den Arzt, bevor es zu spät ist! Und deck mich mit etwas zu, sonst bekomme ich auch noch Lungenentzündung.«

Der Arzt war schnell in der Grillstube gefunden, wo er sein Dinner auf Hotelkosten beendete. Er rannte vom Lift zur Picardy-Suite, im Geiste schon ganz bei der Sache – die Suite war nämlich regelmäßig an ältere reiche Besucher aus Übersee vergeben, und er stellte Berechnungen an, was dem derzeitigen Bewohner an Honorar zuzumuten war. Zu seiner Überraschung öffnete ihm ein junges Mädchen in kurzem Männerschlafrock die Tür.

»Guten Abend. Ich bin Dr. Grimsdyke. Sind Sie der Patient?«

»Nein, hier ist ein Herr, dem im Bett plötzlich übel geworden ist.«

»Oh, was für ein Unglück«, sagte Grimsdyke mitfühlend. »Aber ich glaube, ich schaue mir den Burschen erst einmal an.«

Er erkannte den Schauspieler sofort: »Eric Cavendish! Ich hab' mir schon immer gewünscht, Sie kennenzulernen. Aber was fällt Ihnen ein, unter dieser Bådematte aus Kerzendochten zu liegen?«

»Mein Kreuz! Es ist schon wieder kaputt!«

Grimsdyke nahm eine ärztliche Haltung an: »Haben Sie Ihr Kreuz irgendwelchen Anstrengungen ausgesetzt?«

»Was denn, zum Teufel, glauben Sie, habe ich mit der Puppe gemacht? Gedanken gelesen?«

»Ja, die alten Liebesmuskeln lassen uns manchmal im Stich«, meinte Grimsdyke gewichtig. Er tippte ihn mit seinem Finger an. »Tut das weh?«

Eric Cavendish stieß einen Schrei aus.

»Ich glaube, wir werden es mit Strecken versuchen, wenn die junge Dame helfen könnte. Wie heißt sie?«

»Ich hab's vergessen«, sagte der Patient zerstreut, »aber sie ist Miss ... Metallwaren oder so was.«

Iris' Kopf erschien in der Türöffnung zum Wohnzimmer. »Wenn Sie nichts dagegen haben, hätte ich gern meine Kleider.«

»Miss Metallwaren, würden Sie bitte so freundlich sein, die Arme des Patienten zu fassen, während ich an seinen Füßen ziehe?« Draußen donnerte es an der Tür.

»Vielleicht sehen Sie zuerst nach, wer das ist«, meinte Grimsdyke, »ich ziehe inzwischen ein wenig. Sagen Sie mir, wenn ich Ihnen weh tue!«

Abermals heulte Eric Cavendish laut auf.

»Grimsdyke!« Es war Sir Lancelot in einem schottischen Schlafrock. »Das hätte ich mir denken können. Zum Teufel, glauben Sie, daß ich auch nur eine Minute Schlaf finde, wenn es hier so laut zugeht wie in Dantes Inferno? Was veranstalten Sie hier eigentlich? Eine Art sadistische Orgie?«

»Guten Abend, Sir Lancelot. Fall von akutem Hexenschuß! Vielleicht wären Sie so freundlich, mir zu helfen?«

Sir Lancelot warf Iris einen bösen Blick zu. »Ich nehme an, Sie sind die Tochter des Patienten?.«

»Das bin ich nicht. Wenn Sie's wissen wollen, ich bin schon auf dem Sprung zu meinem Bus.«

Sie fischte sich ihre Kleider und verschwand in den Nebenraum. Sir Lancelot kraulte seinen Bart. »Ich fürchte, ich habe schon zu lange auf dem Land gelebt. Sie wissen doch, Grimsdyke, daß Ihre Behandlung völlig falsch ist? Da ich nun schon einmal hier bin, überlassen Sie die Sache lieber mir. Keine Angst, werter Herr«, sagte er zu dem Patienten, »ich bin zufällig konsultierender Chirurg. Ich erinnere mich noch gut, wie ich unter ähnlichen Umständen zum alten Herzog von Skye und Lewis gerufen wurde. Er hatte sich nicht nur den Knöchel gebrochen, sondern ich mußte sogar die Dienste eines Zimmermanns in Anspruch nehmen, um ihn aus den Trümmern seines Himmelbettes zu befreien.« Sir Lancelot kicherte. »Der liebe alte Herzog war immer ein Mann von beachtlicher Phantasie und Unternehmungslust.«

7

»Mein lieber, lieber Lancelot«, sagte der Dekan von St. Swithin, »lieber alter Kamerad! Nie hätte ich in all den Jahren, da ich Ihre Freundschaft genoß, gedacht, daß ich Ihnen eine so schreckliche Nachricht würde überbringen müssen. Nun, Sie haben es wie ein Mann getragen. Nicht, daß ich von einem Mann Ihres Formates etwas anderes erwartet hätte.«

Schwermütig ließ Sir Lancelot das Röntgenbild sinken. Es war am späten Nachmittag des folgenden Tages, und sie saßen allein im Büro des Deans.

»Ich hätte nie auf diese verdammte Fernostreise gehen sollen«, sagte Sir Lancelot schicksalsergeben.

»Ja, es ist wirklich eine ganz, ganz seltene asiatische Krankheit, die Sie sich da zugezogen haben.«

»*Das* ist kein sehr wirksamer Trost.« Der Chirurg zuckte die Achseln. »Dabei fühle ich mich wohl. Ich kann mich nicht erinnern, je so fit gewesen zu sein. Trotz einer schlaflosen

Nacht könnte ich den Serpentine-Teich der Länge nach durchschwimmen und anschließend rund um den Hydepark laufen. Es ist lächerlich!«

Der Dean seufzte unglücklich. »Das ist das Tragische daran. Vielleicht kennen Sie sich mit den Symptomen nicht so gut aus. Ich gestehe, ich mußte sie selbst nachschlagen. Nach den Büchern zu schließen, hat der Patient ein euphorisches Gefühl des Wohlbefindens. Bis dann ganz plötzlich – wumm.«

»Wumm?« Sir Lancelot strich sich den Bart. »Wie lange? Zwölf Monate?«

»Nun, ja ...«

»Neun?«

»Ich würde sagen sechs.«

Er nickte langsam. »So muß ich also diesen dreckigen Planeten verlassen. Na gut, ich glaube, ich habe immerhin ein schönes Leben gehabt. Einmal trifft es jeden von uns. Und trotz unserer unerschütterlichen inneren Selbstgefälligkeit wird sich die Welt ohne uns genauso geschäftig und glücklich weiterdrehen.«

»Sie haben der Menschheit sehr viel gegeben.«

»Ich weiß nicht. Aber sicher habe ich ihr viele genommen.«

Der Dean spielte mit dem Stethoskop, das vor ihm auf dem Schreibtisch lag. »Wenn Sie irgendwelche Wünsche haben – irgendwelche letzte Anliegen ...«

»Nur eines«, sagte Sir Lancelot mit fester Stimme. »Sie werden sich erinnern, daß ich gestern erwähnte, ich würde aufgrund unseres Stiftungsbriefes gern ein paar Krankenfälle übernehmen. Ich glaube, Sie sind dieser Idee nicht sehr wohlwollend gegenübergestanden.«

»Vergeben Sie mir.« Der Dean war über sich selbst entsetzt. »Ich war selbstsüchtig, geradezu viehisch selbstsüchtig.«

»Vergessen wir das«, sagte Sir Lancelot freundlich. »Aber während der Zeit, die mir noch bleibt, würde ich gerne hin und wieder ein paar Patienten sehen. Im übrigen hat man mich oft einen chirurgischen Karrengaul genannt. So will ich auch in den Sielen sterben.«

»Patienten? So viele Sie wollen!« lud ihn der Dean großzügig ein. »Ich bin sicher, sie werden einverstanden, ja sogar zutiefst dankbar sein. Sie werden ihre Operationsnarben stolz den Enkelkindern zeigen und sagen: ›Das war Sir Lancelot Spratts Werk‹. Wie Kriegswunden.«

»Richtig«, sagte Sir Lancelot. Er zog sein getupftes Taschentuch hervor und hustete verhalten.

»Ich bin sicher, daß Ihnen Professor Bingham seine Chirurgiesäle öffnen wird. Er dürfte gerade seine Liste erledigen, drüben im Operationssaal. Warum unterbreiten Sie ihm nicht Ihre Idee?«

»Ich habe noch eine kleine Bitte. In meinem Hotel ist es wirklich ungemütlich. Nachts ist es dort so laut, weil jedermann bis in die frühen Morgenstunden Sexorgien veranstaltet.«

»Natürlich, Sie müssen unbedingt zu uns ziehen!«

»Ich bin gerührt, sehr gerührt –«

»Wir wollen aus ganzem Herzen alles tun, was in unserer Macht steht, um Ihnen Ihre letzten Tage zu verschönern.«

»Ich werde nach Wales verschwinden, um ... für das ... Ende.« Der Dean zögerte und fügte großzügig hinzu: »Sie können meine elektrische Heizdecke haben.«

Sir Lancelot erhob sich. »Sagen wir: nächsten Montag? Bis dahin habe ich nämlich im Hotel schon gebucht und noch eine Menge Telefonate zu erledigen, mit Rechtsanwälten und dergleichen, um meine Angelegenheiten in Ordnung zu bringen. Jetzt werde ich zu Bingham gehen.« Düster fügte er hinzu »Weiß er?«

»Er weiß.«

Sir Lancelot verließ das Büro des Deans. Langsam schritt er ins Freie, an dem Loch vorbei, das mit der neuen Transplantationsabteilung gefüllt werden sollte. »Einen Vorteil hat es«, murmelte er bei sich, »*diese* Scheußlichkeit werde ich nicht mehr mit ansehen müssen.«

Mit niedergeschlagenen Augen trat er durch die automatische Tür in die chirurgische Abteilung und nahm den Lift zum obersten Stockwerk. Ein Lichtschimmer aus dem Anästhesieraum zeigte ihm an, daß Bingham noch operierte und seine Operationsliste mit kleineren Fällen beschloß.

Mit altvertrauten Bewegungen nahm Sir Lancelot Chirurgenmantel, Kappe und Maske aus ihren Behältern. Da er den Operationssaal privat besuchte, sah er keine Veranlassung, seine Tweedhose mit etwas Sterilerem zu vertauschen. Bei solchen Gelegenheiten hatte er die Gewohnheit, sich an den Operationstisch heranzupirschen, ungesehen ein paar Augenblicke lang der Arbeit des Chirurgen zuzusehen und sich dann durch mißbilligendes Schnauben, das im ganzen Saal zu hören war, bemerkbar zu machen.

»Sir Lancelot.« Bingham blickte auf. »Schwester, schieben Sie die Brille auf meine Nase, sie ist schon wieder heruntergerutscht.«

»Wissen Sie, daß Sie alles falsch machen?«

»So?«

»Sie schneiden ja das Katgut, bevor Sie die Arterie abgebunden haben.«

»Versteht sich. Das ist die neue Technik.«

Sir Lancelot schnaubte hinter seiner Maske. »Klingt, als wär's von einem Verrückten erfunden.«

»Ich hab's erfunden.«

»Ja, so ist das also –« Er machte eine Pause. »Verzeihen Sie mir, lieber Junge, wie üblich ist meine Zunge mit mir durchgegangen. Ich bin blödsinnig blind gegenüber den neuen Errungenschaften der Chirurgie, die unseren Beruf voranbringen werden, wenn ich schon lange tot unter der Erde liege.«

Bingham blickte abermals auf. »Ich muß schon sagen, das ist sehr anständig von Ihnen.«

»Zu meiner Zeit habe ich vielleicht nicht alles Menschenmögliche getan, um die kurzen, mir anvertrauten Leben zu hegen, noch den kleinen Versagern Rechnung getragen, die uns alle als menschliche Wesen ausweisen. Das bedaure ich jetzt sehr. Schwester, ich glaube, Sie waren Operationsschwesternanwärterin, als ich aktiv war.«

»Sehr richtig, Sir.«

»Wahrscheinlich habe ich auch an Ihnen hin und wieder mein loses Maul gewetzt.«

»Sie haben mich einmal als Schimpansen mit zehn Daumen bezeichnet, Sir.«

»Das tut mir von ganzem Herzen leid.«

»Machen Sie das fertig!« wies Bingham seinen Assistenten an und verließ den Operationssaal, um sein Zimmer aufzusuchen. »Wie Sie wissen, Bingham, werde ich nicht mehr lange auf dieser unruhigen Welt weilen«, sagte Sir Lancelot, während er ihm folgte.

»Ich war ganz außer mir. Als Ihr Schüler –«

Sir Lancelot unterbrach ihn mit erhobener Hand. »Wenn nur mehr von meinen Studenten Ihre Intelligenz, Ihre Energie und Ihren unablässig forschenden Geist besessen hätten! Es tut mir leid, daß ich Sie zuzeiten für einen engstirnigen dünkelhaften Besserwisser hielt.«

Bingham begann seinen Mantel auszuziehen. »Darf ich Sie um etwas bitten, Sir Lancelot? Ich bin sicher, daß Sie zustimmen werden. Sie sind ein außergewöhnlicher Mensch, sowohl körperlich als auch geistig.«

Sir Lancelot neigte gnädig sein Haupt.

»Wie Sie wissen, bin ich Chef des St.-Swithin-Transplantationsteams; so habe ich mich gefragt, ob ich, in sechs Monaten, glaube ich –«

»Aber ich habe doch diese beschissene asiatische Krankheit«, warf Sir Lancelot ein.

»Aber Teile von Ihnen sind ausgezeichnet! Sozusagen Leckerbissen.« Bingham brach in Gelächter aus, das er sofort unterdrückte. »Um zur Sache zu kommen: Dürfte ich zwei meiner Patienten auf die Warteliste für Ihre Nieren setzen?«

Sir Lancelot zögerte einen Augenblick, dann sagte er feierlich: »Es ist nur recht und billig, daß ich meine Überbleibsel so verwende, wie ich mein Leben verwendet habe: im Dienste der leidenden Menschheit.«

»Ich muß schon sagen, das ist Sportsgeist. Schön, ich werde meine Sekretärin beauftragen, das zu notieren. Und, wenn wir schon dabei sind, könnten wir auch Ihre Hornhäute haben?«

»Ja, meinetwegen.«

»Was ist mit Ihrem Herzen?«

»Wenn Sie es so gut verwenden können wie ich!«

»Herrlich! Haben Sie vor, in – nun, in St. Swithin zu enden? Das würde uns eine Menge schwieriger Transportprobleme ersparen.«

»Mein lieber Bingham, ich habe über den Schauplatz des Ereignisses noch keine detaillierten Pläne gemacht. Ich werde sterben und nicht ein Baby bekommen.«

»Natürlich. Also dann: Leber?«

»Wie Sie wünschen.«

»Milz? Bauchspeicheldrüse?«

»Sie gehören Ihnen.«

»Schilddrüse? Knochenmark?«

»Nehmen Sie alles!«

»Da fällt mir gerade etwas ein: Wir schulden dem High Cross Hospital eine Niere, die sie für ein Lungenpaar einhandelten. Wenn Sie uns aushelfen könnten?«

Sir Lancelot erhob sich. »Mag sein, daß ich, wie Sie sagten, ein außergewöhnlicher Mensch bin. Aber nicht so außergewöhnlich, daß ich drei Nieren besäße. Wenn Sie mich jetzt entschuldigen wollen, werde ich Ihre chirurgische Einkaufsliste nach dem West End bringen und sie mit einem verdammt guten Dinner versehen.«

8

Sir Lancelot verließ den chirurgischen Trakt und schritt, tief in Gedanken, durch den langen Hauptgang des alten Gebäudes der Halle zu. Als er das Haupttor erreichte, bemerkte er eine dunkle Uniform, die sich ihm in den Weg stellte. Als er aufblickte, sah er den Portier Harry.

»Kann ich Sie einen Augenblick sprechen, Sir?«

Sir Lancelot knurrte unwirsch.

Harry deutete mit einer nervösen Kopfbewegung auf seine Loge. »Dort sind wir ungestört.«

»Muten Sie mir zu, daß ich mich mit Ihnen zusammen in diesen Kaninchenstall zwänge?«

Harry förderte aus der Innenseite seines Rockes ein dickes Bündel Fünfpfundnoten. »Es ist wegen dieser kleinen Wette, Sir, die Sie gestern erwähnten. Die ich für Sie in Kempton Park am Tag Ihrer Pensionierung setzte. Es tut mir wirklich leid, Sir, daß ich ganz übersehen habe, Ihnen Ihren Gewinn nachzusenden.«

»Übersehen! Ich soll Ihnen glauben, daß Sie das bloß übersehen haben, wie Sie sich auszudrücken belieben? Unsinn, Mann! Sie sind so krumm wie ein anormaler Appendix. Sie haben in Ihrem Leben noch nie eine Gelegenheit übersehen, jemanden um einen halben Penny zu beschwindeln. Sie würden einen unerfahrenen neuen Studenten dazu bringen, eine Ladung alter Instrumente zu kaufen, die Sie womöglich geklaut haben. Sie würden den Überzieher des Parlamentspräsidenten versetzen, wenn Sie ihn unauffällig beiseite schaffen könnten. Gott allein weiß, was so ein Schurke wie Sie in einem respektablen Unternehmen wie St. Swithin zu suchen hat! Ich persönlich mißtraue Ihnen so sehr, daß ich Sie nicht einmal die Eintrittskarten in einem chinesischen Wanderbordell abreißen ließe!«

Sir Lancelot hielt inne und fuhr sich mit der Hand über die Augen. Die Anspielung auf den Fernen Osten ließ in seinem Geist eine Bombe explodieren.

»Mein Lieber«, fuhr er sanft fort, »es war falsch, ganz falsch von mir, Sie so anzufahren. Wir alle haben unsere Fehler. Was sind die Ihren, verglichen mit den majestätischen Gezeiten von Leben und Tod, die jede Spur von uns im Sand der Zeit auslöschen? Bitte, behalten Sie das Geld.«

Harry starrte ihn an; halb und halb fragte er sich, ob Sir Lancelot verrückt geworden sei oder was wohl hinter diesem Ton wieder stecke.

»Es ist ja doch nur bedrucktes Papier, völlig unwichtig.« Sir Lancelot stieß die Hand des Mannes weg. »Verwenden Sie es für einen guten Zweck. Ein geringer Lohn für das Vergnügen, das mir Ihr freundliches Gesicht jeden Morgen bereitete, wenn es mir bei meiner Ankunft aus dem Guckloch Ihres Kämmerchens entgegenblickte. Leben Sie wohl Harry. Ich wünsche Ihnen Glück und Wohlergehen. Und hören Sie mit der dummen Gewohnheit auf, immer auf den zweiten Favoriten zu setzen.«

Er entfernte sich. Als er im Eingang stehenblieb, um sein Taschentuch zu suchen, hörte er eine weibliche Stimme seinen Namen rufen.

»Ah, die Oberschwester.« Er kehrte in die Halle zurück und lächelte tapfer. »Was kann ich für Sie tun?«

»Ich bin so froh, daß ich Sie erwischt habe. Es ist wegen Schwester Smallbones.« Sir Lancelot runzelte verwundert die Stirn. »Vielleicht erinnern Sie sich: als Sie gestern ins Spital kamen, haben Sie doch ihren Rock zu kurz gefunden.«

»Das habe ich in der Tat«, sagte er mit Nachdruck. »Von mir aus können unsere jungen Damen, wenn sie dienstfrei haben, ihre erogenen

Zonen in den Straßen Londons zu Markte tragen. In St. Swithin aber sind sie Krankenschwestern und nicht Zugnummern von Striptease-Etablissements.«

»Ich hoffe sehr, daß Schwester Smallbones jetzt Ihre Billigung findet.« Das Mädchen stand wie ein Schäfchen hinter ihr. »Sie hat ihren Rock bis zu den Knöcheln ausgelassen.«

»Vorzüglich.« Er nickte lebhaft. »Solche Kleider trugen die Schwestern in meiner Jugendzeit, und ich sah wirklich keine Notwendigkeit, sie zu ändern. Die Patienten in unseren Sälen möchten einmal in ihrem rauhen Leben die Lieblichkeit der weiblichen Anmut spüren und nicht den Sex. Kein weibliches Wesen im Fernen Osten würde je den Rock oberhalb der Waden tragen ...«

Er verstummte. Wieder bedeckte er seine Augen. »Mein liebes Mädchen«, fuhr er, zu Schwester Smallbones gewandt, mit weicher Stimme fort, »bitte tragen Sie Ihre Kleider so kurz oder so lang, wie Sie wollen. Servieren Sie den Patienten das Essen splitternackt, wenn es Ihnen danach zumute ist. Ich fürchte nur, Sie würden unsere altmodischen Säle etwas eisig finden. Was macht es schon aus, ob Ihre Kleider bis zu den *malleoli* oder dem *symphysis pubis* reichen? Das ist eben Mode, reinste Trivialität. Und wir vergeuden unser kurzes Leben mit so banalen

Dingen. Zurück zu Ihren Pflichten, Schwester Smallbones! Und Gott segne Sie, mein Kind.«

»Ist dir nicht gut, Lancelot?« fragte Tottie verblüfft.

»Doch. Das ist das Traurige daran.« Sir Lancelot reckte tapfer sein bärtiges Kinn in die Luft. »Ich habe nur noch sechs Monate zu leben.«

»Nein!«

»Der Dean hat soeben die Diagnose gestellt. Als Internist seines Kalibers hat er sich wohl kaum geirrt.«

»Aber ... was ist es?«

»Eine obskure asiatische Krankheit. Der Name würde dir nichts sagen. Aber sie hat ganze Städte in China ausgelöscht – freilich bewahren Mao Tse-tung und seine Leute tödliches Schweigen darüber.« Tottie zog ein spitzenbesetztes Taschentuch hervor und betupfte damit die Augenwinkel. »Oh, Lancelot! Aber du bist so jung.« Sie machte eine Pause. »Für mich zumindest.«

»Tottie, willst du morgen mit mir abendessen gehen? Im Gedenken alter Zeiten?«

»Ja, gern. Wie könnte ich dir etwas abschlagen?«

»Ich hol' dich hier um sieben ab. Oder um die Ecke? Vielleicht ist es dir aus Gründen der Diskretion lieber.«

»Ich glaube, so wäre es besser.«

»Ich werde mich bemühen, es uns so heiter wie möglich zu machen«, versicherte er ihr galant. »Übrigens, der lange Rock dieses Mädchens, das sollte wohl ein Witz sein?« Tottie nickte lächelnd. »Das dachte ich mir. Aber sollen die jungen Leute nur ihren Spaß mit mir haben, solange sie noch können.«

Sir Lancelot stürzte die Haupttreppe hinunter und kletterte in den Rolls, der haargenau vor der weißen Aufschrift PARKEN VERBOTEN stand. Auf seiner Fahrt durch den Hof in Richtung Gittertor beschleunigte er rasch. Unglücklicherweise bog gerade in diesem Augenblick ein kleiner alter Wagen, der offenbar nur noch durch ein paar Streifen Heftpflaster zusammengehalten wurde, in das Tor ein. Es gab einen lauten Krach, und das kleine Auto schien in seine Bestandteile zu zerfallen.

Wütend stieg Sir Lancelot aus. »Sie Idiot! Sie Kretin! Sind Sie sich im klaren darüber, daß Sie fast meine Karosserie zerkratzt hätten?«

»Haben Sie mein lautes Hupen nicht gehört?« entgegnete Terry Summerbee entrüstet.

»Diskutieren Sie nicht mit mir, Bursche! Ich habe durch dieses Tor *immer* Vorfahrt. Sie kenne ich doch.« Sir Lancelot faßte ihn schärfer ins Auge. »Sie sind einer von den Studenten. Also, wenn Sie so operieren, wie Sie Auto fahren, werden Sie das Problem der Überbevölkerung im Handumdrehen gelöst haben.«

»Ich lasse mich von niemandem einschüchtern, Sir«, erklärte Terry mit Nachdruck. »Es war Ihr Fehler, das wissen Sie sehr gut.«

»Wie können Sie es *wagen*? Es war genug Platz von hier bis China –«

Sir Lancelot hielt inne. Er beschattete seine Augen. »Lieber Junge, Sie haben ganz recht. Ganz recht. Ich tue Ihnen Abbitte. Doppelte Abbitte. Meine Verletzung der Straßenverkehrsordnung wurde nur von meiner Verletzung der guten Sitten übertroffen.«

Terry lächelte überrascht.

»Wohin waren Sie gerade unterwegs? Zu einer Entbindung? Zu einem Werk der Barmherzigkeit, wie sich die Zeitungen ausdrücken?«

»Eigentlich war ich gerade dabei, ein Täubchen aufzulesen – eine junge Dame zu treffen, Sir.«

Der Chirurg lud ihn mit großartiger Geste ein: »Nehmen Sie doch meinen Wagen.«

»Ihren, Sir?«

»Nur heute abend. Ich bin überzeugt, Sie werden ihn schonend behandeln, und er ist bestimmt leichter zu lenken als Ihre eigene Klapperkiste. Danken Sie mir nicht, lieber Junge!« Sir Lancelot klopfte ihm auf die Schulter. »Wohin wollten Sie dieses ornithologische Exemplar denn ausführen?«

»Ich dachte an eine kleine Bar, Sir.«

Der Chirurg suchte in seiner Tasche nach einem Notizbuch. Er kritzelte ein paar Worte auf ein Blatt und überreichte es Terry. »Bringen Sie das ins Crécy Hotel. Verlangen Sie den Geschäftsführer. Unterhalten Sie sich heute abend auf meine Kosten. Das Leben ist zu kurz, um mit Groschen zu knausern. Ich würde anstatt des Restaurants die Grillstube empfehlen. Bestellen Sie Huhn à la Kiew, aber hüten Sie sich vor dem Rotwein, der war dort noch nie gut. Nun muß ich aber rasch in den Bus springen.«

»Einem geschenkten Gaul schaut man nicht ins Maul«, sagte Terry leise zu sich, als er in den Rolls-Royce kletterte.

Als er an den steinernen Stufen angekommen war, zeigte die Uhr auf dem Armaturenbrett genau sechs. Ein offener Sportwagen hielt geräuschvoll neben ihm. Verärgert erkannte Terry Grimsdyke am Steuer. Der Arzt schien ihn zu verfolgen. Er drückte auf einen Knopf, und das elektrische Schiebefenster öffnete sich. »Guten Abend«, sagte er höflich.

»Was machen Sie denn hier?« fragte Grimsdyke unwirsch. »In *dem* Schlitten?«

»Ich warte auf ein Mädchen.«

»Oh, ich auch.«

»Sehr gut! Dann leisten wir einander doch Gesellschaft, bis beide aufkreuzen.«

»Hören Sie einmal, Klein-Summerbee, es gibt keine beiden, sondern nur eine. Ich warte nämlich auf Stella Gray von der Röntgenstation, und ich habe den Verdacht, daß Sie dasselbe Ziel anvisieren. Ich gebe Ihnen den guten Rat, verschwinden Sie samt Ihrem Mausoleum auf vier Rädern!«

»Warum sollte ich?« fragte Terry. »Sie hat mir ausdrücklich für heute abend zugesagt.«

»So, hat sie das? Na ja, wir werden ja sehen, nicht wahr?« Einladend öffnete er die Tür seines Sportwagens, als Stella die Stufen herabeilte. »Da sind Sie ja, meine Liebe, pünktlich auf die Minute!«

»'n Abend, Stella!« schmunzelte Terry.

Mit offenem Mund starrte sie von einem zum anderen. »Hallo, Herzensjunge!« sagte sie schließlich.

»Welcher Herzensjunge?« fragte Grimsdyke.

»Ich ... ich weiß nicht, Herzensjungen. Ja, Terry natürlich.« Sie ging auf den Rolls-Royce zu. »Ja, Terry. Er hat mich zuerst gefragt!«

»Seien Sie nicht blöd, Stella«, begann Grimsdyke ärgerlich.

In ihren Augen blitzte es auf. »Und Sie, sprechen Sie nicht in diesem Ton zu mir, Herzensjunge, Sie Schwein. Los, Terry!«

Grimsdyke schlug vor Ärger die Wagentür zu. Sie stieg in den Rolls-Royce. »Gehört der Ihnen, Liebster?« fragte sie, als sie sich zurücklehnte. Terry ließ den Motor an.

»Natürlich«, log er dreist. »Ich finde, Qualität macht sich immer bezahlt. Meinen Sie nicht auch?«

Der Wagen setzte sich in Bewegung. Im Rückspiegel bemerkte Terry mit Genugtuung, wie ihnen Grimsdyke hinter dem Lenkrad nachstarrte.

Stella überschlug noch immer ihre Chancen bei Terry. »Wohin fahren wir eigentlich?« fragte sie.

»Paßt Ihnen das Hotel Crécy?«

»Herrlich! Das ist ein tolles Lokal! Seit es neu gebaut wurde, gehen alle hin: Fernsehstars, die königliche Familie und so weiter.«

»Dacht' ich doch, daß es Ihnen gefallen würde. Ich werde mit dem Geschäftsführer ein Wörtchen reden, damit die Bedienung klappt, so ... so wie wir es uns vorstellen.«

Sie ließ ihre Finger spielerisch über das polierte Holz des Armaturenbrettes gleiten. »Wir müssen einander näher kennenlernen, Herzensjunge, viel näher!«

9

Terry fuhr in gehobener Stimmung durch das Gittertor von St. Swithin und warf nur einen verächtlichen Blick auf das Wrack seines Autos, das ihm bis vor wenigen Minuten sein liebster – wenn auch bescheidener – Besitz gewesen war. Als aber der Rolls-Royce durch die häßlichen Straßen schnurrte, denen das Spital so ergeben diente, und nach reizlosen Vierteln im Norden Londons den ehrbaren Vergnügungsstätten des West Ends zustrebte, begann er sich doch Gedanken zu machen. Beim Crécy angekommen, war die Saat des Zweifels in ihm so schnell wie japanische Wasserrosen aufgegangen und zu wahrer Panik erblüht.

Wenn sich Sir Lancelot unverständlicherweise dazu entschlossen hatte, ihm gratis Speise- und Transportmöglichkeiten aufzudrängen, so war das seine Sache. Terry kannte die Spitalslegenden über den Chirurgen und war geneigt, dessen Freigebigkeit für ein Zeichen von Exzentrizität zu halten. Aber von ihm selbst war es dumm gewesen, Stella nicht gleich die Wahrheit zu sagen.

Nur die unerwartete Konkurrenz Grimsdykes hatte ihn automatisch zu dem Täuschungsmanöver verleitet. Nervös fragte er sich, wie lange er es durchhalten würde. Er war überhaupt nicht vertraut mit den Interieurs der Mayfair-Hotels, ja eigentlich keines Hotels, mit Ausnahme jener miserablen Gasthöfe, in denen die Rugbymannschaft von St. Swithin auf Tourneen abzusteigen pflegte. Stella freilich, vermutete er verdrossen, trieb sich den Großteil ihrer Freizeit in so eleganten Lokalen herum.

Während des Fahrens plauderte er in besorgtem Ton und hatte schon mehrmals ein Geständnis auf den Lippen. Dann aber entschloß er sich, weiterzumachen. Er war Fatalist und lehnte es ab, sich von Menschen oder Ereignissen entmutigen zu lassen – beides Eigenschaften, die für das Überleben eines Medizinstudenten überaus wichtig sind. Als er den Wagen parkte, wurde ihm außerdem klar, daß es nunmehr zu spät war, alles zu gestehen, ohne Stellas Zorn herauszufordern. Möglicherweise, dachte er bei sich, konnte sich noch alles in Wohlgefallen auflösen.

»Ich muß mit dem Geschäftsführer sprechen«, sagte er, als sie die Halle betraten.

»Und ich muß auf die Damentoilette.«

Die Nennung von Sir Lancelots Namen an der Rezeption bewirkte, daß Luigi aus seinem Büro herbeigeeilt kam. Terry gab ihm die gekritzelte Notiz.

»So, Sie sind ein Freund von Sir Lancelot, mein Herr?« sagte Luigi und verbeugte sich. »Wie oft schickte er uns früher, vor dem Umbau, seine vornehmen Ärztekollegen zum Dinner! Zum Glück stehen wir noch gut mit ihm, Sir, obwohl sein letzter Aufenthalt hier leider nicht sehr angenehm für ihn war. Um eines so alten und geschätzten Gastes willen werde ich sofort veranlassen, daß Sie einen schönen Tisch im Restaurant bekommen.«

»Ich bevorzuge die Grillstube.«

»Da haben Sie, unter uns gesagt, völlig recht.« Luigi schien beeindruckt. »Wollen Sie vielleicht die Drinks vorher in der Mondschein-Bar einnehmen? Von dort hat man einen unvergleichlichen Blick auf London.«

»Ich kann die Drinks doch auf die Rechnung schreiben lassen?« fragte Terry schnell.

»Wie Sie wünschen, mein Herr!«

»Aha! Und die Trinkgelder auch?«

»Selbstverständlich. Ich werde dafür sorgen.«

»Kennen Sie vielleicht eine Miss Stella Gray? Ich nehme an, sie kommt öfter hierher.«

Luigi runzelte die Stirn. »Mir ist der Name momentan nicht geläufig, Sir. Aber zu uns kommen viele vornehme Leute!«

Beim Verlassen der Damentoilette konnte Stella der Versuchung nicht widerstehen und schlüpfte in eine Telefonkabine. Sie wählte eine Nummer und flüsterte aufgeregt in die Muschel: »Mammi, rate, wo ich bin. Im neuen Crécy!«

»Was machst du denn dort?« fragte ihre Mutter scharf.

»Der Junge, von dem ich dir neulich erzählte, hat mich hierher ausgeführt.«

»Was, der Medizinstudent?«

Sie senkte ihre Stimme. »Aber, Mammi, der hat Geld wie Heu! Und einen Rolls-Royce!«

»Paß nur auf, daß du nicht in Schwulitäten kommst!«

»Aber, Mammi, du kennst mich doch: Vorsicht über alles!«

»Du wirst also kein Abendessen mehr wollen, wenn du nach Hause kommst?«

»Heute nicht, so verhungert einen diese Studenten sonst meist heimbringen.«

Sie warf ihr langes blondes Haar über die Schulter zurück und begab sich wieder zu Terry. Ihr Vater war kein Millionär, sondern ein Chemiker, doch wie alle Mädchen hatte sie einen Hang zum Aufschneiden. In der Dachbar bestellte Terry Martini, ein Getränk, das er noch nie gekostet hatte. Mit Entzücken bemerkte er, daß Stella sehr beeindruckt schien, wiewohl sie sich Mühe gab, sich nichts anmerken zu lassen. Gerne hätte er mit den Drinks auch den sinnlichen Gelüsten, die in seinem Inneren gärten, freien Lauf gelassen, aber er hielt es für klüger, sich zunächst als gewandter Mann von Welt zu erweisen; als jemand, der Anspruch darauf haben konnte, von ihr zur Kenntnis genommen zu werden. Als ihm jedoch der Kellner die riesige Speisekarte überreichte, war er zu Tode erschrocken.

»Sollen wir schon hier oben bestellen? Wir essen in der Grillstube! Dort ist das Essen besser als im Restaurant.«

»Das sagt man allgemein, Herzensjunge.«

»Huhn à la Kiew ist hier besonders gut«, murmelte er, während er die Speisenfolge las, ohne im mindesten auf die Preise zu achten. »Ich glaube, den Rotwein sollten wir lieber nicht nehmen, der ist in ganz London als schlecht verschrien.«

Er fühlte, wie sie auf der Bank, auf der sie beide saßen, näher rückte.

»Sie sind ganz schön herumgekommen, Liebster, nicht wahr?«

»Oh, nur ein bißchen ...«

Sie holte tief Atem. »Ist das dort drüben nicht Godfri? Sie wissen doch, der tollste Fotograf von London.«

Terry blickte auf. Ein junger Mann mit schulterlangem Haar in flaschengrünem, mit bunten Glasperlen besticktem Samtanzug, erhob sich lachend von einem Tisch auf der gegenüberliegenden Seite. »Er kommt hier vorbei. Würden Sie ihn gerne kennenlernen?«

Stella riß die Augen auf. »Sie kennen ihn?«

»Nein, aber ich bin sicher, daß uns der Geschäftsführer bekannt machen wird«, behauptete er, als Luigi sich höchstpersönlich näherte, um zu verkünden, daß ihr Tisch gedeckt sei. »Aber gewiß, ich stelle Sie gerne Mr. Godfri vor«, bestätigte der Geschäftsführer. »Er wird sich freuen, einen distinguierten Arzt kennenzulernen. Er trifft gerne vornehme Leute aus jedem Lebensbereich.«

Der Fotograf blieb stehen, lächelte, machte ein paar leutselige Bemerkungen, schaute dann Stella an und fragte: »Aber Sie und ich, kennen wir uns nicht schon? Von der Ausstellung meiner Werke, letzte Woche?«

Stellas lange Wimpern flatterten. »Ich hätte mir nie träumen lassen, daß Sie mich bemerkt haben.«

»Natürlich habe ich Sie bemerkt. Ich habe nur einen Augenblick hineingeschaut, und da starrten Sie wie gebannt auf mein Bild von den Methylalkoholikern. Sie müssen wissen, ich vergesse kein Gesicht, das ich einmal gesehen habe.« Er lachte. »Ich habe ein fotografisches Gedächtnis. Warum sind Sie zu der Ausstellung gegangen? Neugier? Oder wirkliches Interesse?«

»Aber auch ich bin Berufsfotografin.«

Godfri runzelte die Stirn. »Ich habe wohl nicht richtig gehört –«

»Das heißt, Röntgenfotografin«, sagte Stella schnell. »Ich nehme Bilder von Beinen, Brustkörben, Schädeln und solchen Sachen auf. Im St. Swithin's Hospital.«

»Also das ist ja geradezu faszinierend! Zufällig experimentiere ich gerade selbst mit Röntgenporträts. Einmal die Innenseite der Leute zeigen, nicht immer die öde alte Außenansicht. Das ist natürlich eine Art Dreh«, fügte er entwaffnend hinzu. »Aber Sie wissen, Liebste, wie's im Geschäft zugeht: Sie müssen der Konkurrenz immer um eine Nasenlänge voraus sein. Die Schwierigkeit dürfte nur in etlichen veralteten gesundheitspolizeilichen Bestimmungen liegen. Ich kann nicht einfach eine Röntgenkamera kaufen und in meinem eigenen Studio Aufnahmen machen. Wenn ich das täte, würde ich vermutlich halb London sterilisieren.«

»Wenn ich Ihnen irgendwie behilflich sein kann...« begann Stella.

»Doch, ich glaube, das könnten Sie.«

»Vielleicht treffen wir drei uns wieder einmal?« sagte Terry schnell. Er hatte sich im Laufe der Unterhaltung immer unbehaglicher gefühlt und versuchte sich nun mit dem Gedanken zu trösten, daß Godfri als Fotograf vielleicht ebenso schwul war wie manche seiner Bilder.

»Das wäre gigantisch«, stimmte Stella zu.

»Schön«, sagte Godfri, »nächsten Mittwoch hier. Paßt Ihnen das?«

»Nächsten Mittwoch.« Terry nickte. »Nein!« fügte er plötzlich hinzu. Die anderen schauten ihn erstaunt an. »Ich fürchte, ich kann nicht mehr hierherkommen. Ich meine, ich kann nächsten Mittwoch nicht kommen.«

»Wir werden einander schon wieder einmal über den Weg laufen.« Godfri lächelte und winkte lässig. »Muß zu einer Party sausen. Auf bald!«

»Warum können Sie Mittwoch nicht?« fragte Stella. »Ich...« Er suchte verzweifelt nach einer Ausrede. Einen Augenblick erwog er, Sir Lancelot zu überreden, das Arrangement zu wiederholen, aber dann entschied er sich dagegen. »Die Abschlußprüfung«, erinnerte er sich, »ist Montag in einer Woche. Für die muß ich büffeln.«

»Oh, wie langweilig.«

»Da haben Sie recht. Aber in der Medizin kommt die Arbeit leider Gottes vor dem Vergnügen.«

»Gehen wir essen«, sagte sie mürrisch, »ich bin schon ganz verhungert.«

Mit Terrys Abend ging es stetig bergab. Er merkte, daß sie wie eines der verhungernden afrikanischen Kinder aß, die Godfri so meisterhaft fotografierte. Ihre Unterhaltung wurde gespreizt. Sie vergaß sogar, ihn »Herzensjunge« zu nennen. Er verfluchte sich, daß er Luigi gebeten hatte, sie mit dem Fotografen bekannt zu machen, und das nur aus Angeberei. Erst als er mit Stella durch die Eingangshalle ging und sagte: »Ich hol' den Rolls«, schien sie aufzuleben.

»Ja, holen Sie ihn. Ich hab' ganz vergessen, Herzensjunge, daß wir in einem Rolls gekommen sind.«

Als Terry sich zum Ausgang wandte, trat Grimsdyke ein.

»Haben Sie sich an meine Sohlen geheftet, oder was?« fragte ihn der Student verärgert.

»Guten Abend, Summerbee, guten Abend, Stella«, sagte Grimsdyke förmlich, »verzeihen Sie mir, daß ich keine Zeit zum Plaudern habe, aber ich bin schon spät dran für mein Abendessen, das ich immer hier einnehme. Und sicher werden Sie's schon eilig haben, Sir Lancelot Spratts Wagen zurückzustellen, bevor er bemerkt, daß Sie ihn geklaut haben.«

»Sir Lancelot Spratt?« rief Stella. »Meinen Sie diesen lauten, fetten Alten mit dem Bart, der kam, um seinen Brustkasten röntgen zu lassen?«

»Ja, die Nummer dieses Straßenkreuzers habe ich mir besonders eingeprägt, da sie unwandelbar mit Unheil verbunden ist.«

»Ich hab' ihn *nicht* gestohlen«, protestierte Terry wütend, »zufällig hat ihn mir Sir Lancelot geliehen.«

»Das klingt sehr plausibel. Einem Studenten!« Grimsdyke lachte geringschätzig. »Aber das werden Sie ausbaden müssen. Wie ich Sir Lancelot kenne, ist der Verlust inzwischen jedem Polizisten Londons bekannt.«

»In was haben Sie mich da hineingezogen, Sie blöde Niete?« fragte Stella Terry wütend.

»Ehrlich, Stella, ich habe nichts getan.«

Grimsdyke klopfte ihm väterlich auf die Schulter. »Machen Sie sich nichts draus, man wird Sie nur wegen unerlaubten Fahrens einbuchten, und dafür gibt's kaum mehr als drei Monate.«

Er entfernte sich mit beschwingten Schritten, seine Ausführungen klangen ihm lieblich in den Ohren nach.

Grimsdyke verschob sein Dinner, um zuerst in die Picardy-Suite zu schauen. Die Wohnzimmertür wurde von Ted geöffnet.

»Wie geht's dem Patienten?«

»Noch immer im Bett, Doktor, wie Sie verordneten, aber etwas besser.«

»Gut. Ich habe bemerkt, daß Sie den Zeitungen gegenüber Grippe angaben.«

»Wir müssen schließlich das Image wahren.« Ted nickte in Richtung der geschlossenen Schlafzimmertür. »Es wäre mir recht, wenn Sie mit ihm sprächen, Doktor. Über ... nun, gewisse Übertreibungen. Wie Sie wissen, ist er ganz scharf auf junge Mädchen.«

»Ich würde meinen, das wäre ein ganz gesunder Zug.«

»Ja, das ist bestimmt in Ordnung, solange sie über dem Mündigkeitsalter sind. Heutzutage allerdings nicht leicht festzustellen. Und man kann nicht gut im entscheidenden Moment die Geburtsurkunde verlangen. Lustig ist das schon«, grübelte er, »heute ist's Verbrechen, morgen Vergnügen. Aber Eric ist nicht mehr so jung, wissen Sie? Wir mußten natürlich um seines Images willen sein wirkliches Alter verheimlichen. Auf der Leinwand sieht er gut aus, wenn er geschminkt und gut ausgeleuchtet ist. Er hat nur den kleinen Tick, daß er sich auch in Wirklichkeit für den Helden hält, den er in seinen Filmen darstellt. Damit wird er sich noch umbringen«, schloß Ted düster.

»Ich soll ihm also den väterlichen Rat geben, sich die Täubchen vom Hals zu halten?«

»Na ja, zumindest nicht ganz so viele und nicht ganz so junge. Diese Küken sind so unternehmungslustig.«

»Eins zu null für Sie!« stimmte Grimsdyke zu. »Immerhin ein charmantes Ende.« Er strich sich gedankenvoll den Schnurrbart. »Gut, ich will sehen, was ich tun kann.«

»Danke, Doktor«, strahlte Ted dankbar.

»Übrigens, wenn Sie Lust haben, meinen Namen in diesen Pressekommuniqués zu erwähnen, habe ich nichts dagegen. Solange ich der Ärztevereinigung erzählen kann, daß Sie es ohne meine Erlaubnis taten.«

Eric Cavendish saß in einem orangefarbenen Pyjama mit Toupet und dunkler Brille im Bett. »Und wie geht's uns heute abend?« fragte Grimsdyke und schloß die Tür hinter sich.

»Ich glaube, ich bin über den Berg«, antwortete der Schauspieler grinsend. »Dieses Mädchen, das Sie mir schickten, um mein Kreuz zu massieren, war einfach herrlich. Ich hätte nie gedacht, daß ich mich mit einer Frau im Bett so köstlich unterhalten könnte, ohne etwas anderes zu tun, als auf dem Bauch zu liegen und zu spüren, wie sie ihre Daumen in mein Rückgrat bohrt.«

Grimsdyke setzte sich auf die Bettkante. »Weil wir gerade von Frauen sprechen ...«

»Ich weiß, ich weiß!« Der Schauspieler warf die Zeitschrift, die er gerade gelesen hatte, beiseite. »Ted möchte, daß ich ein Keuschheitsgelübde ablege.«

»Nein. Aber er glaubt, wenn Sie sich auf eine etwas langsamere Gangart umstellten, würden Sie es zu guter Letzt bei den Puppen auf eine größere Meilenzahl bringen. Ich hatte mehr als einen Fall in diesem Hotel«, fügte Grimsdyke drastisch hinzu, »wo Mädchen unter einem Gentleman hervorkriechen mußten, weil der Gute umgestanden war. Recht peinlich!«

»O nein! Jetzt wollen Sie mich erschrecken.«

Grimsdyke schüttelte weise den Kopf. »Das will ich nicht! Aber bedenken Sie, wie zum Beispiel der Blutdruck in die Höhe geht, Atmung, Puls, alles. Stellen Sie sich die Belastungsprobe für die Arterien vor. Es ist schlimmer, als einem Autobus nachzurennen.«

»Okay, okay, Doktor! Ich werde eine Zeitlang bei den Püppchen ein wenig bremsen. Ich finde aber, das heißt die Sache verkehrt angehen. Betrachten Sie es einmal von dieser Seite: Wenn es Ihr Wagen hügelauf, hügelab nicht mehr schafft, was tun Sie dann?: Sie bringen ihn in die Garage und geben nicht etwa das Fahren auf. Können

Sie mir nicht etwas geben, Doktor? Irgendwelche Pillen oder sonstwas?«

Grimsdyke warf einen Blick auf die Fläschchen und Schachteln auf dem Nachttisch. »Ich glaube nicht, daß es noch welche gibt, die Sie nicht nehmen!«

»Was ich brauche, Doktor, ist nicht Stillstand«, er zeichnete mit seinen Armen Schnörkel in die Luft, »sondern Verjüngung!«

Grimsdyke blickte ihn zweifelnd an. »Wenn Sie sich verjüngen lassen, dann werden Sie womöglich kleine Mädchen aus den Kinderwagen reißen.«

»Ich stelle eine neue Regel auf: Kein Mädchen darf mehr als zehn Jahre jünger sein als ich.«

»Keine Oma wäre sicher vor ... ich meine, ja, natürlich, das könnte gehen. Aber es würde Zeit kosten.«

»Was ist das, verglichen mit den Wonnen eines Menschenlebens?«

»Und Geld!«

»Sprechen Sie mit Ted!«

»Gut ...« Grimsdyke ging ans Kopfende des Bettes und dämpfte seine Stimme. »Es gibt da einen Ort, wo ...«

Eric Cavendish warf die Bettdecke zurück. »Großartig! Wann fahren wir hin?«

»Geduld, Geduld. Ich muß zuerst mit dem

Chef der Klinik sprechen. Zum Glück ist er ein Freund von mir.«

»Wie heißt das Etablissement?«

»Dr. de Hoots Jungbrunnen-Klinik«, verriet ihm Grimsdyke. »Ein lieblicher Ort. Mitten in Kent. Herrliche Aussicht, eigene Landwirtschaft, Kieswege und Kanalisation.«

10

Am nächsten Nachmittag, einem Freitag, lehnte Sir Lancelot Spratt um vier Uhr an der westlichen Brüstung der neugebauten London-Bridge und starrte gedankenverloren über die Wasserfläche stromabwärts. Die einzigen Schiffe, die längs der Kaimauer lagen, waren kleine, heimelig aussehende Fahrzeuge, auf deren Hecks die Namen von unaussprechbaren baltischen Häfen standen. An der Reling lungerten stiernackige Seeleute. Aber der untere Teil der Themse versetzte Sir Lancelot immer in Aufregung. Vielleicht, fragte er sich wie schon so oft, lag ihm das Meer im Blut. Immerhin war sein jüngerer Bruder Kapitän eines Linienschiffes, das er in demselben Geist kommandierte wie Sir Lancelot seinen Operationsstab.

Er sah zu, wie sich die beiden Teile der Tower Bridge langsam in die Luft hoben. Sie schienen ihm verführerischer als die Arme einer Frau. Das Wasser unter seinen Füßen war der ölige Abschaum von sieben Ozeanen und nichts, absolut nichts befand sich zwischen ihm und den fernen

Meeren, wo die Sonne ihren Weg durch einen leeren Himmel brannte, bevor sie in einer Explosion von Purpurrot unterging, wo sich Delphine entlang den Schiffsplanken tummelten und fliegende Fische durch die Wellen hüpften, in dichteren Schwärmen als die Kohlweißlinge in seinem Garten im Hochsommer, und wo es ein und die andere Insel gab mit Palmen, verschiedenen Obst- und Gemüsesorten, die man unbesorgt essen konnte, wo ein Mann in der Sonne liegen und den Kopf im Schoß eines braunen Mädchens wiegen konnte, das nur lächelte, sanft über seine Brauen strich und nicht ein einziges Mal mit ihm verschiedener Meinung war.

»So sollte man seine Tage beschließen«, beendete Sir Lancelot laut seinen Gedankengang.

Er angelte nach seinem Taschentuch und schneuzte sich. »Verdammter asiatischer Bazillus! Ich hätte noch gern so viel von der Welt gesehen. Andererseits hätte ich auch schon vor Jahren unter ein Taxi kommen oder von einem unzufriedenen Patienten mit meinem eigenen Skalpell erstochen werden können. Man kann die Sache auch von dieser Seite betrachten.«

Nach einem letzten neidischen Blick auf die Möwen, die kreischend über ihm flatterten, wanderte er festen Schrittes dem Nordufer der Themse und der City zu.

Er durchquerte den Fischmarkt von Billingsgate, ging am Denkmal Wrens vorbei und betrat ein großes Bürogebäude in Eastcheap.

»Spratt für Wormsley«, sagte er dem Mädchen am Schalter.

Im achten Stock kam ihm Mr. Wormsley entgegen.

»Guten Tag, Sir Lancelot. Welch großes, wenn auch unerwartetes Vergnügen! Prächtiger Tag heute, nicht? Schauen Sie nur aus dem Fenster, wie die Sonne auf dem Monument glitzert!«

Sir Lancelot brummte: »1677 von Sir Christopher Wren errichtet. 202 Fuß hoch, der genaue Abstand von der Stelle in Pudding Lane, wo das große Feuer ausbrach. Die Inschrift am Sockel, die ursprünglich Seine Heiligkeit in Rom als Brandstifter Londons bezeichnete, ließ König James II. auskratzen, William und Mary ließen sie wieder anbringen, bis William IV. sie endgültig löschte. Was beweist, daß die Auslegung der Geschichte wie die Traumdeutung ein reichlich trügerisches Geschäft ist.«

Mr. Wormsley lachte geziert. Er war ein bleicher, nervöser junger Mann in elegantem blauem Anzug, breit gestreiftem Hemd und steifem weißem Kragen. »Es ist wohltuend, jemanden zu treffen, der die Entwicklung unserer Weltgeschichte richtig zu beurteilen weiß.«

»Aus der zu scheiden die meisten Ihrer Klienten energische und komplizierte Vorbereitungen treffen«, bemerkte Sir Lancelot, »da Sie ja auf die Umgehung der Erbschaftssteuer spezialisiert sind. Gehen wir in Ihr Büro?«

Sobald sie einander in dem kleinen modernen Raum an einem Schreibtisch gegenübersaßen, fuhr Sir Lancelot fort: »Nun, ich hatte ja jahrelang Ihren Vater als Vermögensberater. Aber ich hoffe, auch Sie kennen alle Tricks.«

Mr. Wormsley sah betreten drein. »Keine Tricks, Sir Lancelot, alles völlig legal. Wir leisten keineswegs der Steuerhinterziehung Vorschub.«

»Mir ist völlig egal, wie Sie es nennen. Ich werde sterben.«

»Ich auch. Wir alle müssen sterben.«

»Ja, aber nicht in sechs Monaten, hoffe ich«, sagte er gereizt.

»Oh, Sir Lancelot, es tut mir furchtbar leid.«

»Schauen Sie, Wormsley, ich hab' ganz schön gescheffelt und bin nicht geneigt, das alles dem Staatlichen Gesundheitsdienst zu hinterlassen, damit dieser einen Haufen Leute, die ich nicht kenne und wahrscheinlich gar nicht kennenlernen will, mit Zähnen und Brillen ausstattet. Ich habe mich nie übers Steuerzahlen beklagt, das käme einer Klage über das zwanzigste Jahrhundert gleich. Der Pöbel hatte einst die Gewohnheit, die Häuser der Reichen niederzubrennen und diese an Laternenpfähle aufzuhängen. Jetzt kaufen sich die Reichen durch Pensionen, Gratisausbildung und derlei los, ein einfaches Arrangement und bequemer für alle Beteiligten.«

Mr. Wormsley schien besorgt. »Haben Sie irgendwelche Verwandte?«

»Nur einen Bruder, und der ist fein heraus; dürfte sich's mit Schmuggeln gemacht haben. Meine Frau ist ja tot.«

»Sie denken nicht daran, noch einmal zu heiraten?«

»Großer Gott, zwischen Hochzeit und Begräbnis bliebe keine Zeit für die Flitterwochen.«

»Aber es würde aus der Steuermisere helfen.« Der Vermögensberater klopfte sich mit einem Bleistift auf die Zähne. »In der guten alten Zeit standen uns eine Menge Hintertürchen offen. Versicherungspolicen –« Er lachte kurz. »Sie würden staunen, wie oft ich noch in letzter Minute gerufen wurde, um ein Leben zu versichern, das dem Körper fast schon entflohen war. ›Totenbettgeschäfte‹ nennen wir das. Einige dieser Erfahrungen waren wirklich recht erheiternd.«

»Gewiß«, sagte Sir Lancelot, »aber ich bin ja noch zu Ihnen gekommen, bevor ich als Leichnam schreckliche Gerüche und Buchhaltungsprobleme schaffe. Lassen Sie sich bitte also was einfallen!«

Mr. Wormsley kratzte sich mit dem Bleistift langsam die Wange. »Ackerland scheidet natürlich aus. Wälder sind nicht sehr einträglich. Ich kann Ihnen nur raten, Ihren dauernden Wohnsitz im Ausland zu nehmen. Das heißt, so dauernd, wie es Ihre Umstände eben erlauben.«

»Wo?«

»Die Bahamas? Die Bermudas? Aber die haben Wassermangel und Rassenprobleme. Die Insel Man wäre geeignet, aber das Klima fördert den Rheumatismus, und all diese Motorradrennen dürften ziemlich laut sein. Curaçao ist entlegen, hat aber holländisches Kanalisationssystem. Vielleicht die Kanalinseln? Mögen Sie Tomaten?«

Sir Lancelot strich sich schweigend den Bart. »Zweifellos ist Ihnen Aldous Huxleys ›Schöne neue Welt‹ ein Begriff. Wer sich gegen die soziale Ordnung verging, wurde auf eine kleine Insel verbannt. Offenbar ist es jetzt ein Verbrechen, reich zu sein. Eine köstliche Vorstellung: Alternde Millionäre machen sich auf den Weg zu ihrem Steuerhimmel, wie sich sieche Elefanten durch den Dschungel zu versteckten Sterbeplätzen durcharbeiten. Ich würde in meiner letzten Stunde gern in der Sonne sitzen; ich fürchte nur, ich gehöre nicht in diese Klasse. Chirurgie macht sich nicht so bezahlt wie Börsengeschäfte. Vor allem möchte ich meinem Spital St. Swithin eine anständige Summe hinterlassen.«

»Das wird sich in Form einer Schenkung *inter vivos* machen lassen«, kalkulierte Mr. Wormsley, einen anderen Trick seines Gewerbes ausspielend. »Wenn Sie es doch fertigbrächten, noch sieben Jahre zu leben!«

»Und ich sage Ihnen, ich bringe es nur noch auf sechs Monate«, sagte Sir Lancelot grob.

»Schon, schon, aber vielleicht sollten wir doch sofort eine Schenkungsurkunde aufsetzen, nur für den Fall. daß Sie einen – äh – Aufschub erreichen.«

»Gut. Ich habe an fünfzigtausend gedacht. Auszuzahlen an ...« Er bekam einen harten Zug um den Mund. »Auszuzahlen an meinen ehemaligen Studenten, Professor Bingham, für ihm nötig scheinende chirurgische Forschungsarbeit. Lassen Sie die entsprechenden Papiere ausfertigen und schicken Sie sie mir rüber in mein Hotel. Jetzt muß ich aber weg. Ich habe eine wichtige Verabredung zum Abendessen.«

Auf seinem Weg zurück zum Crécy ließ Sir Lancelot das Taxi in der Bond Street halten, um zwei Besorgungen zu machen, bevor die Geschäfte schlossen. Beide Päckchen legte er ungeöffnet auf den Toilettentisch, während er badete und einen dunklen Anzug anlegte. Dann erst packte er das kleinere aus, öffnete ein Lederetui und drehte eine Diamantnadel in seinen langen, empfindsamen Fingern.

»Kostet eine schöne Stange Geld«, murmelte er, »aber was für einen Sinn hat's noch, etwas auf die hohe Kante zu legen?«

Das zweite Päckchen öffnete er nur zögernd. Einige Augenblicke betrachtete er zweifelnd die modische Flasche mit der Aufschrift DAS AUFREGENDE NEUE TOILETTEWASSER FÜR DEN HERRN. »Irgendwann muß man ja anfangen«, knurrte er, öffnete den Verschluß und tupfte die Flüssigkeit großzügig auf seinen Bart.

Er wartete in der Hotelhalle, als Tottie Sinclair eintrat. In ihren Augen war ein Ausdruck von tapfer unterdrückter Ergriffenheit. Er nahm ihre Hand in seine beiden Händen. »Meine Liebe, wir müssen meine widrige Verfassung heut abend vergessen. Ich bestehe darauf. Im übrigen könnte es noch schlimmer sein – ich könnte Schmerzen haben oder bettlägerig sein. Jedenfalls wünsche ich mir von ganzem Herzen, den Abend zu genießen. Das hoffe ich auch für dich.«

»Oh, Lancelot, du bist so tapfer!«

»Mir bleibt nichts anderes übrig, außer mich zu erschießen. Und dieser Wirbel steht kaum dafür!«

Sie schnupperte. »Sind hier im Hotel Hunde zugelassen?«

»Bestimmt nicht.«

»Seltsam. Leider bin ich allergisch auf Hunde. Mir kommt es vor, als ob ein ganz besonders großer, stark riechender hier in der Nähe wäre.« Sie schnupperte abermals. »Ich würde sagen, ein läufiges Airedaleweibchen.«

»Sollen wir den Aperitif bei Tisch nehmen?« fragte Sir Lancelot und wischte seinen Bart heftig mit dem Taschentuch ab. »Der Geschäftsführer hat uns einen abseits gelegenen in der Grillstube reserviert.«

Das Essen war herrlich. Sir Lancelot bestellte Huhn à la Kiew und Champagner. Bald vergaßen sie den traurigen Grund, der ihn bewogen hatte, die Einladung so rasch auszusprechen, und sie, diese sofort anzunehmen. Beim Cognac zog er das Etui aus der Tasche und reichte es ihr über den Tisch.

»Ein kleines Andenken«, erklärte er.

Sie hielt den Atem an, als sie es öffnete. »Aber, Lancelot, das ist ja viel, viel schöner als alles, was ich je im Leben bekommen habe.«

»Freut mich, daß es dir gefällt.«

»Und ob! Ich liebe Diamanten, aber für eine Krankenschwester sind sie nicht einmal annähernd erschwinglich. Das muß ja –« Sie biß sich auf die Lippe. »Ich weiß, das sollte ich nicht sagen, aber das muß dich ja ein Vermögen gekostet haben.«

»Was bedeutet denn jetzt noch Geld?«

Sie senkte den Blick. »Es tut mir leid«, sagte sie leise, »ich hatte es ganz vergessen.«

»Tottie«, schlug Sir Lancelot vor, »wie wär's, wenn wir eine Woche miteinander wegführen?«

Sie sah ihn überrascht an.

»Jetzt«, fuhr er fort, »morgen.«

»Aber ... aber, Lancelot, was würden die Leute sagen?«

Er lächelte überlegen. »Was würden die Leute schon erfahren? Soweit ich mich erinnere, waren wir ziemlich tüchtig in der heute unbekannten Kunst der amourösen Diskretion.«

»Ich ... ich, nein, das geht nicht.«

»Warum?«

»Nun ... ich könnte bestimmt keinen Urlaub bekommen.«

»Kleinigkeit«, murmelte Sir Lancelot.

»Es wäre nicht recht.«

»Muß unsere Altersgruppe immer die ganze Moral am Hals haben, während die Jungen den ganzen Spaß haben? Das scheint mir eine höchst ungerechte Aufteilung.«

»Ich meine, Leute in unserer Stellung. Du als konsultierender Chirurg im St. Swithin und ich, die ich mit der Aufsicht über die Schwestern betraut bin.« Sie zögerte. »An welchen Ort dachtest du denn?« fragte sie schwach.

»An Le Touquet. Dover genau gegenüber auf der anderen Seite des Kanals. Recht kalt zu dieser Jahreszeit, aber vor dem 14. Juli niemals überfüllt. Ich hab' den Ort wirklich gern. Altmodisch, aber unverwechselbar Frankreich – Knoblauch, *escargots*, ellenlange Brote und alles, was sonst noch dazugehört.«

»Wo ... wo könnten wir unauffällig wohnen?« fragte sie zögernd weiter.

»Ich kenne ein ruhiges kleines Hotel, wo man uns kaum bemerken wird. Ich war schon seit einer Ewigkeit nicht mehr dort, das Personal würde mich nicht mehr erkennen. Es gibt ein paar sehr anständige Restaurants, und wenn's uns Spaß macht, können wir einen Abstecher ins Kasino machen oder sogar tanzen gehen.« Er lachte leise. »Hab' seit Jahren nicht mehr getanzt. Wenn du dich erinnerst, ich habe mich beim Rumba ganz geschickt angestellt.«

»Nein, Lancelot«, sagte sie ruhig.

Er nahm ihre Hand, die auf dem Tischtuch lag. »Tottie, ich habe dich damals geliebt, damals im Krönungsjahr. Ich liebe dich auch jetzt.«

Wieder senkte sie den Blick. Wie ein junges Mädchen, fand er. »Ich möchte dir etwas sagen: Hätte ich Aussicht, weiterzuleben, und nicht so rasch zu sterben, wie es bedauerlicherweise der Fall sein wird, würde ich dich höchstwahrscheinlich bitten, meine Frau zu werden. Hättest du unter solchen, glücklicheren Umständen ›ja‹ gesagt?«

Es herrschte Schweigen. Sie nickte geistesabwesend.

»Über all diesen Dingen werden wir ja ganz trübselig«, meinte Sir Lancelot wieder heiter. »Los, Tottie, komm mit! Wenn wir finden, daß wir einen Fehler gemacht haben, gibt's in Le Touquet auch einen ausgezeichneten Golfplatz.«

Sie lächelte. »Ich könnte auch Spielkarten mitnehmen.«

11

Der Dean hatte ein gutes Frühstück immer schon geschätzt. Zu Hause war er meist der erste im Eßzimmer und setzte sich händereibend und lächelnd zu seinen Cornflakes, voll Freude über den bewegten Tag, der am Krankenbett und am Konferenztisch vor ihm lag. Aber eine Woche später, an einem Freitag morgen, war er nach dem Weckerläuten wieder eingedöst, und als er das sonnige Eßzimmer betrat, fand er seine Gattin, Sohn George und Tochter Muriel schon bei Tisch. Mit einem kurzen, resignierten Blick erkannten die drei an den verkniffenen Lippen und den gerunzelten Brauen, daß die Verzögerung ihn in schlechte Laune versetzt hatte.

Während er seinen Sessel nahm, begrüßte er sie mit einem Knurren. Seine Frau vertiefte sich weise in den *Guardian*. George und Muriel aßen schweigend und blickten vor sich hin. Der Dean begann eilends, wie ein Hase seinen Klee, die Cornflakes zu vertilgen. Dann griff er nach dem ersten Brief seiner Morgenpost, die Miss Mac-

Nish auf die sorgfältig gefaltete *Times* gelegt hatte.

»Was soll das?« schrie er wütend. »Ist da einer irrsinnig geworden? Man bedauert, keine Verwendung für mein Fernsehmanuskript zu haben, doch zeige es Begabung, und man dankt mir für die Zusendung. *Ich* habe keine Manuskripte fürs Fernsehen geschrieben, oder?« fragte er außer sich, während er mit seinen bebrillten Augen neuerlich wütend den Umschlag betrachtete. Der Brief zitterte in seiner Hand. »Er ist an dich adressiert, George. Mein Gott, Junge! Was stellst du dir eigentlich vor? Hast du wirklich irgendwelchen Unsinn für den Idiotenkasten geschrieben? Wo doch jeder Augenblick des Tages deinen Studien gewidmet sein müßte, besonders bei deiner schwachen Intelligenz.«

Der Dean warf ihm ärgerlich den Brief zu. »Daß mir nicht noch einmal ein solcher Blödsinn unterkommt!«

Georges Augen glühten, als er ehrfürchtig den Briefbogen ergriff. »Aber sie schreiben, es zeige Talent.«

»Das ist, soviel ich weiß, die übliche Phrase in Schulzeugnissen, wenn eine andere Beurteilung entmutigend oder abfällig klänge. Übrigens, so etwas kann jeder schreiben.« Er fuchtelte mit der

Hand in der Luft herum. »Auch ich könnte es, wenn ich die Zeit dazu hätte!«

Das Au-pair-Mädchen erschien und brachte ihm Eier mit Speck unter einem metallenen Deckel.

»Inga, würden Sie bitte Miss MacNish ersuchen, einen Augenblick hereinzukommen?«

»Ja, gern, Herr Doktor.«

Der Dean drehte sich um und stellte fest, daß sein Sohn die Bewegungen des Mädchens beim Hinausgehen aufmerksam verfolgte. »Ich bin nur froh, daß du das Studium der Anatomie noch nicht aufgegeben hast«, bemerkte er trocken. »Um die Zeit aufzuholen, die du durch unnützes Schmieren vergeudet hast, werde ich dir heute abend etwas von meiner eigenen Zeit, die freilich ungleich kostbarer ist, widmen, um dich gut durchs Verdauungssystem zu bringen.«

»Aber, Papa, heute abend ist doch die Party in Ken Kerrberrys Bude«, protestierte George. »Du weißt doch, um die Streiche für unsere ›Radauwoche‹ vorzubereiten.«

Der Dean zögerte. So gerne er auch die Studenten im akademischen Bereich hunzte, war er doch ein guter St.-Swithin-Mann. Es gefiel ihm, wenn das Spital für die »Radauwoche« auf gelungene Ideen verfiel, und er selbst lachte am herzlichsten über die verschiedenen Attentate auf unselige Passanten. »Gut, gut«, stimmte er kurz zu, »ich bin froh, daß man im Spital noch normalen, gesunden Unfug anstellt, ohne diesen verdammten Blödsinn politischer Proteste, die man gesetzlich verbieten sollte. *Du* gehst nicht zur Party, nehme ich an?« fragte er Muriel.

»O nein, Papa.«

»Du wirst zu Hause bleiben und lernen?«

»Ja, Papa.«

»Sehr gewissenhaft!«

Muriel war groß und schlank wie ihre Mutter und sah nicht übel aus. Aber in dem Alter, da sich ihre Freundinnen in wandelnde Aphrodisiaka verwandelten, trug sie eine strenge Frisur und einfallslose Kleider und galt in der Ärzteschule als verheerend unelegant und altmodisch. Sie war ein stilles, gehemmtes Mädchen, wie jede Persönlichkeit im Schatten des Deans zum Verkümmern neigte. Sein Blick verriet nunmehr väterliche Sorge. Noch vor ein, zwei Tagen war sie lebhafter und gesprächiger gewesen, als er sie je gesehen hatte. Jetzt kroch sie im Haus herum wie ein Gewinner im Toto, der seinen Spielabschnitt aufzuheben vergessen hat. Es war äußerst merkwürdig.

Das Erscheinen der Haushälterin unterbrach seinen Gedankengang.

»Ah, Miss MacNish! Wie Sie wissen, wird Sir Lancelot ab Montag bei uns wohnen für eine – hm – beschränkte Zeit.«

Sie seufzte. »Und wie geht's dem Armen?«

»Ich weiß es nicht. Ich habe ihn die ganze Woche nicht gesehen. Er hat mit Rechtsanwälten und derlei Leuten zu tun. Ich wollte Ihnen nur sagen, daß Sie ihm meine Heizdecke geben können.« Der Dean unterbrach sich. »Ja, das heißt natürlich meine alte Heizdecke!«

»Aber, Herr Doktor«, antwortete sie besorgt, »Sie wissen doch, daß eine schadhaft ist.«

»Er wird das Risiko, sich zu elektrisieren, tragen müssen«, entgegnete der Dean brüsk, »und im übrigen würde das bei seinem Zustand keinen großen Unterschied machen – will sagen, das wäre natürlich zu dumm!«

Muriel erhob sich. »Ich will zur Pharmakologie-Vorlesung nicht zu spät kommen.«

Als auch George und die Haushälterin verschwunden waren, fuhr der Dean, zu seiner Gattin gewandt, fort: »Miss MacNish wird gehen müssen. Wir können uns die Ausgaben für sie und Inga wirklich nicht leisten!«

»Warum nicht? Du setzt Miss MacNish einfach als deine Sekretärin und daher als Abschreibposten auf die Einkommensteuererklärung.«

Der Dean ließ ein Knurren vernehmen.

»Das ist eine Gewohnheit, die du ablegen mußt, Liebste, sobald du geadelt bist.«

Der Dean wechselte das Thema. »Ich mag die Art nicht, wie George mit Inga liebäugelt. Die jungen Leute sind heutzutage so sexnärrisch. Unsere Generation hat noch gewußt, was Selbstbeherrschung heißt. Und was ist mit Muriel los? Ich frage mich schon, ob sie Tbc erwischt hat oder sonstwas. Oder sollte sie vielleicht zum Psychiater gehen?«

»Oh, sie ist verliebt.«

»Was?!« Der Dean war erstaunt. »Muriel? Das kann doch nicht wahr sein.« Er starrte auf seinen Toast. »Immerhin, ich hätte gar nicht gedacht, daß sich die Jungen heute noch verlieben. Sie tun sich nur zusammen und stoßen animalische Schreie aus. Ewig schade, daß das Flirten eine ausgestorbene Kunst geworden ist. Du und ich, wir hatten noch richtig Spaß. Tanzen und Theater, Bonbonnieren und all das!«

Josephine legte die Morgenzeitung weg.

»Solange du mir den Hof gemacht hast, ja! Aber wann hast du mich zum letztenmal ins Theater geführt? Oder zum Tanzen? Oder daran gedacht, mir eine Bonbonniere zu kaufen?«

»Aber, Liebling! Schokolade bedeutet doch Kalorien; wenn wir die modernen Tänze probierten, würden wir furchtbar lächerlich wirken, und das Theater ist degeneriert.« Plötzlich schien er beschämt. »Ich hoffe, ich bin dir ein guter Ehemann. Zumindest bemühe ich mich.«

»Ja, in mancher Hinsicht bist du ausgezeichnet.«

»Du kannst mir also etwas vorwerfen? So sag mir's doch! Ich werde mich bemühen, es besser zu machen!«

»Findest du mich eigentlich attraktiv?«

»Gewiß. Du ziehst dich sehr gut an und gehst zu einem sündteuren Friseur.«

»Ich meine sexuell, nicht ausstattungsmäßig!«

Der Dean blickte unbehaglich drein. »Müssen wir so etwas beim Frühstück erörtern?«

»Nun, das ist interessanter als der medizinische Fachausschuß, der sonst unser Gesprächsthema bildet.«

»Ja, ich finde dich attraktiv! Warum fragst du?«

»Du magst, wie du deinen Studenten immer zu sagen pflegst, stark in der Theorie sein, lieber Lionel, aber du knauserst mit der Praxis!«

»Aber ich habe in diesen Tagen immer so viel im Kopf!« Er stand mit entschlossener Miene auf. »Meine liebe Josephine, ich werde mich bestimmt erinnern, etwas in dieser Richtung zu unternehmen. Ja, bestimmt. Heut abend. Jetzt bin ich schon spät dran für eine Verabredung im Ministerium. Heute abend, heute abend, ganz todsicher heute abend. Unfehlbar. Hm – sollte es geschehen, daß ich es vergesse, würdest du mich bitte daran erinnern?« Er küßte sie leicht auf den Scheitel und hastete davon.

Während er seinen Jaguar zum Ministerium in Whitehall lenkte, fuhren George und Muriel per Rad nach St. Swithin und gingen getrennt in ihre verschiedenen Vorlesungen. Aber die Tochter des Deans begab sich nicht in den Pharmakologiesaal. Sie wartete, bis George außer Sicht war, drehte sich dann um, rannte aus dem Spital, schritt rasch die Hauptstraße hinunter, bog in eine düstere Seitengasse ein und ging auf ein kleines Lokal mit beschlagenem Außenfenster zu, auf das mit weißer Farbe TEE, EIER UND CHIPS geschmiert war.

Das Café war leer. Sie setzte sich an einen fleckigen Tisch und bestellte bei dem Mann hinter der Kassa eine Tasse Tee. Sie ließ ihn unberührt vor sich stehen und klopfte aufgeregt mit dem Fuß auf den Boden. Sie schaute auf ihre große Armbanduhr. Sie fand, sie hätte nicht kommen sollen. Es war dumm, reiner Zeitverlust. Sie wurde immer wütender und war im Begriffe zu gehen, als die Tür aufging und Terry Summerbee eintrat.

»Hallo, Liebste«, sagte er heiter, »tut mir leid, daß ich zu spät komme.«

Er bestellte eine Tasse Tee und setzte sich. Muriel sagte nichts.

»Was ist los?«

»Das weißt du genau.«

Terry setzte eine Unschuldsmiene auf. »Was denn?«

»Dieses Mädchen.«

»Was für ein Mädchen?«

»Vom Röntgen.«

»Ach, dieses Mädel!« Er lächelte. »Schau, Liebste, das kann ich dir ganz genau erklären –«

»Das wird nicht notwendig sein. Ich weiß schon alles. Es macht die Runde im ganzen Spital. Du mußt schön blöd sein, wenn du glaubst, du kannst am Haupttor ein weibliches Wesen mit einem Rolls-Royce abholen, ohne daß es irgendwer bemerkt. Ich konnte es zuerst gar nicht glauben. Jetzt weiß ich, daß es wahr ist. Du hast sie nicht nur im Rolls-Royce spazierengeführt, sondern sie auch ins Crécy-Hotel zum Abendessen eingeladen.« Muriels Lippen zitterten. »Und mich führst du nur in Schnellimbißstuben.«

»Woher hast du das alles?« fragte er beunruhigt.

»Dr. Grimsdyke erzählte die ganze Geschichte bei einer Visite.« Sie zog ihr Taschentuch heraus und schnob heftig. »Alle lachten sich halbtot.«

»Schau, Muriel, Liebste, diese Stella spricht nicht einmal mehr mit mir.«

Er legte seine Hand auf ihre. Sie entriß sie ihm. »Ich will nicht, daß du mich je wieder anrührst, Terry. Ich will nicht einmal, daß du mich anschaust, aber ich nehme an, das wird im Spital unvermeidlich sein.« Mit gedämpfter Stimme fügte sie hinzu: »Und du sagtest, du liebst mich.«

»Aber ja, ich liebte dich ja. Ich liebe dich. Diese Sache mit Stella war nur so nebenbei, eine Verirrung –«

»Es war doch schon schwer genug für mich, diese paar Monate deine feste Freundin zu sein.«

Er machte eine Pause. »Vielleicht ist es das. Dieses ewige Versteckenspielen. Das macht mich nervös. Ich komm' mir vor wie in einem Spionagefilm, wenn ich dich nur an Orten wie diesem treffen kann.«

»Du weißt sehr gut, daß wir einander nicht offen im Spital sehen können«, wandte sie ungeduldig ein. »Wenn es meinem Vater zu Ohren käme!«

»Ich seh' nicht ein, warum du so viel Aufhebens davon machst.« Die Sache begann ihn langsam zu langweilen. »Was sollte dein Vater gegen mich haben? Ich bin sauber, rauche kein Haschisch, hab' keine schwarze Großmutter, spiele kein lautes Instrument und ich war noch kein einziges Mal eingesperrt.«

»Du weißt, wie mein Vater ist. Er findet, ich soll mich ganz auf das Studium konzentrieren, bis ich fertig bin.«

Terry rührte in seiner Teetasse. »Schau, Liebste«, sagte er schließlich, »diese Geschichte mit dem Röntgenmädchen ist aus und vergessen. Ich versprech's dir. Ich versichere es dir. Es tut mir leid. Schrecklich leid. Darf ich dich nicht um Verzeihung bitten? Und dort von neuem beginnen, wo wir aufgehört haben? Ich hab' meine eigenen Gefühle nicht gekannt. Ich hab' das nur wegen ... ja, zur Abwechslung getan, glaube ich. Wie alle Burschen. Sogar die Verlobten. Sogar ein paar Verheiratete.«

»Na schön. Jetzt weiß ich genau, wie du dich benehmen würdest, wenn wir verheiratet wären.«

»Nein, so habe ich es nicht gemeint!«

Sie stand auf. »Mein Bruder ist heute abend zu Ken Kerrberrys Party eingeladen. Ich werde ihn bitten, mich mitzunehmen.« Ihre Augen blitzten. »Ja, ich dachte, daß dich das treffen wird. Ken kennt ein paar recht routinierte Burschen, nicht wahr? Leute von außerhalb des Spitals, mit denen man sich ohne Schwierigkeiten verabreden kann. Jetzt muß ich aber weg. Ich hab' heute schon eine Vorlesung deinetwegen versäumt, und eine zweite bist du bestimmt nicht wert.«

12

Muriel verließ das Café. Terry starrte düster in seinen Tee. Seine Gedanken waren so durcheinander, daß er nicht mehr wußte, was er eigentlich dachte und ob seine Gehirntätigkeit überhaupt noch funktionierte. Er beschloß, herzlos wie ein guter Arzt die unerfreuliche Wahrheit aus den Nebensächlichkeiten herauszuschälen. Zuallererst sah er ein, daß er bemerkenswert blöd gewesen war. Er war in Muriel verliebt gewesen, die er gern zur Frau gehabt hätte, und war für Stella entbrannt, die er gern im Bett gehabt hätte. Das war im großen und ganzen das Problem. Nun hatte er auf beiden Seiten jede Chance verloren.

»Verdammter Mist«, murmelte er, warf ein paar Münzen auf die Theke und schlurfte, »Verdammte Weiber« brummend, auf die Straße hinaus.

Die Hände in den Hosentaschen, wanderte er langsam zum Spital zurück. Der erste, den er im Hof traf, war Ken Kerrberry. Terry erzählte ihm sofort die ganze Geschichte.

»Schade«, sagte Ken, »ich wollte dich gerade zu meiner Party heut abend einladen. Es ist das Cricket-Klubdinner, und da habe ich jetzt plötzlich zu wenige Herren.«

»Du wirst mich nie wieder bereitfinden, mich freiwillig mit einer der beiden im selben Raum aufzuhalten«, sagte Terry sauer.

»Mach dir nichts draus«, meinte Ken freundlich, »nur für den Fall, daß du den Faden wieder aufnehmen möchtest, werde ich dafür sorgen, daß Muriel an einen widerlichen Blödian gerät, der sie bestimmt nicht in deiner Abwesenheit besudelt.«

»Das ist mir völlig egal. Weißt du, Ken, diese letzte Woche ist es mir so richtig zu Bewußtsein gekommen: Bin ich eigentlich nach St. Swithin gekommen, um Medizin zu studieren, oder um Täubchen zu jagen, die das dann sowieso nicht schätzen?«

»Ich bin entzückt, wenigstens einen von uns in der Ärzteschule zu wissen, der Prinzipien hat.«

»Von jetzt an heißt es Arbeit, mein Junge, Arbeit! Was hat Sir William Osler immer zu seinen Studenten gesagt?: Legt eure Gefühle ins Kühllager! Der alte Knabe hatte recht.«

»Ja, laßt eure Hoden auf dem Eis, bis ihr den Doktor habt. Denkt daran, daß ihr nachher eine bessere Auswahl haben werdet!«

»Ich hab' Glück im Unglück«, folgerte Terry, »zumindest kann ich mich dieses Wochenende in Ruhe hinsetzen und etwas lernen. Ich hätte fast die Prüfung am Montag vormittag vergessen.«

Nachdem er sich das eingeredet hatte, verbrachte Terry das Wochenende in seinem Zimmer im Studentenheim damit, auf einen Stoß offener Lehrbücher zu starren und von Zeit zu Zeit ein paar Zeilen zu lesen. Am Montag morgen begab er sich in kurzer weißer Jacke, aus deren Tasche das Stethoskop sproß, über die Haupttreppe zur Station des Deans. Sein Schritt drückte wie üblich Entschlossenheit aus. Der Dean mochte einst sein Schwiegervater in spe gewesen sein, aber das konnte nun außer Betracht bleiben. Das einzig Wichtige war jetzt, sich von dem verdammten Zwerg nicht übers Ohr hauen zu lassen.

Als die Reihe an Terry kam, den kleinen Raum zu betreten, blickte der Dean lächelnd von seinem grün bezogenen Tisch auf. Er war heute gut aufgelegt. Die Aussicht auf Prüfungen ermunterte ihn immer noch mehr als die Vorfreude auf ein Golfwochenende. »Ja, also Sie sind Mr. ...«

»Summerbee, Sir.«

»Ja, ja, natürlich. Ich sehe Sie fast täglich. Nächstens werde ich noch meinen eigenen Namen vergessen. Nun, Mr. Summerbee, womit sollen wir beginnen?« Der Dean rieb sich die Hände bei dem Gedanken an die köstlichen Fälle, die er auf Lager hatte. »Gehen Sie einmal hinüber zu dem Guckkasten in der Ecke, und sagen Sie mir, was Sie aus diesem Röntgenbild ersehen.«

Terry stellte sich vor die erleuchtete Leinwand. Er sah, daß es sich um die Röntgenaufnahme eines Brustkastens handelte. Er untersuchte sie lange und nachdenklich.

»Nun, Mr. Summerbee?«

Terry kratzte sich das Kinn. Das war wieder typisch für diesen miesen Kerl, fand er. Glücklicherweise hatte er in der Ärzteschule gehört, daß dieser garstige Trick Jahr für Jahr auf die Studenten losgelassen wurde.

»Sie wünschen meine Diagnose, Sir?«

»Das wäre in etwa der Sinn«, meinte der Dean kalt.

»Also bitte, Sir. Normal, Sir.«

Der Dean legte die Fingerspitzen aneinander. »Aber, aber! Sicher können Sie mehr als das.«

Terry lächelte leicht und zuversichtlich. »Sie erwarten, daß ich ein ausgefallenes Krankheitsbild an der Röntgenaufnahme entdecke, Sir?«

»Das kommt der Sache schon etwas näher.«

»Es tut mir leid, Sir. Ich kann Ihnen nicht folgen. Ich finde, es handelt sich um ein normales Röntgenbild, und ich stehe zu meiner Meinung.«

Der Dean seufzte kurz. »Danke, Mr. Summerbee, das ist alles.«

»Aber, Sir –!« Terry war verblüfft. »Was ist mit dem Rest der Prüfung?« Eine Idee zuckte durch seinen Kopf. »Oder war ich so gut, daß das genügt?«

»Sie sind durchgefallen, Summerbee.«

»Durchgefallen?«

»Wenn Sie beim jetzigen Stand Ihrer Ausbildung unfähig sind zu erkennen, daß dieses Bruströntgen krasse abnorme Züge aufweist, verbringen Sie am besten die nächsten drei Monate im Röntgenmuseum.«

»Aber es *ist* normal, Sir.«

»Auf Wiedersehen, Mr. Summerbee. Bitte, nehmen Sie meine Zeit nicht länger in Anspruch.«

»Es ist aber so, wie ich sage. Ich bestehe darauf, daß Sie es sich ansehen, Sir.«

Der Dean erhob sich verärgert. »Na gut. Wenn Sie eine klinische Diskussion mit mir anfangen möchten, junger Mann, wird es mir ein Vergnügen sein, Sie in die Schranken zu weisen. In Zukunft reden Sie gefälligst Mitglieder des Fachärztekollegiums nicht in dieser rechthaberischen Weise an. Ich muß Sie bitten, in dieser Angelegenheit um zwei Uhr in mein Büro zu kommen. Jeder, der nicht völlig blind ist, sogar ein Fotograf, der Schnappschüsse am Meeresstrand macht, könnte Ihnen sagen, daß dieses Röntgen ganz bestimmt nicht –«

Der Dean hielt inne. Er schaute schärfer hin. Er beugte sich vor.

»Wie seltsam.« Er kratzte sich am Kinn. »Wissen Sie, Mr. Summerbee, daß Sie zufällig völlig recht haben? Erstaunlich. Dieses Röntgenbild zeigt einen normalen Brustkorb. Völlig normal. Schauen Sie nur – Herz, Lungen, Zwerchfell in Ordnung. Nach der Knochenstruktur: ein Mann in vorgerücktem mittlerem Alter. Ziemlich starker Fleischschatten. Der Mann war abstoßend übergewichtig. Ja, das wär's. Ja, mein Junge, hervorragend! Wirklich ein Test. Ich vergesse ja bei den Prüfungen nie, das Röntgenbild eines Gesunden zur Diagnose zu stellen, wenn etwas Schweres oder sogar Ungewöhnliches erwartet wird. Und doch ...« Er blickte verschreckt um sich. »Ich erinnere mich genau, daß ich beschloß, diesmal diesen kleinen Kniff nicht anzuwenden. Wo ist der Umschlag der Röntgenaufnahme?«

»Der Name des Patienten steht auf dem Film, Sir.«

»Ja, ja, natürlich. Ich vergesse das immer wieder. Alles ist heutzutage auf Packungen und Etiketten eingestellt. Lassen Sie mich sehen – o Gott!« rief der Dean. »Gräßlich! Oh, Sir Lancelot!«

13

Sir Lancelot war im Begriffe, sein Mittagessen im Speisesaal des Krankenhauses zu beenden, als der Portier Harry durch den langen Raum geeilt kam, der mit plaudernden und essenden Studenten voll besetzt war.

»Sir Lancelot, der Dean wünscht Sie in seinem Büro zu sprechen. Es ist dringend.«

»Großer Gott, was ist denn los?« Der Chirurg bemerkte die Aufregung des Mannes. »Hat er perforiert, oder was?«

»Ich weiß nicht, Sir. Aber er war ganz verstört, als er mir den Auftrag gab.«

»Ah, vielleicht hat es etwas mit meinem heutigen Einzug bei ihm zu tun.« Sir Lancelot schlürfte seinen Kaffee aus. »Gut, ich werde ihm aus der Patsche helfen.«

Er fand den Dean allein in seinem Zimmer, aufgeregt auf der Sesselkante zappelnd. »Ah, Lancelot, Gott sei's gedankt! Ja. Gut. Wie fühlen Sie sich?«

Der Chirurg grinste breit. »Ich würde sagen, lieber Dean, es ist mir im Leben nie bessergegangen als in diesem Augenblick.«

»Wunderbar!« sagte der Dean herzlich.

Sir Lancelot zog geräuschvoll eine Prise Schnupftabak in seine Nüstern auf. »Was ist daran so wunderbar?« fragte er weniger heiter.

»Sie selbst sagten mir, daß ich genau das zu erwarten hätte. Ein euphorisches Gefühl des Wohlbefindens – haargenau Ihre Worte. Dann in sechs Monaten – wumm!«

»Wumm«, wiederholte der Dean schwach und fuhr sich mit dem Taschentuch über die Stirn.

»Aber ich glaube, jetzt sind's nur noch fünfundzwanzig Wochen«, rechnete Sir Lancelot düster nach. »Was ich sagen wollte, Dean – fühlen Sie sich nicht wohl?«

»Nein, nein, ich habe nur meine üblichen Sorgen.«

»Vielleicht ist meine Krankheit ansteckend«, vermutete Sir Lancelot begeistert. »Vielleicht haben Sie sie auch?«

»Das wäre unmöglich. Von Ihnen, meine ich. Sie haben sie nämlich nicht.«

»Mein lieber Dean«, sagte Sir Lancelot freundlich, »ich weiß Ihre Menschlichkeit zu schätzen, mir ein wenig Hoffnung zu lassen, aber ich versichere Ihnen, ich habe mich in mein Schicksal ergeben. Es besteht kein Grund, mir Sand in die Augen zu streuen, selbst wenn Sie es vermöchten.«

»Aber Sie *haben* die Krankheit nicht. Es war alles ein Fehler, ein administrativer Fehler.«

Sir Lancelot runzelte die Stirne. »Erklären Sie mir das bitte!«

»Die Aufnahmen wurden durcheinandergebracht.« Der Dean zeigte unglücklich auf zwei Mappen mit Röntgenbildern auf seinem Schreibtisch. »Ich wollte etwas zum Zähneausbeißen für die heutige Prüfung. Daher bat ich die Röntgenabteilung, mir etwas aus dem Museum zu suchen. Es sollten seltene asiatische Krankheiten sein.«

»Hm«, sagte Sir Lancelot.

»Aber das Mädchen vom Röntgen hatte die Filme in die falschen Umschläge gesteckt. Ich dachte, es seien die Aufnahmen, die ich von Ihnen gemacht hatte.« Er trommelte mit den Fingern auf die Schreibtischplatte. »Irren ist menschlich«, fügte er mit schwacher Stimme hinzu.

»Mein Gott!« röhrte Sir Lancelot. Er sprang auf die Füße und begann im Zimmer auf und ab zu gehen. Sein Gesichtsausdruck, der einen Augenblick zuvor noch an den eines Bären erinnert hatte, der einen Honigtopf verschlang, schien jetzt anzuzeigen, daß das Tier auch die Bienen mitgegessen hatte. »Heiliger Strohsack, wie kann so ein Versehen, so eine verdammte Schweinerei in einem gut organisierten Unternehmen wie St. Swithin passieren? Das ist so arg, wie das falsche Bein wegschneiden.«

»Ich nehme an, das Mädchen war verliebt, was heutzutage an der Tagesordnung ist«, fuhr der Dean verlegen fort. »Sie ist eine von der leichteren Sorte, wie ich von meinem Hausinternisten weiß, dabei als junge Röntgenschülerin noch unerfahren.«

»Wie heißt dieses kopflose Frauenzimmer?«

Der Dean schaute auf seinen Notizblock. »Eine Miss Gray.«

Sir Lancelot knurrte: »Und sie verurteilte mich zum Tode.«

»Sie wird natürlich gehen müssen. Gar kein Zweifel. Ich werde selbst mit dem Chefröntgenologen reden.«

»Und worauf war dann mein verdammter Husten zurückzuführen?«

Der Dean sah hilflos aus.

»Ich hab's!« Sir Lancelot schlug auf seine Westentasche. »Ich hatte einen neuen Schnupftabak ausprobiert.«

»Betrachten Sie es von der heiteren Seite, Lancelot. Sie waren zum Tode verurteilt. Jetzt sind Sie begnadigt. Zweifellos werden Sie ein sehr hohes Alter erreichen. Das erfüllt Ihr Herz doch bestimmt mit Freude? Jetzt brauchen Sie sich um nichts mehr in der Welt Sorgen zu machen.«

Sir Lancelot blieb stehen. Er strich sich den Bart. »Das ist gar nicht so sicher.«

»Aber wie soll ich das verstehen? Sie sind völlig gesund. So fit wie das gesamte Rugbyteam von St. Swithin.«

»Wissen Sie, wo ich die vergangene Woche verbracht habe?«

»Bei Ihren Rechtsanwälten.«

»Nein, mit der Oberschwester in Le Touquet.«

Sir Lancelot setzte sich wieder.

»Ach nein«, sagte der Dean.

»Schauen Sie«, fuhr Sir Lancelot ernst fort, »Sie und ich, wir sind lebenslange Freunde. Zwischen uns gibt es keine Geheimnisse, oder nur wenige, ganz kostbare. Ich kann offen reden. Die Oberschwester und ich, wir lebten in einem kleinen Hotel wie Mann und Frau miteinander. Wir sind erst heute früh mit der Autoluftfähre in Lydd angekommen.«

»Da haben Sie aus dem Durcheinander wenigstens allerhand herausgeholt«, sagte der Dean aufgeräumt. »Ich meine«, fügte er schnell hinzu, »das war unter diesen Umständen durchaus entschuldbar.«

»Sie verstehen nicht –«

»Oh, das erinnert mich an etwas«, unterbrach ihn der Dean. Er machte sich eine Notiz in seinem Kalender: *Nicht vergessen, heute abend mit Josephine!*

»Was tun Sie, Mann? Meine Aussage zu Protokoll nehmen?«

»Nein, nein, nur ein kleines häusliches Detail.«

»Dean, Ihnen kann ich's ja sagen: Ich hab' so etwas wie eine *Affaire de coeur* mit Tottie Sinclair. Ich flehe Sie an, behalten Sie das für sich, an einem Ort wie St. Swithin, wo jeder immer gleich einen Skandal wittert. Aber Tottie war nur einverstanden, mit mir zu fahren, weil ich – weil ich ihr sagte, ich würde sie heiraten, wenn ich nicht so bald sterben müßte.«

»Ich finde, das sollte Ihnen kein Kopfzerbrechen machen«, meinte der Dean leichtfertig. »Die Zeiten sind lang vorbei, da sich ein Gentleman aus Ehrgefühl verpflichtet fühlte, eine Dame zu heiraten, nur weil er, weil er ... ich meine, die Leute tun das jetzt doch immer und überall.«

»Es ist sehr nett von Ihnen, daß Sie mich mit solchen Prinzipien infiltrieren. Aber es ist noch mehr an der Sache. Ich bat sie gestern abend in Le Touquet tatsächlich, meine Frau zu werden, ungeachtet meines verzweifelten Gesundheitszustandes. Sie sagte ›ja‹.«

»Warum, um alles in der Welt, haben Sie das getan?«

»Erstens, weil mir meine Vermögensberater zur Heirat rieten. Zweitens ...« Sir Lancelot nahm eine neue Prise. »Sie ist verdammt gute Klasse, wenn sie nur will.«

»Warum heiraten Sie die Oberschwester dann nicht wirklich?« schlug der Dean vor. »Schließlich sieht sie gar nicht übel aus.«

»Mein lieber Freund, seien Sie nicht so dumm«, erwiderte Sir Lancelot kurz. »Ein Mann, der in meinem Alter eine um so vieles jüngere Frau heiratet, wäre wirklich in sechs Monaten tot. Diese Woche in Le Touquet war so ungefähr alles, was ich mit größter Anstrengung aus mir herausholen konnte. Wir haben doch diese Situation in der Praxis immer wieder erlebt. Selbst der Laie kennt das schon zur Genüge – Geschäftsleute, die ihre Frauen hintergehen, ihre Sekretärinnen heiraten und in den Flitterwochen einen Herzinfarkt bekommen.« Er machte eine Pause. »Nebenbei bemerkt, ich glaube nicht, daß ich sie gar so gerne hab'«, fügte er nachdenklich hinzu, »sie ist nicht ganz mein Fall. Ich war nur davon angetan, wie sie mit dem Hinterteil wackelt.«

»Vielleicht könnten Sie ihr beibringen, daß Sie es nicht ernst gemeint haben.«

»Dean, ich habe noch eine Spur von Anstand in mir. Außerdem könnte es in die Zeitungen kommen.«

»Ich weiß etwas!« rief der Dean begeistert aus. »Sie könnten sich nach Wales zurückziehen und vorgeben, Sie seien wirklich gestorben.«

»Was geschieht, wenn ich nächsten Sommer zum Lord's Test Match zurückkomme?«

»Dann weiß ich, meiner Seel, nicht mehr, was da zu machen wäre.«

»Nichts ist zu machen. Es hilft alles nichts. Ich werde Tottie heiraten. Das ist alles. Ich hoffe, Sie werden mein Trauzeuge sein. Das Standesamt wird wohl genügen, denke ich. Irgendwann am frühen Morgen, bevor die Massen unterwegs sind.«

Es klopfte.

»Herein!«

Terry Summerbee steckte den Kopf herein. Der Dean schaute auf die Uhr. »Mein lieber Mr. Summerbee, jetzt besteht keine Ursache mehr für Sie, wegen Insubordination vor mir zu erscheinen, wie ich anordnete. Die Lage hat sich von selbst geklärt.«

»Dürfte ich Sie trotzdem einen Augenblick sprechen, Sir?«

»Ich bin sehr beschäftigt.«

»Ich muß fort.« Sir Lancelot erhob sich. »Mein neuer Status als etwas permanenteres Mitglied des Menschengeschlechtes bedeutet eine Menge dringender Arbeit für mich. Ich kenne Sie doch?« fragte er im Eingang.

»Ja, Sir. Sie liehen mir Ihren Wagen, Sir.«

»Muß verrückt gewesen sein«, murmelte Sir Lancelot beim Hinausgehen.

»Nun also, Mr. Summerbee, was gibt's?« fragte der Dean ungeduldig.

»Wegen dieses Röntgenbildes, Sir. Es ist alles meine Schuld.«

»Durchaus nicht. Ich sagte Ihnen im Prüfungssaal, daß Sie recht hatten. Es *war* ein normaler Brustkasten. Ich hoffe, Sie wollen es nicht schriftlich.«

»Ich meine, es war meine Schuld, daß die Aufnahmen verwechselt wurden, Sir. Sie müssen wissen, ich war in der Dunkelkammer, als Miss Gray sie sortierte.«

Der Dean runzelte die Stirn. »Dunkelkammer? Was, um alles in der Welt, haben Sie in der Dunkelkammer gemacht?«

»Ich lenkte sie ab, Sir. Wäre ich nicht gewesen, dann wäre ihr der Irrtum nie unterlaufen, Sir.«

»Ist Ihnen klar, was Sie da sagen?«

»Jawohl, Sir. Mir ist klar, daß ich Miss Gray die Suppe hätte auslöffeln lassen können. Aber das wäre nicht richtig gewesen. Ich wußte, daß mich die Schuld traf.«

»Und die Konsequenzen?« fragte der Dean düster.

»Genau, Sir.«

»Ja, dann, Mr. Summerbee ...« Der Dean lehnte sich zurück und legte die Fingerspitzen aneinander. »Wie sehr ich auch Ihre Ehrenhaftigkeit und Anständigkeit bewundern muß, sind Sie dadurch, daß Sie – hm – bei der Arbeit in der Röntgenabteilung gestört haben, verantwortlich dafür, daß nicht nur Sir Lancelot Spratt, sondern auch wir alle, die wir seine Freunde sind, große Angst ausgestanden haben.«

»Ich bin mir dessen bewußt, Sir.«

»Sie haben mich außerordentlich enttäuscht –« Der Dean brach ab. »Was haben Sie denn eigentlich mit dem Mädchen gemacht? Nein, das ist unwichtig, heutzutage bleibt ja nichts mehr der Vorstellungsgabe überlassen, weder in der Literatur noch im Leben. Und, Mr. Summerbee, noch mehr haben Sie unsere neue Oberschwester enttäuscht.«

»Die Oberschwester, Sir?« Terry war verblüfft.

»Ja, zu allem Übel hat Sir Lancelot – nichts, nichts. Ich fürchte, es handelt sich da um ein sehr ernstes Vergehen. Sie werden sicher vor dem Disziplinarhauptausschuß des Spitals erscheinen müssen, nicht vor dem üblichen Unterausschuß, der eure Studentenstreiche abhandelt. Und der Hauptausschuß wird Sie bestimmt streng bestrafen, sei es auch nur, um sich für die Unannehmlichkeiten, die mit der Abhaltung der Sitzung verbunden sind, zu rächen.«

»Meinen Sie, Sir, daß man mich hinauswerfen wird?«

Der Dean nickte. »Das wird wahrscheinlich dabei herauskommen.«

»Dann werde ich wohl wenigstens mit reinem Gewissen scheiden.«

»Ich bin sicher, Sie werden auch in einer anderen Karriere Ihren Weg machen, mit einer so strahlenden Ehrenhaftigkeit«, sagte der Dean freundlich. »Vielleicht in der Kirche.«

Es klopfte.

»Herein!«

»Störe ich?« fragte Grimsdyke fröhlich.

»Was ist denn los?« schnauzte ihn der Dean an.

Grimsdyke schloß die Tür. »Ich nehme an, es gab da ein Durcheinander mit Sir Lancelots Röntgenbildern. Ich will nur sagen, daß das alles meine Schuld war.«

Der Dean schaute verblüfft von einem zum anderen. »Was?«

Grimsdyke nickte. »Sie müssen wissen, ich war mit Miss Gray in der Dunkelkammer, als sie die Bilder sortierte.«

»Wie groß ist denn eigentlich diese verdammte Dunkelkammer?« erkundigte sich der Dean bestürzt.

»Wenn ich sie nicht so abgelenkt hätte – Feingefühl verbietet mir, in Ihrer Gegenwart, Sir, weitere Details preiszugeben –, hätte sie höchstwahrscheinlich keinen so schwerwiegenden Irrtum begangen. Mir ist klar, daß ich leicht alle Schuld auf der armen jungen Miss Gray hätte sitzenlassen können. Aber ich weiß im Innersten meines Herzens, daß es nur recht und billig ist, mich –«

»Er sagt, *er* hat mit dem Mädchen herumgeschäkert!« rief der Dean und zeigte auf Terry. »Was seid ihr? Ein Paar Casanovas mit Katzenaugen?«

Grimsdyke machte eine freundliche Geste amüsierter Toleranz. »Ich fürchte, Summerbee läßt sich einfach von seiner Galanterie hinreißen. Miss Gray ist eine überaus attraktive junge Dame, Sir. Summerbee möchte sie nur vor dem unvermeidlichen Hinauswurf bewahren. Ist es nicht so, Alter?«

»Nein!« sagte Terry wütend. »Ich sagte nur die Wahrheit.«

»Sie waren nicht in der Dunkelkammer«, beharrte Grimsdyke sanft. »Sie waren im Röntgenmuseum. Ich selbst sah Sie dorthin gehen. Überlassen wir es dem Dean, wem von uns beiden er Glauben schenkt.«

Der Dean saß eine Zeitlang da, das Gesicht in die Hände vergraben. Schließlich sagte er: »Doktor Grimsdyke, ich glaube Ihrem Wort mehr als dem von Mr. Summerbee. Und schauen Sie nicht so selbstzufrieden drein. Ich tue das nur, weil lange Beobachtung Ihrer Spitalstätigkeit als Student und Mitglied des Jungärzteteams Ihren Versuch, Mädchen in Röntgendunkelkammern zu vergewaltigen, nicht nur plausibel, sondern höchstwahrscheinlich macht. Da Sie einer unserer Ärzte sind, muß ich Ihren sofortigen Rücktritt verlangen. Was uns auch endlosen Ärger ersparen wird«, fügte er gedankenvoll hinzu. »Wenn es Summerbee gewesen wäre, hätte ich die Schererei gehabt, diesen verdammten Ausschuß einzuberufen.«

»Das Gesuch wird morgen früh auf Ihrem Schreibtisch liegen«, versprach Grimsdyke würdevoll.

»Gut. Und jetzt gehen Sie. Beide! Und sagen Sie Ihren Studienkollegen, Mr. Summerbee, daß sie ihre Aufmerksamkeiten auf die Schwestern beschränken sollen, da diese klugerweise immer gut beleuchtet sind.«

Draußen im Gang fragte Terry erstaunt: »Warum haben Sie das getan?«

Grimsdyke legte ihm väterlich die Hand auf die Schulter. »Mein lieber Kamerad, Sie stehen erst an der Schwelle Ihrer Laufbahn. Ich habe zumindest einen Fuß zwischen die Tür gesetzt. Es bedeutet mir wenig, diese Bruchbude zu verlassen. Tatsächlich habe ich mich, da ich unerwartet andere Angebote erhalten habe, in den letzten Tagen schon gefragt, wie ich von hier wegkomme, ohne wegen Vertragsbruchs oder so belangt zu werden. Sie sind noch einmal mit knapper Not davongekommen. Also gehen Sie Ihres Weges und freuen Sie sich!«

»Ich kann Ihnen nicht genug danken.«

»Bitte. Sie bringen mich in Verlegenheit. Aber Sie werden mir einen kleinen Ratschlag nicht übelnehmen?«

»Bestimmt nicht.«

»Bleiben Sie der Röntgenabteilung fern!«

Terry grinste und lief den Gang zum Aufenthaltsraum der Studenten hinunter. Grimsdyke sah ihm mit gespanntem Gesichtsausdruck nach, bis er verschwunden war. Dann wandte er sich um und eilte zur Eingangshalle. Zu seiner Freude kam Stella gerade mit einem Armvoll Filme die Stiege von der Röntgenabteilung herauf.

»Stella! Freu' mich so, daß ich Sie erwische!«

»Hallo, Herzensjunge!« begrüßte sie ihn ohne Begeisterung. »Ich gehe gerade ins Orthopädische.«

»Darf ich Sie begleiten?«

»Bitte sehr, Herzensjunge.«

Sie gingen den Korridor hinunter. »Alles in Ordnung wegen dieser Röntgenaufnahmen, die Sie durcheinanderbrachten. Sie haben nichts mehr zu befürchten.«

»Ich mach' Sie nicht dafür verantwortlich, Süßer.«

Grimsdyke schlug sich ein paarmal auf die Brust. »Ich hab' die Schuld auf mich genommen.«

»Oh, wirklich?«

»Fragen Sie mich nicht, wie! Aber Sie dürfen mich fragen, warum. Ich tat es nur«, nahm er die Antwort vorweg, »um Sie zu schützen. Es endete damit, muß ich hinzufügen, daß ich selbst das Spital verlassen muß. Aber was macht das schon aus? Sie stehen erst an der Schwelle Ihrer Laufbahn, während ich zumindest bereits einen Fuß zwischen die Tür gesetzt habe. Nun«, schloß er, Bewunderung heischend, »was sagen Sie dazu?«

»Danke.«

»Gehen Sie heut abend mit mir aus?«

»Nein, Herzensjunge. Nicht heute abend. Das ist mein Abend für den Sozialdienst.«

»Dann morgen?« fragte er eifrig weiter. »Ich hol' Sie nach Dienstschluß ab.«

»Ich werde morgen nicht mehr hier sein, Herzensjunge. Ich gehe sowieso weg.«

Grimsdyke war mit seiner Weisheit am Ende.

»Ich hab' einen fabelhaften Job bekommen. Assistentin von Godfri, Sie wissen, dem traumhaften Fotografen. Ach, es ist so aufregend, er hat schon die phantastischsten Pläne für meine Zukunft gemacht. Ist es nicht lustig: alles nur deshalb, weil Terry mich damals im Crécy-Hotel mit ihm bekannt machte?«

»Lustig? Das ist überhaupt nicht lustig«, sagte Grimsdyke wütend. »Zuerst legen Sie Terry herein –«

»Er wird sich schon wieder ein Mädel aufreißen«, meinte sie obenhin, »sagen Sie ihm, er soll sich wieder einen Rolls ausborgen!«

»Und was wird aus mir?«

»Lassen Sie sich ausstopfen, Herzensjunge!« sagte sie süß.

Grimsdyke starrte sie an. »Herzensflittchen!«

Sie eilte davon und ließ ihn mitten im Gang stehen. »Ich tu' einen ganzen Haufen Gutes für jedermann in Sichtweite, und was schaut dabei für mich heraus?« überlegte er bitter. »Verdammt wenig.« Er wanderte langsam dem Ausgang zu. »Na ja, das dürfte wohl in der Medizin überhaupt so sein.«

14

»Guten Morgen, allseits!« rief Sir Lancelot leutselig.

»Morgen, Dean! Guten Morgen, Josephine! Gott, seht ihr gut aus! Direkt glänzend.«

»Danke, Lancelot.«

Es war der nächste Tag, ein Dienstag, und Sir Lancelot kam händereibend und strahlend nach seiner ersten Nacht unter dem Dach des Deans zum Frühstück herunter.

»Morgen, Muriel. Sie schauen auch ganz munter aus. Gute Party, gestern abend?«

»Super«, sagte sie glühend. »Unmengen phantastisch interessanter Leute. Nicht diese Spitalstypen, wissen Sie, die meistens lahme Enten sind.«

»Ganz richtig, Sie müssen Ihren Horizont erweitern«, meinte Sir Lancelot zustimmend, setzte sich und breitete geschäftsmäßig eine große, gestärkte Serviette über seine Knie. »Wenn Sie mich fragen, gehen Sie als Studentin zu möglichst vielen Parties. Nach der Promotion werden Sie dazu keine Zeit mehr haben. Bedenken

Sie immer, nur Arbeit und nie Spiel machen Sie zu einem ganz stumpfsinnigen Mädchen, und stumpfsinnige Mädchen sind eine ebenso große Beleidigung der Natur wie regnerische Tage im Sommer.«

»Lancelot –«, begann der Dean.

»Und Sie, George?« Sir Lancelot ließ seinen wohlwollenden Blick auf dem Sohn des Hauses ruhen. »Hoffentlich denken auch Sie an Ihre Unterhaltung. Sie brauchen sich ja in diesem Hause nicht einmal um die Prüfungen Sorgen zu machen. Wissen Sie, daß Ihr Vater Duplikate aller Prüfungsdokumente in seinem Bücherschrank hinter der Medizinischen Enzyklopädie versteckt?«

»Lancelot –«

»Guten Morgen, Sir Lancelot.« Miss MacNish erschien mit einem Tablett. »Ich bringe Ihnen Ihre Eier mit Speck, Tomaten und Nieren.«

»Nieren!« murmelte der Dean.

»Sie müssen ein ordentliches Frühstück essen und sich warm anziehen, hören Sie«, fügte die Haushälterin hinzu. »Es ist entsetzlich kalt für diese Jahreszeit, und wir dürfen doch keinen Schnupfen kriegen!«

»Meine liebe Miss MacNish«, belehrte sie Sir Lancelot liebenswürdig. »Diese Bemerkung enthält drei wissenschaftlich falsche Angaben –

ein schweres Frühstück wird mich mit unerwünschten Kalorien beladen, der gemeine Schnupfen ist eine Virusinfektion, und kein Ausmaß an zusätzlicher Kleidung kann als Prophylaxe wirken. Aber ich weiß die freundliche Absicht zu schätzen«, fügte er hinzu, nahm Messer und Gabel und machte sich herzhaft über die Nieren her.

»Lancelot –«, versuchte es der Dean abermals.

»Wie haben Sie geschlafen, Lancelot?« fragte Josephine.

»Ganz großartig. Aber ich fürchte, die Mäuse haben die Heizdecke angeknabbert. Sie gibt recht beunruhigende Funken von sich.«

»Dann werden wir Ihnen die von Lionels Bett geben. Unser Schlafzimmer ist viel wärmer als Ihres. Würden Sie sie bitte austauschen, Miss MacNish? Jetzt muß ich mich aber auf den Weg machen, so lange ich noch einen Parkplatz finde. Heute ist mein Einkaufstag.«

»Los, George, Zeit fürs Spital«, sagte Muriel.

Der Dean blieb mit Sir Lancelot allein, der schweigend noch immer sein Frühstück verzehrte.

»Lancelot –«

»Ganz ausgezeichnete Köchin, Miss MacNish.«

»Lancelot, welche Pläne haben Sie?«

»Ich werde Tottie zum Lunch ins Crécy führen, nachher treffe ich dort Bingham, bevor er zu einer Vorlesung in die Medizinische Gesellschaft geht. Ich habe etwas Geschäftliches mit ihm zu besprechen. Zum Abendessen bin ich wieder zurück.«

»Ich meinte Ihre Pläne in einem weiteren Sinn«, wiederholte der Dean gereizt. »Im Zusammenhang mit St. Swithin, zum Beispiel. Der Vorschlag, den Sie unter Berufung auf den Stiftungsbrief machten, weiterhin Spitalspatienten zu behandeln.« Er lachte trocken. »Das war bestimmt nicht ernst gemeint.«

»Oh, ich sehe keinerlei Grund, diese Entscheidung zu ändern.« Sir Lancelot begann eine Scheibe Toast mit Butter zu bestreichen.

»Wirklich!« Der Dean sprang von seinem Sessel auf. Seit er Sir Lancelot die freudige Mitteilung gemacht hatte, er werde weiterleben, wuchs sein Zweifel, ob das alles in allem eine gar so gute Idee gewesen war. »Aber natürlich wird das nur bis zu Ihrer Heirat dauern?« fügte er hoffnungsvoll hinzu.

»Warum denn? Ehe ist kaum eine Ganztagsbeschäftigung.«

»Ich hatte gerade eine glänzende Idee: Ihr Hochzeitsgeschenk soll eine Weltreise sein. Per Schiff natürlich. Viel geruhsamer. Ich bin sicher, ich werde die Reisekosten ohne Schwierigkeiten durch eine Sammlung im Fachärzteteam aufbringen.«

»Das ist aber wirklich anständig von Ihnen, Dean! Das wüßten wir zu schätzen. Weit mehr als ein Paar silberner Kerzenleuchter.«

»Und wann wird die Zeremonie stattfinden?«

»Ach, nicht vor einem Jahr, oder so.«

»Ein Jahr!«

»Es ist ja keine Muß-Ehe«, erklärte ihm Sir Lancelot vorwurfsvoll. »Vielleicht wird uns der nächste Sommer schon vereint sehen. Da es kaum dafür steht, mich bis dahin noch um eine Junggesellenwohnung umzusehen, werde ich so lange hierbleiben.«

»Lancelot, diese Kreuzfahrt ... vielleicht würden Sie sie mit Ihrer Verlobten gerne *vor* der Eheschließung unternehmen?«

»Welch ein geschmackloser und unmoralischer Vorschlag!«

»Und wenn Sie allein führen? Eigentlich ist es doch jammerschade, daß Sie hier ein unbequemes Jahr verbringen, wenn Sie inzwischen alle möglichen romantischen Orte sehen könnten.«

»Ja, tatsächlich, Dean, da haben Sie gar nicht so unrecht. Ich hätte wirklich nichts dagegen, mich im nächsten Winter bei den

Entscheidungskämpfen in Australien aufzuhalten.«

Der Dean erhob sich. »Gut. Ich werde das mit den anderen in St. Swithin besprechen. Jetzt ruft mich aber die Pflicht auf die Station.«

»Lassen Sie mir doch bitte die *Times* da. Ich löse so gern Kreuzworträtsel.«

Sir Lancelot verbrachte den Vormittag im Wohnzimmer, die Beine auf dem Sofa. Zu Mittag fuhr er in seinem Rolls zum Crécy. Aber es war kein übertrieben fröhliches Mahl.

Der Anblick seiner Verlobten schien die Geister einzudämmen, die beim Frühstück so munter geflackert hatten, durch die Fassungslosigkeit des Deans angefacht. Einen Großteil des Mahles nahm er schweigend ein und schien mehr mit sich selbst als mit Tottie beschäftigt.

»Woran denkst du, Liebling?« fragte sie über ihrem Eis mit Schokoladesauce. »Jetzt bist du doch endlich diese gräßlichen Sorgen um deine Gesundheit los.«

»Ich dachte gerade an die sonntäglichen Zehennägel in der Badewanne.« Sie sah ihn beunruhigt an. »Meine verstorbene Frau hatte die Gewohnheit, ihre Nägel dort zu schneiden. Da ich später aufstand als sie, mußte ich dann auf ihnen sitzen. Das war höchst unangenehm.«

»Welch ausgefallene Dinge du im Kopf hast!«

»Ich dachte auch an lange Haare auf dem Frisiertisch, Lippenstift auf dem Porzellan, Unterwäsche, die über dem Waschbecken zum Trocknen aufgehängt ist, und Tagescreme auf den Handtüchern. Es gibt viele Aspekte der Ehe, die man erst sieht, wenn man nicht mehr verheiratet ist. Aber natürlich wird das mit uns beiden ganz anders sein«, fügte er hastig hinzu.

»Das will ich doch hoffen.«

»Tottie, bist du ... bist du sicher, bist du ganz sicher, ganz ganz sicher, bist du ganz und gar sicher, daß du das alles durchstehen wirst?«

»Warum denn nicht?« fragte sie scharf.

»Ich meinte nur, daß du meinen Antrag unter vielleicht romantischen Umständen angenommen hast. Ich möchte nicht, daß du etwas in einem unbedachten Augenblick Gesagtes zu bereuen hättest.«

Ihre Augen verengten sich. »Versuchst du auszusteigen?«

»Also wirklich, Tottie, welch eine Unterstellung! Wie kommst du auf so etwas, nachdem ich – nun, nachdem ich dich überrumpelt habe. Und *das* habe ich nie zuvor in meinem Leben getan.«

»Ich hoffe, du willst nicht andeuten, daß ich mir das alles zur Gewohnheit gemacht habe?«

»Nein, nein, nein, mein Liebling ... es ist nur ... nun, wann soll die Hochzeit sein? Ich dachte, irgendwann nächstes Jahr im Sommer. Oder vielleicht zu Weihnachten danach.«

»Ich dachte an Freitag nächster Woche.«

»Was?«

»Vielleicht ist das ein bißchen knapp«, räumte sie ein. »Wir brauchen Zeit, um gründlich alle Vorbereitungen zu treffen. Da gibt es ja wirklich eine Fülle von Einzelheiten, selbst für jemanden, der solche Erfahrung im Organisieren hat wie ich. Sagen wir in einem Monat? Ja, also heiraten wir in einem Monat«, erklärte sie mit einer Bestimmtheit, die er seit dem Zwischenfall mit der Geburtszange am Krönungstag vergessen hatte.

»Wie du wünschst«, sagte er zuvorkommend. »Ich nehme an, in unserem reifen Lebensalter wird das Standesamt genügen.«

»Keineswegs. Ich habe mir immer eine weiße Hochzeit gewünscht.«

»Was, mit Orangenblüten, Sängerknaben und Wagen mit weißen Bändern?« fragte er entsetzt.

»Ja, mit allem Drum und Dran. Die Krankenschwestern von St. Swithin erwarten das jedenfalls.«

»Was hat das mit denen zu tun?«

»Sie werden meine Brautjungfern sein. Ich habe schon ein Dutzend von ihnen ausgesucht. Im übrigen ist alles in Ordnung – sie sind unverheiratet. Ich glaube, sie werden in ihren langen Seidenkleidern entzückend aussehen.«

Sir Lancelot beschattete die Augen mit der Hand. »Das ganze Zeug wird nach einem Kostümfest im Altersheim aussehen!«

»Das war nicht sehr freundlich von dir.«

»Oh, tut mir leid. Aber ich heirate dich auf alle Fälle, ganz egal, welche Inszenierung und welches Kleid du vorschlägst. Schließlich ist eine Hochzeit wie jeder Zirkus in erster Linie für die Zuschauer da. Ja, Luigi?« wendete er sich fragend an den Geschäftsführer, der eben auf ihn zukam.

»Ein Professor Bingham hat sich hier bei der Rezeption nach Ihnen erkundigt, Sir. Da Sie vorhin erwähnten, Sie hätten vertrauliche medizinische Fragen zu besprechen, habe ich ihn in den Privatraum neben meinem Büro gebeten.«

»Das war sehr aufmerksam von Ihnen. Leider muß ich dich jetzt allein lassen, meine liebe Tottie. Geh einstweilen zu deinen Brautjungfern und richte ihnen aus, daß ich es kaum erwarten kann, sie angeschirrt zu sehen.«

Der Geschäftsführer begleitete sie bis zum Ausgang. Als Tottie außer Sicht war, wandte sich

Sir Lancelot an ihn: »Einen Moment mal, Luigi, ist der Hotelarzt in der Nähe?«

»Ja, Sir. Seit er nicht mehr am Spital ist, verbringt er seine ganze Zeit im Hotel und nimmt auch alle Mahlzeiten hier ein. Wollen Sie ihn sprechen?«

»Ich bitte darum.« Luigi schickte einen Hotelboy. »Ich hoffe, Sie sind mit Dr. Grimsdyke zufrieden? Er hat bei mir studiert.«

»Er hat eine etwas zu hohe Meinung von sich.«

»Die hatte er immer. Aber er ist ein findiger Bursche. Und das ist sehr wichtig für den Posten hier.« Sir Lancelot kicherte. »Mit diesem Schauspieler ist er gut zurechtgekommen. Wie hieß er doch gleich?«

»Eric Cavendish, Sir. Er ist vor mehr als einer Woche weg, aufs Land.«

»Ganz richtig. Er strapazierte sein Rückgrat zu sehr, als er sich in seinem Schlafzimmer über dieses junge Mädchen hermachte.«

»Mädchen?« wunderte sich Luigi. »Von einem Mädchen ist mir nichts bekannt. Dr. Grimsdyke sagte mir, daß sich Mr. Cavendish sein Leiden zuzog, als er sich bückte, um seine Schuhbänder zuzuschnüren.«

»Dann ist er auch diskret, und das ist, glaube ich, hier noch wichtiger. Da sind Sie ja, Grimsdyke! Würden Sie uns bitte einen Augenblick allein lassen, Luigi? Berufsgeheimnisse, Sie wissen schon. Grimsdyke, ich bin bereit zu vergessen, daß ich Ihnen viel Leid zu verdanken habe«, fuhr Sir Lancelot fort, als sich der Manager entfernt hatte. »Mir ist natürlich die ganze Geschichte von meinem Röntgenbild zu Ohren gekommen. Na ja, Sie haben mir noch viel mehr Leid verursacht, als Sie als Student unter meiner Leitung operierten.«

»Das ist wirklich schön von Ihnen, Sir.«

»Grimsdyke, Sie wissen doch, daß ich die Oberschwester heiraten werde?«

»Das weiß jeder in St. Swithin, Sir.«

»Natürlich. Nun, sehen Sie, dem Heiraten wohnt ein gewisses sexuelles Moment inne.«

»Habe ich mir sagen lassen, Sir.«

»Ein zwanzigjähriger Bräutigam macht sich natürlich darüber keine Gedanken.«

»Glauben Sie das wirklich, Sir?«

»Ich meine, es stellt für ihn jedenfalls kein Problem dar. Aber für einen Mann in meinem Alter ...«

»Jetzt verstehe ich, was Sie meinen«, sagte Grimsdyke treuherzig, »alte Öfen brennen nicht mehr so stark, daß sie genug Rauch ins Abzugsrohr schicken.«

»Ich möchte es lieber anders formulieren. Ich komme mir vor – was genauso unwahrscheinlich klingt –, als müßte ich von London nach Brighton laufen. Was soll ich tun?«

»Ein Paar Rollschuhe kaufen, Sir.«

»Für das Ereignis trainieren natürlich.«

»Ich verstehe, was Sie meinen! Sie wollen eine der bewährten Verjüngungskuren machen?«

»Ich hasse den Ausdruck ›Verjüngung‹, weil er unwissenschaftlich ist, aber ich glaube, daß die neuen Erkenntnisse der Endokrinologie und ähnlicher Wissenschaften dazu beitragen, Leistung und Lust zu erhöhen. Ich weiß vom Hörensagen, daß es diskrete Privatkliniken geben soll, die derartige Behandlungen vornehmen.«

»Sehr richtig, Sir. Sie hätten keinen Besseren als mich fragen können.«

»Ich kenn' Ihre Neigungen, Grimsdyke. Ich dachte gleich, daß Sie sich in dieser Hinsicht als wahre Fundgrube erweisen würden.«

Grimsdyke blickte um sich und dämpfte die Stimme. »Dr. de Hoots ›Jungbrunnen-Klinik‹. Liegt sehr günstig für London. Ich schreibe Ihnen die Adresse auf.«

»Danke, Grimsdyke. Ich nehme an, die Sache ist seriös.«

»Erfolg garantiert, Sir.«

»Ist dieser de Hoot entsprechend qualifiziert?«

»Natürlich, Sir! Ausländische Universität, aber das ist ja heutzutage in England kein Hindernis mehr, um eine erfolgreiche Praxis zu haben, nicht wahr?«

Sir Lancelot nahm Grimsdykes Zettel entgegen. »Ich bin Ihnen sehr dankbar. Ich werde Ihnen eine Einladung zu meiner Hochzeit schicken.«

»Danke vielmals, Sir. Sie haben uns immer eingeschärft, wie wichtig die Nachbehandlung ist, nicht wahr?«

»Ganz recht. Nun muß ich aber gehen und sehen, wie ich mit Bingham fertig werde.«

»Und ich muß mein köstliches Mittagessen beenden.«

Als Sir Lancelot in Richtung des Direktionszimmers verschwunden war, kam Luigi hinter dem Empfangspult hervor. »Nicht so schnell, Doktor!«

Grimsdykes Gesicht nahm einen gequälten Ausdruck an. »Nein, wirklich, Luigi, wenn es wieder wegen Ihrer Stirnhöhlen ist, müssen Sie warten, bis ich meine Crêpes Suzette gegessen habe.«

»Sie werden Ihre Crêpes heute nicht genießen, Doktor.« Der Geschäftsführer kam näher. »Ich habe gerade erfahren, daß Mr. Eric Cavendish mit einem jungen Mädchen allein in seinem Schlafzimmer war.«

»Richtig. War nicht einmal schlecht, die Puppe.«

»Sie haben mir nichts davon gesagt.«

»Natürlich nicht!« Grimsdykes Stimme klang beleidigt. »Sie haben doch schon einmal etwas von ärztlicher Schweigepflicht gehört?«

»Mir gegenüber haben Sie keine Schweigepflicht.«

»Ich denke nicht daran, Ihretwegen oder wegen irgendeines anderen geschniegelten Gastwirts den heiligen Hippokratischen Eid zu brechen.«

»Sie sind entlassen!«

»Was?« Er war fassungslos. »Sie können mich nicht hinauswerfen, ich bin Arzt.«

»Und wenn Sie Erzbischof wären, würde das nichts daran ändern. Wenn mir die Tätigkeit eines Angestellten mißfällt, dann werfe ich ihn hinaus.«

»Was, weil ich ein Mannsbild, das ein bißchen Spaß mit einem Mädel hat, nicht verpfeife?«

»Ich führe ein Hotel, kein Bordell. Kein männlicher Gast, nicht einmal Mr. Cavendish, darf bei mir eine Frau in seinem Schlafzimmer empfangen. Auch der Kellner hätte die Betreffende beim Verlassen der Suite sehen müssen. Auch ihn werde ich hinauswerfen. Übrigens, Dr. Grimsdyke, ich höre, Sie hatten Kaviar zum Abendessen, Austern zu Mittag und Champagner zum Frühstück. Wenn ich Sie nicht hinausgeworfen hätte, müßte das Hotel über kurz oder lang wegen der hohen Kosten Ihrer Verpflegung zusperren. Bitte, rechnen Sie mit dem Kassier ab und gehen Sie!«

»Aber, aber wohin? Ich habe keine andere Bleibe.«

»Das ist Ihre Sache.«

»Ich habe verdammte Lust, als Gast weiter hier zu bleiben und an euch allen meine Schuhe abzuputzen.«

»Es würde mich sehr freuen, Sie unter diesen Umständen hier begrüßen zu können, Doktor. Allerdings wäre ich dann zu meinem größten Bedauern gezwungen, auf Hinterlegung einer Wochenrechnung im voraus zu bestehen.«

Grimsdyke zuckte die Achseln. »Na schön, ich gehe und suche mir ein passendes Hotel. Sagen Sie dem Portier, er kann meine Koffer in fünf Minuten herunterbringen.«

»Mit Vergnügen, Doktor. Darf ich Sie noch bitten, uns die Handtücher und Kleiderhaken hierzulassen?« Zufrieden schritt Luigi auf sein

Büro zu, kehrte aber diskret um, als er drinnen heftigen Gesprächslärm hörte.

Sir Lancelot kam gerade zum Kern der Sache.

»Mir wurde anerzogen, nach Tisch nicht über Geld zu sprechen.« Der Chirurg nahm eine ausgiebige Prise Schnupftabak. »So feinfühlige Konventionen haben in unserer materialistischen Gesellschaft freilich keinen Platz mehr. Kurz und gut, Bingham, jene fünfzigtausend Pfund, die Ihnen mein Vermögensverwalter überwiesen hat –«

»Schenkungsurkunde und Scheck sind in meiner Hand. Alles bestens erledigt.« Er schob seine Augengläser über den Nasenrücken. »Ich muß wirklich sagen, eine tüchtige Firma.«

»Gewiß. Zweifellos war das Geld eine Überraschung.«

»Nicht für den, der Sie wirklich kennt, Sir Lancelot. Trotzdem bin ich Ihnen zutiefst dankbar. Es war eine großartige Geste. Darf ich Sie darauf aufmerksam machen, daß ...«

»Ja?« fragte Sir Lancelot lauernd.

»... ich im Spital natürlich eine kleine Feier arrangieren werde, in deren Verlauf wir Ihnen eine Silberschale mit Inschrift als Geschenk überreichen werden.«

»Ich will keine Silberschale geschenkt, ich will das verdammte Geld zurück.«

»Ausgeschlossen, Sir Lancelot, es tut mir furchtbar leid.«

»Was?! Nehmen Sie doch Vernunft an, Mann! Sie wissen genau, unter welchen Umständen die Schenkung zustande kam. Ich war der Meinung, ich werde abkratzen. Nun, da ich dem Leben zurückgegeben bin, brauche ich auch die Mittel, es zu bestreiten.«

»Völlig ausgeschlossen!«

»Sie ... Sie Betrüger! Ich bin sicher, daß es eine Handhabe gegen Vorspiegelung falscher Tatsachen gibt.«

Bingham lehnte sich in seinem Stuhl zurück. »Oh, das ist alles unter Dach und Fach. Schließlich haben Sie ein rechtsverbindliches Dokument unterschrieben. So steht die Sache. Der Betrag kommt uns sehr gelegen, wir können den Blaydon Trust nicht bei jeder Gelegenheit melken.«

»Na gut«, erklärte Sir Lancelot verärgert. »Bleiben Sie nur bei Ihrer Auffassung. Nicht nur, daß Sie versuchten, sich meines Körpers zu bemächtigen, wollen Sie mir auch das Geld aus der Tasche ziehen. Aber das eine lassen Sie sich gesagt sein: Ich war fest entschlossen, euch alle in Ruhe zu lassen, sobald ich diese verdammte Hochzeit hinter mir haben würde. Aber jetzt nicht. Ich werde durch Ihre Krankensäle geistern, Bingham. Ich werde beim Operieren hinter Ihnen stehen. Ich werde in Ihrem Laboratorium hocken. Ich werde St. Swithin nicht eher verlassen, als bis die ganzen fünfzigtausend Pfund ausgegeben sind, und ich werde die Verwendung jedes einzelnen Pennys mit einer Hartnäckigkeit und Genauigkeit überwachen, gegen die sich ein Steuereintreiber wie eine einäugige Fledermaus ausnehmen wird.«

15

»Der Sexualtrieb im Menschen ist eine hochinteressante Sache«, erklärte Dr. de Hoot, lehnte sich in seinem Drehstuhl zurück und legte die klobigen Hände auf seine feisten Schenkel. »Außerordentlich interessant. Wir sehen natürlich nur die Spitze des sexuellen Eisberges. Von dem, was unter dem schlammigen Wasser liegt, können wir nur wenig erkennen. Woraus setzt sich dieser Eisberg in erster Linie zusammen? Jedenfalls nicht aus homogenem Material wie Eis. Bei weitem nicht. Er setzt sich aus komplizierten chemischen Substanzen zusammen, den Hormonen unserer endokrinen Drüsen, die von der heutigen Wissenschaft erforscht und analysiert wurden. Er setzt sich zusammen aus den eigentlichen Sexualzellen: dem spermatozoen und dem spermatogenen Gewebe sowie den Eierstöcken und Eizellen beim weiblichen Geschlecht. Überdies enthält der Eisberg physiologische Elemente, die mit dem System der Fortpflanzung überhaupt nichts zu tun haben. Ja, eigentlich trägt jedes System im menschlichen Körper, das Atmungssystem, das

Knochensystem, das Nervensystem und das Herzgefäßsystem, in irgendeiner Weise – und, wenn ich so sagen darf, in manchen Fällen sogar in ganz entscheidender Weise – zum einwandfreien und erfolgreichen Funktionieren der Sexualvorgänge beim Menschen bei.« Er hob seinen wulstigen Zeigefinger: »Mann und Frau sind in ihrer Gesamtheit am Sexualakt, an der Sexuallust beteiligt. Der Sexualtrieb ist etwas, was zum Beispiel – sozusagen – vom Nahrungstrieb nicht zu trennen ist. Er ist ein Teil des Menschen *in toto*. Wenn wir uns also fragen, was den Sexualtrieb beherrscht, so müssen wir uns sagen: das, was die ganze Person beherrscht. Die Psyche! Sie zu studieren ist sehr kompliziert. Die menschliche Psyche, die Seele, wenn Sie wollen, ist als solche Ausdruck vieler Komplexe, Phobien, Frustrationen, Besessenheiten und so weiter. Und die Psyche, und nur die Psyche, muß ständig Gegenstand unserer Aufmerksamkeit in der Therapie sexueller Schwäche sein. Sobald wir die Psyche stimulieren, stimulieren wir auch den Sexualtrieb, denn die Psyche kontrolliert *le milieu intérieur sexuel*, das innere sexuelle Milieu des Menschen.«

»Sie meinen, es liegt alles im geistigen Bereich, Doktor«, warf Grimsdyke ein.

»So ist es ungefähr«, stimmte Dr. de Hoot zu und zündete sich eine Zigarette an.

Dr. de Hoot war ein kleiner, rundlicher Mann mit leicht olivfarbenem Teint, ovalen metallgefaßten Brillen, die auf der Spitze seiner fleischigen Nase saßen, und langem, strähnigem schwarzem Haar, das sein kahles Haupt umrahmte und dann unmerklich in einen ungepflegten Bart überging. Er hatte einen frischen weißen Ärztekittel an, der um den Hals zugeknöpft war. Sein Büro war ein großes Zimmer mit hohen Fenstern und einem Tudorkamin. Niemand wußte genau, woher er eigentlich stammte, er selbst behauptete, Schweizer zu sein, obwohl man sich ihn in alpiner Szenerie nur schwer vorstellen konnte.

»Ich glaube, daß viele Leute ihr Sexualleben einfach überbewerten«, fuhr Grimsdyke gedankenvoll fort. »Es ist sicher erfreulicher, im Bus über Sex nachzudenken als über die Einkommensteuer.«

»Manche denken überhaupt an nichts anderes«, belehrte ihn de Hoot mit Bestimmtheit. »Besonders in der heutigen nachsichtigen Zeit, wo jedermann jedes nur denkbare sinnliche Vergnügen voll und ganz auskosten möchte, auch wenn es manchmal gar keines ist.«

»Eine Art ›Orgasmus-für-alle‹-Einstellung? Das würde wenigstens etwas Abwechslung in die Spruchbänder der Demonstrationen bringen.«

»Bei Gott, ja. Wissen Sie, viele ansonsten völlig glückliche junge Frauen kommen zu mir und jammern mich an, sie seien dem Selbstmord nahe, weil sie noch nie einen Orgasmus gehabt hätten. Dabei gebrauchen sie diesen Ausdruck, lieber Doktor, den ihre Mütter nie aussprachen und ihre Großmütter überhaupt nicht kannten, wie eine Zutat in einem Rezept. Oder sie halten es für eine moderne, ärgerlicherweise mit Fehlerquellen behaftete Notwendigkeit wie etwa das Telefon. Ich frage mich manchmal, ob nicht beide einfach clevere Erfindungen der Amerikaner sind.« Er lehnte sich zurück und blies den Rauch gegen die Wölbung der Decke. »Also, Doktor, wann wollen Sie anfangen?«

»Mir wäre es recht, noch heute abend. Ich gab meinen letzten Job etwas unerwartet heute mittag auf. Es spielte da eine prinzipielle Frage des Ärzteberufes mit, so daß ich keinen Augenblick länger dort bleiben konnte.«

»Gut, ich habe im Moment ohnehin keinen Assistenten. Es ist gar nicht leicht, einen jungen Praktiker zu finden, der mit Erfolg Vertrauen ausstrahlt, denn das ist das Geheimnis unseres Erfolges.«

»Es ist sehr nett von Ihnen, daß Sie mir die Stelle anbieten, schließlich kennen Sie mich doch nur von Ihrer Forschungstätigkeit – das heißt, von unser *beider* Forschungstätigkeit – in diesem Striptease-Lokal.«

»Sie haben Mr. Cavendish hierhergebracht, Doktor«, strahlte de Hoot. »Noch mehr von der Sorte, und Sie haben Ihre Anstellung glänzend gerechtfertigt.«

»Ich hätte nur eine Frage: Ich habe nicht die geringste Ahnung, was ich zu tun habe.«

»Sie können mit Injektionen beginnen.«

»Injektionen von was?«

De Hoot blickte leicht gequält auf. »Sie haben doch sicher schon von meiner berühmten Formel ZX 646 Q gehört?« Er wies auf einige versiegelte Phiolen mit einer klaren Flüssigkeit, die auf seinem Tisch standen. »Streng geheim natürlich. Kein königliches Lösegeld könnte das Rezept kaufen, noch könnte es die Folter meinen Lippen entreißen. Es ist ein überaus starkes und schnell wirkendes Aphrodisiakum, das durch komplizierte chemische Prozesse aus einer seltenen Pflanze gewonnen wird, die nur am Fuße der Anden wächst. Sie war bloß dem Inzostamm bekannt, der heute völlig ausgerottet ist. Er wurde von seinen Feinden Mann für Mann abgeschlachtet, weil er sich infolge des erstaunlichen Anregungsmittels zu rasch vermehrt hatte.«

»Was ist es wirklich?«

»Destilliertes Wasser.«

»Schadet natürlich nichts, was?«

»Überhaupt nicht. Ich sterilisiere es sorgfältig oben in meinem Badezimmer.«

»Und wirkt es?«

Der Sex-Spezialist grinste: »Wunder! Aber überzeugen Sie sich selbst!« Er stand auf. »Machen wir eine Runde durch die Zimmer. Sie haben noch keinen Blick auf die Behandlungsabteilung unserer Klinik geworfen.«

»Einen schönen Platz haben Sie sich da ausgesucht.«

»Ich bin ganz Ihrer Meinung.« De Hoot blickte durch das offene Fenster hinaus in die Dämmerung, die langsam auf die sanft gewellten, von Bäumen gesäumten sauberen Felder Kents fiel. »Ich habe den stattlichen Landsitz geerbt, weil ich die letzten Jahre seines Eigentümers so besonders glücklich machte.« Sie schritten durch eine grün tapezierte Tür in eine getäfelte Halle mit einem großen Tisch in der Mitte und mehreren Ritterrüstungen an den Wänden und gingen auf eine Eichenholztreppe zu, die mit dicken Teppichen ausgelegt war.

»Und hier eine Schwester.« De Hoot lächelte einem Mädchen zu, das eben mit einem Glas heißer Milch auf einem Silbertablett an ihnen vorbeischritt. »Sie sind ja mächtig beeindruckt.«

»Was für eine Puppe! Und die Uniform ..., zwar nicht *ganz* durchsichtig, aber gegenüber St. Swithin eine wesentliche Verbesserung.«

»Die Atmosphäre ist wichtig«, erklärte de Hoot. »Wenn man ständig von hübschen Mädchen in verführerischen Gewändern umgeben ist, steigt schon allein dadurch die geschlechtliche Begierde des Mannes. Die Psyche, wie gesagt!«

»Aber woher bekommen Sie die Mädchen? Die meisten Schwesternschulen legen Wert auf Verläßlichkeit und nicht so sehr auf Aussehen.«

»Von verschiedenen Theateragenturen. Aber erstaunlich viele von ihnen haben in Filmen oder Fernsehstücken Schwesternrollen gespielt. Und sie schätzen unsere großzügige Entlohnung. Die Schauspielerei ist ja leider ein furchtbar überlaufener Beruf.«

»Und mit alldem erzielen Sie Erfolge? Ich meine natürlich nicht bei einfachen und einfältigen Leuten, sondern bei intelligenten, müden, alten Lebemännern?«

»Lieber Doktor, in der Schweiz gibt es Kliniken, die große Schriftsteller, Soldaten und Staatsmänner aus ganz Europa zu ihren Kunden und Gönnern zählen. Die Zeitungen sind voll davon. Vor Jahren behandelte Serge Woronoff in Monte Carlo jede Menge Fürsten. Er verordnete ihnen einen Extrakt aus Affenhoden –›Affendrüsen‹, wissen Sie. Andere verabreichen Gott weiß was. Wasser hat zumindest den Vorteil der Reinheit und Billigkeit. Woran man glauben *möchte*, daran glaubt man auch, in der Medizin ebenso wie auf anderen Gebieten. Kurzum, alles hat irgendwie die Wirkung, die man ihm zumißt.«

In der Eingangstür erschienen zwei langhaarige junge Leute in gleichen Blue jeans und -Shirts und jagten einander lachend die Treppe hinauf.

»Das sind Mr. und Mrs. Drummond. Sie verbringen hier ihre Flitterwochen und haben eine Menge profitiert. Bei ihrer Ankunft huldigten sie beide der Idee des Unisex. Nachdem ich sie untersucht hatte, gab ich Mr. Drummond die für Frauen bestimmten Ratschläge, seiner Gattin die für Männer.« Sie stiegen die Treppe hinauf. »Darüber hinaus verbiete ich auch für mehrere Jahre nach der Entlassung Rauchen, Trinken und reichliches Essen. Schon das allein sorgt, wie Sie wissen, für athletisches Training im Libidobereich.«

Als sie am oberen Treppenabsatz angekommen waren, lief ihnen ein anderes hübsches Mädchen in weißer Schwesterntracht verstört im Gang entgegen.

»Aha, Mr. Cavendish geht es besser«, sagte de Hoot mit Genugtuung.

Der Schauspieler begrüßte Grimsdyke herzlich. »Ein großartiger Ort hier, Doktor! Vielleicht ein bißchen zu eng für meine Begriffe«, er zeigte auf sein kleines, einfach eingerichtetes Zimmer, »aber es tut mir mächtig gut.«

»Es tut mir leid, Mr. Cavendish, aber die Schwestern werden Sie ab jetzt immer zu zweit betreuen«, sagte ihm de Hoot mit ernster Miene. »Ich will uns ja keinen Spaß verderben, aber wir dürfen uns nicht überanstrengen. Nicht vergessen, wir sind noch immer rekonvaleszent, sozusagen.«

»Wie Sie meinen, Doktor. Was immer Sie mit mir machen, ich würde Ihnen aus der Hand fressen.«

»Ich muß Sie leider bitten, die letzten zwei Nächte Ihr Zimmer mit jemandem zu teilen – wir sind begreiflicherweise immer unter Druck, was freie Plätze anlangt, Sie verstehen!«

»Mit einer Puppe?« fragte Eric begehrlich.

»Leider nicht. Mit einem Chirurgen mittleren Alters, einem Sir Lancelot Spratt. Er muß jeden Augenblick dasein. Das ist auch ein Patient, den Sie uns geschickt haben, Doktor«, fügte er, zu Grimsdyke gewandt, dankbar hinzu.

»Den Burschen kenne ich.« Eric Cavendish nickte. »Wir werden gut miteinander auskommen.«

»Ich werde lieber verschwinden, wenn Sir Lancelot hier auftaucht«, warf Grimsdyke ein. »Er ist, na ja, etwas konservativ in seinen Ansichten über medizinische Behandlung. Es kann durchaus sein, daß er nach einem Blick auf die hiesigen Schwestern kehrtmacht und davonläuft.«

»Das ist in der Geschichte der Klinik noch nie vorgekommen«, beteuerte de Hoot. »Aber wenn Sie wünschen, wird Ihnen die Schwester Ihr privates Zimmer zeigen.«

»Ausgezeichnet!«

»Haben Sie für heute abend schon etwas vor, Doktor? Wir sind hier ein wenig isoliert.«

»Ich denke, es dürfte nicht allzu schwer sein, sich hier zu vergnügen.«

»Wenn Sie nichts vorhaben, dann können Sie sich gern an unserem Karate-Kurs beteiligen. Die Schwestern sind darin große Meisterinnen. Stellen Sie sich vor, manche können einen Mann ohne weiteres mit einem Handkantenschlag umlegen.«

16

Am nächsten Morgen stieg Grimsdyke wieder die mit roten Teppichen bespannte Treppe empor. Im Korridor angelangt, bemerkte er zwei hübsche junge Schwestern, die aufgeregt auf ihn zuliefen.

»Offensichtlich hat Cavendish auf die Behandlung angesprochen«, murmelte er. Er blickte auf und sah, daß die Mädchen von Sir Lancelot in Tweedknickerbockern verfolgt wurden.

»Grimsdyke!« grüßte ihn Sir Lancelot jovial. »Dieser Ort hält genau das, was Sie mir versprochen haben.«

»Anscheinend tut Ihnen der Aufenthalt hier bereits recht gut, Sir!«

»Ich bitte Sie, vergessen Sie diese Weibchen hier! Das ist nur ein kleines Spiel, das Cavendish zum Zeitvertreib erfunden hat. Aber ich muß gestehen, ich fühle mich bereits als anderer Mensch. Dieses ZX 646 Q ist ein bemerkenswertes Medikament.«

Grimsdyke schien verwirrt. »Das *was*, Sir?«

»Die Droge, die de Hoot intramuskulär spritzt.«

»Ach, Sie meinen das sterile ... das heißt die sterile Injektion, Sir?! Verflucht starkes Zeug, könnte eine Büffelherde in Glut versetzen.«

»Und einen Ehekandidaten in freudige Bereitschaft, könnte ich mir vorstellen. Ich finde, er sollte über seine Fälle in der *Lancet* schreiben oder zumindest die chemische Formel veröffentlichen. So etwas geheimzuhalten ist ein Verbrechen an der Menschheit. Nicht anders, als würde man die Erzeugung von Penicillin aus geschäftlichen Gründen einstellen.«

»Glauben Sie nicht vielleicht, Sir ... ich meine, natürlich ist es ein starkes Zeug, aber könnte da nicht auch eine winzige Spur psychologischer Suggestion mitspielen?«

Sir Lancelot musterte ihn ernst. »Glauben Sie etwa, daß ich mit meiner klinischen Erfahrung suggestiven Faktoren unterliegen könnte, ganz gleich, bei welcher Behandlungsart?«

»Natürlich nicht, Sir.«

»Obwohl ich hinsichtlich der spezifischen Wirkung ... ich meine, des Grundes, der mich hierhergeführt hat – Sie verstehen –, keine Gelegenheit habe, den Beweis anzutreten.«

»Ich verstehe, was Sie meinen, Sir! Das ist nicht so, wie wenn man sich ein Bein gebrochen hat und jede Schwester dann froh ist, wenn man wieder ohne Krücken gehen kann.«

»Ich fühle mich so jung – genau wie es de Hoot vorausgesagt hat. Und so unternehmungslustig. Ich möchte immerzu laufen und Schmetterlinge fangen.«

»Wieviel hatten Sie, Sir?« fragte Grimsdyke besorgt.

»Ich mache einen Schnellsiederkurs. Alle zwei Stunden eine doppelte Dosis, die ganze Nacht hindurch. Vielleicht nehmen Sie selbst ein wenig ZX 646 Q, Grimsdyke? Jetzt gehe ich in den Garten, etwas frische Luft schnappen.«

Sir Lancelot schritt munter den Gang hinunter. Grimsdyke kratzte sich nachdenklich am Kinn. »Vielleicht ist an diesem Wasser doch was dran.« Er zog die Augenbrauen hoch. »Könnte sich eines Abends auszahlen, wenn ich mir selbst eine Injektion machte.«

Er klopfte an die Tür.

»Morgen, Eric. Wie geht's euch zwei Hengsten im selben Stall?«

»Ausgezeichnet. Sir Lancelot ist eine Wucht. Brachte mich die ganze Nacht zum Lachen mit Geschichten von seinen Operationen. Wissen Sie, Doktor, ich glaubte immer, in der Chirurgie herrsche Spannung und Stille, die nur vom schweren Atmen des Patienten und knappen Kommandos: ›Skalpell, Schwester, schnell, sonst spielt er nie wieder Violine!‹ unterbrochen wird, und vielleicht noch vom Rieseln von Blut und Schweiß, der von des Doktors Stirn tropft.«

»Auch ich habe mich schon oft über Sir Lancelots großzügige Inzisionen krank gelacht«, pflichtete ihm Grimsdyke bei. »Er ist der Typ des Chirurgen aus dem neunzehnten Jahrhundert. Können Sie sich ihn nicht im Gehrock mit eingefädelten Nadeln in den Rockaufschlägen vorstellen? Mit dem Amputiermesser in der Hand über Sägespäne schreitend, als wollte er mit dem Patienten ein Duell austragen und nicht dessen Leben retten. Wie viele Leute mit einem bestimmten Image versucht er, diesem entsprechend zu leben, wenn es auch für den Alten ziemlich anstrengend sein dürfte.« Gedankenvoll fügte er hinzu: »Das tun wir, bis zu einem gewissen Grad, eigentlich alle. Es wäre furchtbar langweilig auf der Welt, wenn sich jeder ganz natürlich benähme.«

»Das finde ich auch. Ich möchte nicht wissen, was man fände, wenn man Dr. de Hoots Schichten bloßlegte. Er kann sehr beeindruckend sein – und auch sehr streng. Ich wollte einen Tag früher weg, aber er wollte nichts davon wissen.«

»Das ist eine strenge Vorschrift! Ich glaube, er wünscht, daß sich die Patienten aufsparen, bis die Behandlung ganz zu Ende ist.«

»Ich habe nicht an *das* gedacht, wirklich nicht, Doktor. Obwohl es mit dem Püppchen zu tun hat, das damals bei mir war, als ich mich überanstrengte. Zum Teufel, ich heiße zwar Eric, bleibe aber nicht auf meinen vier Buchstaben sitzen. Ich habe dem Mädchen versprochen, ihm den Weg zum Fotomodell zu ebnen, daher fragte ich Ted nach dem besten Fotografen von London, und er behauptete, daß alle ganz verrückt nach diesem Godfri seien. Er ist tatsächlich der beste, und sie wird heute nachmittag in sein Studio gehen. Ich wollte mit dabeisein, denn ich habe in meinem Leben mehr Fotografen gesehen als der Eiffelturm, und ich möchte nicht, daß er sie auf einem falschen Gebiet lanciert, etwa auf dem künstlerischen. Wenn sie Fotomodell wird, dann nur für Bohnen, Konserven und Hundefutter. Ich nehme großen Anteil an den Karrieren meiner Puppen«, sagte er mit väterlichem Stolz.

»Nichts leichter als das«, sagte Grimsdyke mit zufriedenem Lächeln. »Ich muß ohnehin einige Bücher und anderes Zeug, das ich im St. Swithin gelassen habe, holen. Da könnte ich Sie doch zu Godfri begleiten, um ein Auge auf Sie zu haben, sozusagen als männliche Krankenschwester. Ich bin sicher, daß de Hoot nichts dagegen haben wird.«

»Wir könnten es immerhin versuchen. Rufen Sie bitte Ted an, er soll uns einen Wagen schicken.«

»Lassen Sie mich nur machen«, sagte Grimsdyke zuversichtlich, »ich werde es ihm schon beibringen.«

Auf dem Gang zupfte er heftig an den Aufschlägen seines weißen Mantels. »Godfris Studio, was?« murmelte er. »Ja, ja, das wird eine nette kleine Überraschung für die liebe Stella.«

Durch das offene Fenster sah er, wie Sir Lancelot inmitten der makellos gestutzten Taxushecken herumspazierte. Er war ganz durcheinander, quoll über vor Kraft und Lebenslust, konnte sie aber an niemandem auslassen; nicht einmal einen Hund hatte er, dem er hätte Hölzchen werfen können. Er hatte die Hände hinter dem Rücken verschränkt, pfiff leise ein Motiv aus *Pinafore* und wäre beinahe über eine Holzbank gestolpert, als er mit Schwung um die Ecke der zwei Meter hohen Hecke bog. Auf der Bank saß eine der hübschesten jungen Frauen, denen er je begegnet war.

»Guten Morgen«, sagte Sir Lancelot aufgeräumt, »darf ich mich zu Ihnen setzen?«

Sie blickte ihn unter langen dunklen Wimpern hervor an und strich sich sanft durchs schulterlange Haar. »Bitte«, lud sie ihn mit heiserer Stimme ein.

Sir Lancelot nahm Platz und legte die Hände auf seine Knie. »Ein schöner Morgen.«

»Zauberhaft.«

Mit einem Seitenblick stellte er fest, daß er noch nie eine Frau mit so schönen Beinen gesehen hatte. »Ich bin froh, daß Sie Mini tragen.«

»Sie sind nicht dagegen?«

»Im Gegenteil. Das ermöglicht eine gute Durchlüftung des Beckens. Sehr gesund.«

»Das freut mich. Ältere Leute sind da oft so muffig.«

»Ich gehöre nicht zu den ›älteren Leuten‹«, sagte Sir Lancelot verletzt. »Ihnen komme ich vielleicht so vor, als wäre ich mit der Arche Noah gelandet. Aber ich versichere Ihnen, meine Liebe, ich bin im Vollbesitz meiner Kräfte. Sämtlicher Kräfte!«

»Tut mir leid«, schnurrte das Mädchen. »Ich bin sicher, Sie sind ganz fürchterlich männlich.«

»Ich bin gesund.« Sir Lancelot versuchte Zeit zu gewinnen. »Ich könnte ohne Ermüdungserscheinungen vor dem Frühstück zwei Kilometer laufen.«

»Möchten Sie mit mir Fangen spielen?«

Er sah erstaunt drein. »Haben Sie es gern, wenn man Ihnen nachläuft?«

»Find's himmlisch. Los!« Sie sprang auf. »Geben Sie mir fünf Sekunden Vorsprung. Ich verspreche Ihnen, daß ich nicht zu schnell laufen werde.«

Sie rannte zwischen den Taxushecken hin und her. Sir Lancelot fand es wahnsinnig lustig – und ganz harmlos. Es erinnerte ihn an seine Kindheit, als er ohne Hintergedanken den kleinen Mädchen in der Schule nachgelaufen war. Ihm fiel auf, daß sie athletisch gebaut war. Mit erregtem Quietschen wich sie seinem Griff aus, wenn sie sich hatte einholen lassen, bis er atemlos schnaubte.

»Ich hab' Sie!« rief er und schloß sie in eine bärenhafte Umarmung. »Nun, Sie schlimmes kleines Mädchen, was krieg' ich dafür? Einen Kuß?«

»Wenn Sie wollen.«

Da fiel ihre Perücke herunter.

»Großer Gott!« schrie er entsetzt. »Sie sind ja gar kein Mädchen!«

»Nein, Liebling, ich bin Fernsehproduzent. Aber Verkleiden ist meine kleine Schwäche. Ich bekomme Injektionen dagegen.«

Grimsdyke, der auf der Suche nach de Hoot war, kam hinter einer Hecke hervor. »Na, Sir Lancelot, Schmetterlinge?«

»Grimsdyke!« Sir Lancelot lockerte seinen Griff. »Meine liebe Dame, mein lieber Herr, entschuldigen Sie bitte ..., verständlicher Irrtum ...« Er packte Grimsdyke am Arm und zog ihn ängstlich mit sich fort. »Ich muß fort von hier.

Ich muß diesen Ort sofort verlassen. Ich weiß nicht genau, was man hier mit mir macht, aber ich werde in sehr tiefe und trübe Wasser geworfen, in denen ich nicht zu schwimmen gewohnt bin.«

»Es ist ganz harmlos, Sir Lancelot!«

»Um das geht es nicht. Es ist einleuchtend, daß ich meine neugefundenen Energien in geeignete Bahnen lenken muß. Ich muß die Oberschwester so schnell wie möglich heiraten. Ich erinnere mich, daß sie den Freitag nächster Woche erwähnte. Ich werde meine Zustimmung geben, oder womöglich noch für diesen Freitag! Vielleicht wird sie dafür mit dem Standesamt einverstanden sein, anstatt die Zeremonie zur größten Musical-Komödie seit *My Fair Lady* ausarten zu lassen. Ich gehe. Sofort. Ich kehre zurück nach London und werde beim Dean wohnen.«

»Ich fürchte, de Hoot wird es nicht gern sehen, wenn Sie sich selbst entlassen, Sir.«

»Ich gebe keinen alten Hut für de Hoot! Unter uns, ich habe den Verdacht, er ist ein bißchen ein Scharlatan. Er muß es sein, wenn er ein solches Unternehmen führt. Ich hätte mir etwas Besseres einfallen lassen sollen, als einen übergeschnappten Sexbesessenen wie Sie um Rat zu fragen.«

»Wirklich, Sir! Ich wollte nur helfen.«

»Ich habe schon vor langem bemerkt, daß es immer Unheil bedeutet, Ihren Rat über irgend etwas einzuholen.« Er wischte sich mit seinem rot-weißen Taschentuch die Stirn. »Es tut mir leid, Grimsdyke, ich nehme das zurück. Ich bin wirklich nicht bei Sinnen. Es würde mich nicht überraschen, wenn diese Injektionen eine garstige Nebenwirkung hätten.«

»Mich würde es überraschen, Sir«, sagte Grimsdyke mitfühlend, »mich würde es sehr überraschen!«

17

Grimsdyke war von Godfris Atelier enttäuscht. Er hatte etwas Ähnliches wie Dr. de Hoots Klinik erwartet und fand statt dessen eine umgebaute baufällige Garage in einer Seitengasse von King's Road vor. Er betrat mit Eric Cavendish ein kleines Büro, das noch immer nach Motoröl roch, wo eine Frau mittleren Alters in einer Art weißem Spitalsmantel an einer Schreibmaschine saß.

»Miss Fowler ist schon im Atelier«, sagte sie. »Da Mr. Godfri Sie erwartet, werden Sie eintreten können. Aber bitte klopfen und warten Sie!« wies sie sie streng an. »Unter gar keinen Umständen darf Mr. Godfri unterbrochen werden, wenn er gerade denkt, was Stunden um Stunden dauern kann.«

»Großartig«, meinte Eric zweifelnd.

»Wenn Sie nichts dagegen haben, möchte ich hier warten«, sagte Grimsdyke. »Ich – hm – leide sehr unter Fotofobie.«

Als sie allein waren, wandte er sich der Empfangsdame zu. »Übrigens – ein merkwürdiger

Zufall – glaube ich, jemand, den ich kenne, arbeitet jetzt in Ihrem Atelier, eine Miss Gray.«

»Ach, die.«

»Wir sind einander im Spital über den Weg gelaufen – ich bin nämlich Arzt. Könnte ich die junge Dame vielleicht einen Augenblick sprechen?«

Sie machte eine Kopfbewegung. »Sie finden sie da hinten draußen. In der Dunkelkammer. Die Tür darf nicht geöffnet werden, wenn das rote Licht brennt.« Grimsdyke schritt durch einen engen, notdürftig verputzten Gang mit roter Lampe, die, wie er befriedigt feststellte, nicht brannte. Er klopfte an und erkannte Stellas Stimme. Er glättete seinen Rockaufschlag und betrat einen kleinen feuchten Raum, in dem es nach verschiedenen Chemikalien roch. Stella drehte sich um und schrie auf. Er hob die Hand. »Nein, liebes Mädchen, sagen Sie nichts. Kein Wort. Bitte! Ich flehe Sie an! Lassen Sie mich zuerst meine Rede halten. Ich habe sie wirklich stundenlang geprobt, und jede Unterbrechung könnte meine Vorstellung verderben.«

»Na schön«, sagte sie zögernd.

»Werfen Sie mich nicht hinaus! Gaston Grimsdyke kommt heute mit keinem anderen Vorhaben als dem völlig reinen, Ihre Vergebung zu erlangen. Als wir uns das letzte Mal sahen, war ich ganz schrecklich grob. Ich bedachte Sie mit Schimpfworten. Das sollte man Frauen gegenüber nie tun, besonders, wenn sie so charmant und süß wie –«

»Oh, Gaston!« Sie begann zu weinen. »Ich bin ja so unglücklich!«

»Nun, nun!« Grimsdyke schloß sie flink in seine Arme und begann ihr blondes Haar zu streicheln. »Nun, nun, nun! Was ist los? Erzählen Sie mir Ihre Sorgen! Jede einzelne. Lassen Sie sich Zeit!«

»Ich hasse es.«

»Was, dieses Atelier?«

Sie nickte und schneuzte sich.

»Es ist eine Art Bruchbude, das muß ich schon sagen.«

»Ich bin erst zwei Tage hier, und alle sind so ekelhaft zu mir.«

»Sogar der Glamour-Boy Godfri?«

»Er ist unbeschreiblich.«

»Nun, nun, nun.« Grimsdyke streichelte sie etwas stärker.

»Ich dachte, ich würde ein wundervolles Leben im Atelier haben und alle möglichen todschicken Leute kennenlernen. Aber alles, was ich hier tue, ist schuften, Tee kochen und Böden kehren.«

»Ich habe den Eindruck, daß beim Fotografieren auch nicht mehr Glamour zu finden ist als in der Heilkunde, was immer auch die idiotische Öffentlichkeit darüber denken mag.«

»Ich wäre so gern wieder im St. Swithin.«

»Warum sagen Sie dann Godfri nicht einfach, er soll sich mit seinen Linsen ausstopfen lassen, und hauen ab? Bei der heutigen Knappheit an medizinisch geschultem Personal wäre man im St. Swithin sicher entzückt, eine seiner alten Stützen wieder zurückzuhaben. Man wäre sogar entzückt, mich wiederzusehen, und das will schon etwas heißen!«

»Mich aber werden sie nicht wiedersehen wollen«, sagte sie unglücklich. »Das Röntgenmädchen, das die Umschläge vertauscht und so viele Unannehmlichkeiten verursacht hat.«

»Aber ich habe doch die Schuld dafür auf mich genommen. Ich wollte eben in meiner kleinen Rede darauf zu sprechen kommen, aber Sie sind mir zuvorgekommen.«

»Ich weiß, daß Sie das für mich getan haben. Sie waren wunderbar. Ich habe es damals nicht zu schätzen gewußt. Gott, war ich blöd!«

»Wenn etwas Gras über die Sache gewachsen ist, werden die Geister von St. Swithin vielleicht allmählich eine versöhnlichere Haltung einnehmen.«

»Aber ich kann meinen jetzigen Job keinen Augenblick länger ertragen.«

»Dann machen Sie Urlaub!« schlug er lebhaft vor. »St. Tropez, Nassau, Kabul.«

»Aber ich bin auf eine Stellung angewiesen. Ich zahle Mama vier Pfund pro Woche fürs Essen.«

»Und Ihr alter Herr? Der ist doch millionenschwer.«

»Wer sagt das?«

Er zögerte. »Ich glaube, Sie sagten das. Jedenfalls hat es im Spital die Runde gemacht.«

Sie schneuzte sich wieder. »Ich glaube, ich habe so etwas gesagt. Das war bloß Angeberei. Ich kam mir nicht wichtig genug vor. Manche Leute geben vor, Lords, Generäle oder Filmproduzenten zu sein, nicht wahr? Sie können es oft in den Zeitungen lesen.«

»Ich habe mir so was vorgestellt. Nannten Sie mich nicht einmal ›Herzensjunge‹?«

»Das gehörte alles dazu.«

»Stella, ich liebe dich.«

»Oh, Gaston!« Sie begann wieder zu weinen.

»Du darfst nicht weinen«, sagte er zärtlich, »deine Tränen werden in das Hypo fallen, oder wie das heißt. Schau, Stella, Liebste – du möchtest deine Laufbahn als Röntgenologin wiederaufnehmen. Stimmt das?«

Sie nickte.

»Dann werde ich, verdammt noch mal, dafür sorgen. Ich werde es ihnen im St. Swithin beibringen. Dem Dean. Sir Lancelot. Ja, am besten Sir Lancelot. Ich habe den alten Bären im Augenblick bei seiner empfindlichsten Stelle gut im Griff. Unglücklicherweise arbeite ich jetzt draußen auf dem Land – in einer Klinik, psychologische Fälle, hochinteressant. Aber morgen kann ich wieder in die Stadt kommen. Wie wär's dann mit einem Rendezvous?«

»Gaston, Liebling, rasend gerne ...«

»Brüte das inzwischen hier aus, und ich hol' dich bei Arbeitsschluß ab. Sechs Uhr?«

Sie nickte heftig.

»Wir werden gemütlich abendessen – nicht im Crécy, das Essen dort ist ungenießbar, und vom Manager abwärts sind alle grob – und über unsere Zukunft sprechen.«

Draußen waren ein Knall und ein mörderischer Schrei zu hören.

»Großer Gott«, murmelte Grimsdyke, »klingt so, als bekäme ich einen Fall.«

Im Gang fanden sie Godfri in seiner Arbeitskleidung, die wie der Alltagsdreß einer Indianersquaw aussah. Er raufte sich mit beiden Händen die Haare und hüpfte laut schreiend auf und ab.

»Eher bring' ich mich um! Lieber von Raubtieren gefressen werden! Lieber auf einer Baustelle arbeiten!«

»Wo Sie wahrscheinlich sowieso angefangen haben«, keifte Iris Fowler und erschien, nur mit einem Bikiniunterteil bekleidet, vor dem Atelier.

»Ich kann Sie nicht fotografieren. Ich will nicht. Sie hören nicht einmal auf das, was ich Ihnen sage. Gott ja, manche Modelle mögen ja begriffsstutzig sein, aber Sie sind sogar zu blöd, um für einen Schnappschuß bei einem Sonntagsausflug stillzusitzen.«

»Hört euch das an!« sagte Iris verärgert. »Ich bin Miss Büromöbel, daß Sie's wissen.«

»Es ist mir egal, und wenn Sie Miss Kanalräumer wären. Sie sind unmöglich. Nebenbei bemerkt, Ihre Titten sind verschieden groß.«

»Das ist nicht wahr!«

»Schaun Sie sie an, wenn Sie's nicht glauben! Als wollte man versuchen, die Kuppel von St. Paul und eine Goldfischschale aufs gleiche Bild zu bringen.«

»Oh, Sie stinkendes altes Schwein!« Sie holte gerade zu einem Schlag nach ihm aus, als Eric Cavendish aus dem Studio trat und nervös sagte: »Na, na, Iris, vergiß nicht, das ist nur Mr. Godfris künstlerisches Temperament.«

»Künstlerisch! Daß ich nicht lache! Er ist ungefähr so künstlerisch wie ein Vorarbeiter in einem Salzbergwerk.«

»Schaun Sie, daß Sie hinauskommen, bevor ich die Polizei rufe!« befahl Godfri.

»Keine Angst, ich gehe schon«, sagte sie von oben herab. »Wo ist mein Zeug?« Eric Cavendish warf ihr ein Bündel Kleider zu. »Nein so was«, fügte sie sarkastisch hinzu, während sie in einen Ledermantel schlüpfte, »ich hoffe nur, daß Sie sich beim nächsten Mal nicht das Kreuz brechen. Alte Männer wie Sie sollte man abends mit einer Tasse warmer Schokolade aufpäppeln.«

»Ich muß gehen und nachdenken«, seufzte Godfri, als die Eingangstür zuschlug, »jeder Nerv ist zerrüttet, völlig zerrüttet. Wo ist mein Rosenkranz? Laßt mich allein, alle, *bitte*. Ich muß denken, denken, denken, stundenlang denken ...«

Als er in sein Studio verschwunden war, fragte Stella: »Und wer soll *das* sein?«

»Einer meiner Patienten. Psychopathologischer Fall. Erklär's dir morgen. Vielleicht möchtest du Eric Cavendish vorgestellt werden?« fügte er mit einem Anflug von Stolz hinzu.

»Dem wirklichen Eric Cavendish?« Stellas Augen weiteten sich. »Aber das ist ja traumhaft!« Sie schüttelten sich die Hände. »Ich habe alle Ihre Filme gesehen. Ich bin ganz aufgewühlt, Sie kennenlernen zu dürfen.«

»Nun, das ist schön.« Eric Cavendish warf sich in Positur. »Wirklich schön.«

»Im letzten, haben Sie da wirklich diese Hetzjagd über das Felsenriff mitgemacht?«

Er lachte. »Dafür wurde ein Double genommen. Ich bin zu wertvoll, als daß man riskieren würde, mich durch einen Sturz zu verlieren. Aber die Tauchszenen spielte ich alle selbst«, fügte er bescheiden hinzu.

»Die waren auch das Beste im ganzen Film, finde ich.«

»Ist das nicht merkwürdig? Genau das dachte ich nämlich auch.«

Stella lachte scheu. »Große Geister denken ähnlich.«

»Das ist es. Sie haben den Nagel auf den Kopf getroffen«, lobte er sie. »Wie alt sind Sie?«

»Ich bin zwanzig, Mr. Cavendish.«

Grimsdyke hüstelte. »Hm, Stella, ich denke, wir müssen jetzt gehen.«

»Das ist ein schönes Alter, ein wunderschönes Alter. Ich finde, das ist so ziemlich das beste Alter für ein Mädchen.«

»Oh, danke, Mr. Cavendish.«

»Ich heiße Eric. Und Sie?«

»Stella Gray.«

»Haben Sie nie daran gedacht, zum Film zu gehen, Stella? Sie haben ganz das Aussehen dafür.«

»Jetzt müssen wir uns aber wirklich auf den Weg machen«, schaltete sich Grimsdyke beherzt ein. »Mr. Cavendish ist ein vielbeschäftigter Mann, nicht wahr, Mr. Cavendish?«

»Ich habe massenhaft Zeit! Besonders, wenn ich mit einem hübschen Mädchen spreche. Sagen Sie, wie wär's mit einem Abendessen in meiner Suite im Crécy, wenn ich morgen wieder in London bin? Ich könnte Sie gleich hier erwarten, wenn Sie mit der Arbeit fertig sind. Ich nehme an, das wird so um sechs Uhr herum sein.«

»Mr. Cavendish!« japste Grimsdyke. »Es ist Zeit für Ihre Behandlung. Oder wollen Sie, daß ich der Dame genau erkläre, worum es da geht?«

»Sicher, sicher.« Eric Cavendish schien etwas aus der Fassung gebracht. »Bis morgen.« Er lächelte in Stellas Richtung, während sein Arzt ihn durch die Tür drängte.

Grimsdyke steckte noch einmal den Kopf herein und ließ einen Pfiff vernehmen. »Keine Sorge, Stella, er wird uns nicht belästigen. Er ist *wirklich* ein Psychopath.«

»Der auch?«

»Ja. Zu dieser Jahreszeit schwirrt eine ganze Menge davon herum. Wir müssen ihn bis an die Augenbrauen für seine Filme dopen. Bis morgen.«

Der Chauffeur hatte den Mercedes schon gestartet, aber Grimsdyke sagte vom Gehsteig her: »Eric, ich muß etwas vom St. Swithin abholen. Ich nehme lieber die Untergrundbahn. Wir treffen uns dann in der Klinik.«

»Diese Puppe! Ist sie nicht phantastisch?«

»Finden Sie wirklich? Mir schien sie recht reizlos und uninteressant.«

Der Schauspieler lachte. »Dann, lieber Doktor, dürften Sie einfach zu alt sein für so etwas.«

Er fuhr los. Grimsdyke ging zur Haltestelle der Untergrundbahn. Sein Gesicht drückte Besorgnis aus, wie sie seine Züge nicht mehr getrübt hatte seit dem Tag, da er bei der chirurgischen Abschlußprüfung darauf gewartet hatte, bei Sir Lancelot Spratt dranzukommen.

18

Am selben Abend, kurz vor sechs Uhr, hielten sich der Dean und Professor Bingham im Büro des Deans im St. Swithin auf. Bingham saß im weißen Mantel im Lehnstuhl des Deans, die Füße auf dem Schreibtisch, und schob seine Brille nachdenklich über den Nasenrücken auf und ab. Der Dean wanderte aufgeregt im Zimmer hin und her.

»Es ist zuviel, Bingham! Alles mitsammen zuviel! Mehr, als Fleisch und Blut ertragen können! Ich werde Sommerferien machen. Vielleicht sogar auswandern. Ich sehe keinen Ausweg mehr.«

»Aber gestern waren Sie noch so guten Mutes, weil er aufs Land gefahren war«, sagte Bingham erstaunt.

»Ich weiß. Plötzlich, aus heiterem Himmel, sagte er, er wolle zu Freunden fahren. Für wenigstens vierzehn Tage, vielleicht sogar drei Wochen. Ich war überglücklich. Vielleicht habe ich es mir sogar anmerken lassen. Dann ... heute früh ..., ist der Kerl wieder da.«

»Könnten Sie nicht durchblicken lassen, daß er nicht willkommen ist?«

Der Dean lachte bitter. »Machen Sie eine Anspielung einem Elefanten gegenüber, der einen Fuß auf Ihrer Brust hat!«

»Er ist nicht der angenehmste Gast, das gebe ich zu.«

»Das ist noch nicht alles. Alle übrigen im Haus scheinen in ihn vernarrt zu sein. Miss MacNish, unsere Haushälterin. Dieses alberne skandinavische Au-pair-Mädchen. Sogar meine eigene liebe Frau scheint, so ungern ich das sage, ihm gewogen. Ja selbst meine Tochter Muriel, eine so empfindsame junge Person. Es geht über meinen Verstand. Frauen sind unbegreifliche Wesen. Vermutlich ist es eine Art Massenpsychose, wie sie in Klöstern und Mädchenpensionaten vorkommt.«

»Das ist wohl recht mühsam.«

»Nicht nur mühsam, sondern schandbar. Ich habe in meiner eigenen Familie keine Autorität mehr. O Gott, wäre ich ein Mann von weniger hohen Moralbegriffen, ich würde das bakteriologische Institut um eine Kultur unliebsamer Lebewesen ersuchen, sie in seinen Kaffee werfen und ihn endgültig los sein.« Er hielt inne und kratzte sich das Kinn. »Wenn ich die Totenschau hier abhielte«, fügte er nachdenklich hinzu,

»könnte ich damit sogar durchkommen. Der Pathologieprofessor hat seine Besserwisserei immer schon gehaßt.«

»Aber wenn er erst verheiratet ist –«

»Wenn!« explodierte der Dean. »Das ist ja eben die Frage. Gestern beim Frühstück erzählte er mir, er würde die Hochzeit bis Weihnachten hinausschieben oder Weihnachten danach oder bis zur Jahrhundertwende, wenn ich recht verstanden habe. Und selbst dann wird er weiterhin unter Berufung auf den Stiftungsbrief im Spital herumtoben. Schreckliche Aussichten! Und ich würde ihm zutrauen, daß er auch seine Braut mitbringt, um bei mir zu leben.«

»Ach, dieser Unsinn mit dem Stiftungsbrief. Sie können doch sicher das Ministerium dazu bringen, etwas zu unternehmen.«

»Unmöglich! Sie wissen, wie es in diesem Land zugeht. Die Rechtfertigung irgendeiner gedankenlosen Tat, die einer unserer Herrscher vor Jahrhunderten getan hat, beschäftigt jahrelang den gesamten Regierungsapparat. Wir werden das Gespött aller Londoner Spitäler sein. Denken Sie an meine Worte! Das Gespött von ganz London! O Gott, hoffentlich erreicht das nicht die Ohren der Mitglieder des Blaydon Trusts. Sie wissen, wie eklig die sind. Sie haben anfangs sehr gezögert, uns das Geld zukommen zu lassen.

Das könnte leicht unsere schönen neuen Pläne zunichte machen.« Er ballte die Fäuste in den Hosentaschen, blieb stehen und starrte düster auf das Gemälde von Luke Fildes. »Und das alles ist, verdammt noch mal, einzig und allein Ihre Schuld!«

»Meine?«

»Ja! Ich hatte ihn schon soweit besänftigt, daß er auf eine Kreuzfahrt gehen wollte. Die Ärzte vom St. Swithin hätten die Reise mit Wonne bezahlt. Ich glaube sogar, ich hätte sie freudig aus eigener Tasche bezahlt. Wenn er zurückgekommen wäre, hätte er uns vielleicht in Ruhe gelassen. Außerdem«, fügte er heiterer hinzu, »hätte er vielleicht wirklich diese asiatische Krankheit erwischen können.«

»Aber was hat das alles mit mir zu tun?«

»Sie wollen ihm nicht die fünfzigtausend Pfund zurückgeben, die er Ihrer Abteilung geschenkt hat. Sie werden schon sehen, wenn er erst anfängt, Ihnen über die Schulter zu schauen, um die Verwendung des Geldes zu kontrollieren.«

»Das werde ich aushalten! Der Poltergeist hat mich nie erschreckt, nicht einmal als Student.«

»Aber, Bingham – warum geben Sie ihm nicht wirklich einfach das Geld zurück?«

»Nein!«

»Aber warum denn nicht? Solange man uns nicht verdächtigt, das Obstgeld der Patienten für unsere Taschen zu behalten, werden wir doch sowieso immer wieder ein dickes Bündel Banknoten vom Blaydon Trust bekommen.«

»Hier geht es um ein Prinzip.«

»Prinzipien sind gut für euch verdammte Professoren, die ihr nie mit der Praxis zu tun habt! Ich kann sie mir nicht leisten.«

»Die Tatsache, daß Sir Lancelot jetzt nicht bald sterben muß, macht für mich keinen Unterschied. Ich bilde mir eben ein, er hat das Geld für den ausgezeichneten Zweck gestiftet, dem ich es zuführen werde, und nicht, weil es ihm gerade in den Kram paßte.«

»Bingham, es wäre mir lieb, wenn Sie aufhörten, mit Ihrer Brille zu spielen, das irritiert uns alle im St. Swithin schon seit Jahren. Bingham, es gibt drei Möglichkeiten: Erstens, Sie geben Sir Lancelot das Geld zurück, und wir haben ihn zum letztenmal gesehen. Zweitens, ich verlasse das Spital und arbeite für eine Wohltätigkeitsorganisation in Zentralafrika. Oder drittens, Sie werden so freundlich sein, einen anderen Weg zu finden, den verdammten Kerl loszuwerden. Herein, herein«, antwortete er auf ein Klopfen an der Tür. »Was, zum Teufel, wollen Sie?« fragte er, als Grimsdykes Kopf auftauchte.

»Kann ich Sie einen Augenblick sprechen, Sir?«

»Hinaus!«

»Wirklich nur einen Augenblick.«

»Hinaus!«

»Es ist wegen des Mädchens vom Röntgenlabor, das die Aufnahmen des armen Sir Lancelot vertauschte.«

Der Dean ergriff einen Briefbeschwerer mit der Aufschrift St. Swithin und warf ihn nach Grimsdyke.

»Muß Sorgen haben«, murmelte Grimsdyke und entfernte sich durch den Korridor.

Er schaute auf seine Uhr. Die Bar im Studentenraum mußte schon geöffnet sein. Er entschloß sich, schnell ein Bier zu nehmen.

Zu seiner Überraschung fand er die Bar voll lärmender Studenten, obwohl es noch früh am Abend war. Während er im Eingang stand, sagte eine Stimme neben ihm: »Ich glaube, ich schulde Ihnen einen Drink.«

»Ah, Klein-Summerbee! Gern, wenn Sie sich durch diese Meute kämpfen wollen!«

»Nämlich wegen dieser Geschichte mit Stella.«

»Welcher Stella?«

»Das Mädchen vom Röntgen.«

»Hieß die Stella? Wie schnell man so etwas vergißt! Wie geht's ihr?«

»Das weiß ich nicht. Sie hat eine neue Stelle. Ich nehme an, sie ist aus freien Stücken gegangen, dies aber dank Ihnen.«

»Ein amüsanter kleiner Zwischenfall!«

»Es tut mir leid, daß wir diesen Auftritt hatten. Mit unseren Wagen; oder besser gesagt, mit Ihrem und Sir Lancelots Wagen.«

»Vergessen wir das! Sie waren ein wenig halsstarrig, sagen wir. Aber ich an Ihrer Stelle würde mich immer noch vom Röntgen fernhalten«, fügte er weise hinzu, »für den Fall, daß sie zurückkommen sollte.«

»Ich will sie nie mehr wiedersehen«, sagte Terry schnell. »Ihretwegen hatte ich Streit mit meinem Mädchen.«

»Wirklich? Sie sind ja ein kleiner Casanova!«

»Das bin ich.« Terry nickte traurig. »Aber um ehrlich zu sein, ich wäre mit meinem Mädchen nicht weit gekommen. Ihr alter Herr war mit mir nicht einverstanden.«

»Ach Gott, darum hat sich doch seit Romeo und Julia niemand mehr gekümmert.«

»Es ist komplizierter als bei Romeo und Julia!«

»Wissen Sie, was Sie tun?: Gehen Sie zu ihrem Vater und sagen Sie ihm, daß Sie mit seiner Tochter auf und davon gehen und sie möglicherweise heiraten. Und wenn ihm das nicht recht ist, ziehen Sie beide zu ihm und leben auf seine Kosten.«

»Glauben Sie, daß das funktioniert?« fragte Terry zweifelnd.

»Ganz bestimmt. Er könnte nicht einmal Steuerermäßigung beantragen.«

»Ich werde darüber nachdenken. Was möchten Sie?«

»Harry Pinkers, denk' ich. Ein großes.«

»Dr. Grimsdyke! Genau der richtige Mann.« Ken Kerrberry löste sich aus dem Rudel. »Das Komitee tritt gerade zusammen. Wegen der Radauwoche.«

»Ich bin ein bißchen zu alt, um mich als Krankenschwester zu verkleiden und Leute mit Mehltüten zu bewerfen.«

»Aber Sie stecken doch sicher voll Ideen. Nach all Ihrer Erfahrung mit Studentenulk.«

Die anderen umringten ihn erwartungsvoll.

»Was für Ideen? Ein Taubenschwarm im Zimmer der Oberschwester? Der Wagen des Deans auf dem Dach? Solche Sachen?«

»Eine große Idee«, sagte Ken eindringlich, »etwas, wodurch man in die Zeitung kommt. Um wieder einmal auf St. Swithin aufmerksam zu machen. Wir sind sehr ins Hintertreffen geraten, seit die Burschen vom High Cross den Amtsstab des Unterhauses geklaut haben.«

Grimsdyke schüttelte den Kopf. »Solche Kunststücke sind etwas schwierig. Man muß Zeit und Ort für den Streich genau kennen. Und wo so viele echte Schurken herumlaufen, haben die Leute die Tendenz, ihren Besitz mit Schwerbewaffneten zu verteidigen. Wann soll's losgehen?«

»Morgen abend soll das Unternehmen steigen.«

»Es müßte etwas weniger –« Er unterbrach sich und zupfte mit beiden Händen sachte an seinem Schnurrbart. »Was haltet ihr von Kidnappen?«

»Das ist eine Idee! Aber wen? Den Polizeipräsidenten?«

»Nein, ihr braucht ein stadtbekanntes Gesicht vom Film oder Theater. Das garantiert euch Schlagzeilen. Jemanden wie ... sagen wir ... Eric Cavendish.« Alle fanden die Idee glänzend.

»Je mehr ich darüber nachdenke, desto besser gefällt mir die Sache«, fuhr Grimsdyke fort. »Diese Schauspieler sind für Entführungen sehr geeignet. Sie genießen die Publicity. Es passiert fast in jeder Universitätstadt, die sie besuchen.«

»Vielleicht hat er die Prozedur dann schon satt«, bemerkte Ken zweifelnd.

»Keineswegs! Ich weiß zufällig, daß er einen geradezu umwerfenden Sinn für Humor hat. Er wird bei dem Scherz mitmachen und den Spaß verstehen. Wo er doch auf der Leinwand ständig gekidnappt wird.«

»Und die Nacht im Bett einer Schönen beschließt«, sagte jemand aus der Menge.

»Das wird bei dieser Gelegenheit nicht der Fall sein«, bemerkte Grimsdyke hämisch.

»Es gibt noch eine Kleinigkeit zu klären«, warf Ken ein. »Wie machen wir ihn ausfindig?«

»Das«, sagte Grimsdyke, »ist einfach. Morgen abend, punkt sechs Uhr, wird er vor dem Atelier des Fotografen Godfri in Chelsea sein.«

»Woher wissen Sie das?« fragte Ken erstaunt.

»Ich habe meine Quellen. Ihr könnt euch darauf verlassen. Aber um ganz sicher zu sein, werde ich fünf Minuten vorher dort sein. Ah, mein Drink, Summerbee. Danke schön. Also, meine Herren, der Rest liegt an Ihnen!« Er erhob sein Glas. »Und vergeßt nicht: die Ehre von St. Swithin.«

19

Wer den Haushalt des Deans am folgenden Morgen um halb sieben untersucht hätte – einen Längsschnitt an ihm vorgenommen hätte wie bei manchen anatomischen Präparaten des Brustkastens oder Unterleibs –, der hätte für die frühe Stunde an einem Donnerstag im Mai ein überraschendes Ausmaß an Betriebsamkeit feststellen können.

George, der Sohn des Deans, schlief in einer Kammer im obersten Stockwerk. Seine Augen waren fest geschlossen, seine dicklichen Wangen prusteten leicht, sein Haar, das er wachsen zu lassen versuchte, fiel unordentlich über seine Stupsnase und bewegte sich bei jedem Atemzug. Inga, das Au-pair-Mädchen, stieß ihn mit dem Ellbogen leicht in den Magen.

»Zeit, aufzustehen«, flüsterte sie.

George schlug die Augen auf und schaute um sich. »Ich muß wieder eingedöst sein. Es ist ja schon hell.«

»Ich muß schauen, daß ich weiterkomme. Um sieben bringe ich den Tee.«

»Haben wir nicht Zeit für noch einen?« fragte er hoffnungsvoll.

Sie tippte mit dem Finger spielerisch auf seine Nasenspitze.

»Nein, du hast genug gehabt.«

Er setzte sich auf und langte nach seinem Pyjama, der auf dem Boden lag. »Glaubst du, daß irgend jemand im Haus was gemerkt hat?«

Sie stützte sich mit einem Ellbogen auf das Kissen. »Vielleicht. Macht das was? Das ist doch eine ganz natürliche Sache.«

»Meinem Vater mag das nicht so ganz natürlich vorkommen«, meinte er zweifelnd.

Inga strich sich eine blonde Strähne aus den Augen. »Er ist zu beschäftigt, um etwas zu merken, glaube ich. Er hat immer nur kranke Leute im Kopf.« Sie seufzte. »Deine arme Mutter!«

»Mama? Ich würde sagen, sie hat es ganz schön. Kaum etwas im Haushalt zu tun.«

»Dein Vater ist sogar zu beschäftigt, um mit ihr zu schlafen.«

»Wirklich?« George grinste. »Seltsam, aber ich bringe Papa nie mit so etwas in Verbindung. Ich hab' mir immer vorgestellt, um die Dreißig wächst man da langsam heraus.«

»Auch deiner Schwester geht allerhand im Kopf herum. Sie ist verliebt, das sieht doch ein Blinder.«

»Sie hat sich in den letzten Tagen recht merkwürdig benommen, das gebe ich zu.«

»Was Miss MacNish anbelangt – was soll man da sagen? Sie ist sehr geheimnisvoll.«

»Ungefähr so geheimnisvoll wie eine Schnitte ihres Apfelkuchens.«

Inga schüttelte weise das Haupt. »Irgend etwas Seltsames ist um sie. Wie bei Ibsen.«

»Inga, Liebes, möchtest du nicht in England bleiben?«

»Nein.«

»Nicht, um zu arbeiten, sondern – nun, verheiratet?«

»Nein, die Häuser sind zu kalt und alles ist so schmutzig.«

»Ich bin dir nicht sexy genug?« fragte er unglücklich.

»Du bist wirklich leidenschaftlich, was ich auf den ersten Blick nicht angenommen hätte.«

»Immerhin etwas.«

»Du bist auch zärtlich. Und du bist nett. Und du bist auch recht intelligent, weißt du.«

»Bist du sicher, daß nicht doch noch Zeit für einen ist?« Sie warf die Bettdecke zurück. »Nein, ich muß dem Weihnachtsmann um sieben seinen Tee bringen.«

»Glaubst du, Sir Lancelot weiß von uns?«

»Ich glaube, Sir Lancelot weiß alles.«

Im Stockwerk darunter war Muriel schon auf und angekleidet. Sie stand oft zeitig auf, um vor dem Frühstück einige Stunden zu lernen. Sie saß inmitten von Lehrbüchern und Stößen von Skripten an ihrem Schreibtisch, aber anstatt zu arbeiten, schrieb sie einen Brief.

Liebster, liebster Albert, hatte sie begonnen.

Wie kann ich den Gedanken ertragen, noch fast eine ganze Woche warten zu müssen, bevor ich Dein liebes, süßes Gesicht wiedersehe? Doch ich verstehe. Du hast auswärts zu tun, und es wäre mir nicht recht, wenn Deine Boutique darunter litte, daß ich Dich selbstsüchtig in meinen Armen halten will. Nebenbei finde ich selbst Gelegenheit, mit meiner Arbeit voranzukommen. Ich bin gerade bei den Verdauungsbeschwerden – sehr interessant.

Es kommt mir direkt lächerlich vor, daß wir uns erst vor knapp einer Woche – sechs Tagen – kennengelernt haben! Wie dankbar bin ich Ken Kerrberry, daß er uns vergangenen Freitag auf seiner Party zusammengebracht hat. Er muß gesehen haben, daß wir füreinander geschaffen sind.

Muriel hielt inne und biß an ihrem Kugelschreiber herum, dann fügte sie hinzu:

Liebling, Albert, Du hast mir den Glauben an die Menschheit wiedergegeben.

Alles Liebe und heiße Küsse!
Muriel

Sie steckte den Brief in einen Umschlag und vertiefte sich seufzend wieder in Baileys und Loves »Praktische Chirurgie«.

Nebenan saß der Dean kerzengerade in seinem Bett. »Es ist wirklich höchst erstaunlich. Und vielleicht sogar erschreckend. Ich weiß nicht, wie oft ich ihn jetzt gehabt habe – eigenartig, wie solche Sachen dem Gedächtnis entgleiten –, aber sicher ist das einer von jenen immer wiederkehrenden, unter denen man hin und wieder zu leiden hat. Da stehe ich also am Ende des langen Ganges – es ist immer derselbe: Gemälde an den Wänden, schimmernde Kerzenleuchter, langer roter Teppich in der Mitte. Sehr einprägsam. Langsam schreite ich in Gehrock und gestreifter Hose auf eine flaggengeschmückte Estrade zu, Union Jack, Wimpel, Sternenbanner, wie auf einer Messe. Oben steht Ihre Majestät mit einem Schwert. Ich knie zu ihren Füßen nieder, in Erwartung des Ritterschlages, statt dessen schlägt sie mir den Kopf ab. Dann wache ich auf!«

Seine Gattin in der anderen Betthälfte hatte die Augen geschlossen.

»Ich hatte wieder meinen Traum, Liebling«, sagte er laut.

»Was, Liebling?«

»Meinen Traum, Liebling. Daß mir die Königin den Kopf abschlägt.«

»Ja, Liebling.«

»Meinst du, soll ich zum Psychiater gehen?«

»Ich denke schon, Liebling.«

Der Dean kniff die Lippen zusammen. »Ich frage mich, warum meine Träume immer so viel interessanter sind als die anderer Leute.«

Im Hintertrakt des Hauses war Miss MacNish in ihrem rosafarbenen, gesteppten Schlafrock bereits auf. Wie viele Menschen, die nur einen Raum im Heim anderer bewohnen, war sie gezwungen, manche ihrer Schätze in einem Koffer unter dem Bett zu verwahren. Diesen hatte sie geöffnet und die Hälfte seines Inhalts über den Fußboden verstreut. Sie wühlte herum und suchte, nach ihrem Gesichtsausdruck zu schließen, verzweifelt nach einem Gegenstand von großer Wichtigkeit.

Sir Lancelot schlief in seinem Gästezimmer so geruhsam wie immer.

Der Traum von der königlichen Enthauptung trübte den Tagesbeginn des Deans. Beim Frühstück saß er ungewöhnlich schweigsam da. Nicht, daß sehr viel Gelegenheit zum Plaudern gewesen wäre, da Sir Lancelot offensichtlich strahlender Laune war und die anderen mit einem freundlichen Monolog über verschiedene chirurgische Katastrophen traktierte. Josephine, die Gattin des Deans, eilte zum Friseur. Muriel und George erklärten beide, daß ihre erste Vorlesung abgesetzt worden sei, und gingen in ihre Zimmer, um zu lernen. Der Dean und Sir Lancelot blieben allein.

»Und womit werden Sie sich heute beschäftigen?« fragte der Dean sauer.

»Lieber Freund, formulieren Sie das anders! Mein Leben ist wildbewegt. Ich habe so viel Energie, daß ich jede Minute doppelt mit irgendwelchen Betätigungen ausfüllen könnte. Ich glaube, ich werde den Vormittag mit Briefeschreiben verbringen. Und heute nachmittag –«, seine Augen glitzerten, »werde ich dem St. Swithin einen Besuch abstatten und mich auf Binghams Station herumtreiben.«

»Sie werden doch von Ihren aus dem Stiftungsbrief abgeleiteten Rechten nicht *wirklich* Gebrauch machen wollen? Denken Sie denn nicht weiter, Lancelot? Nehmen Sie denn keine Rücksicht auf uns andere, die wir es infolge des Umbaus schon schwer genug haben, unsere Aufgaben im Spital zu erfüllen? Ich flehe Sie an, diese hirnverbrannte Idee zu vergessen! Kann ich nicht an Ihr besseres Ich appellieren?« schloß er hoffnungsvoll.

»Ich habe kein besseres Ich als mein alltägliches, das die Welt im allgemeinen schätzt. Ich sehe nicht ein, warum ich nicht einen oder zwei von Binghams Patienten betreuen soll. Ich verlange ja nicht, daß man mich dafür bezahlt. Im Gegenteil, ich spende Fünfzigtausend in bar für das Privileg.« Er schenkte sich noch eine Tasse Kaffee ein. »Nein, Dean, ich werde nicht auf meine Rechte verzichten. Es würde mich sogar sehr wundern, wenn ich heute abend nicht schon wieder das Messer in der Hand hätte.«

Der Dean seufzte. »Vielleicht wird die Ehe Einfluß auf Ihre unbeugsamen Ansichten haben.«

»Keinen wie immer gearteten.«

»Wann ist überhaupt die Trauung? Nicht vor einigen Monaten, sagten Sie.«

»Sagte ich das? Sie müssen mich mißverstanden haben. Sie ist morgen in einer Woche.«

»So bald?«

»Ich habe das Gefühl, da ist keine Zeit zu verlieren. Gestern abend telefonierte ich mit Tottie. Sie kommt mit den Vorbereitungen gut voran.

Sie ist, in administrativen Dingen außerordentlich tüchtig. Ich habe sie glücklicherweise überreden können, die Party in einem Standesamt abzuhalten, trotzdem wird ein ganz schöner Gänsestall zusammenkommen, um den Spaß zu sehen.«

»Wenn Sie noch auf mein Angebot einer Gratisweltreise in den Flitterwochen zurückkommen wollen, so glaube ich, daß sich das selbst in dieser kurzen Zeit arrangieren ließe.«

»Ich werde es mir überlegen. Aber ich möchte nicht allzulange vom St. Swithin wegsein. Ein Kerl wie Bingham, der absolut keinen Begriff vom Wert des Geldes hat, könnte es im Handumdrehen hinter meinem Rücken ausgeben.«

Der Dean war perplex. »Ich kann Sie doch nicht falsch verstanden haben, Lancelot. Sie waren doch so entschlossen, die Hochzeit erst nach Monaten oder sogar Jahren stattfinden zu lassen. Dieser Abstecher zu Ihren Freunden auf dem Land scheint eine beachtliche Sinnesänderung bei Ihnen hervorgerufen zu haben.«

»Ich war nicht bei Freunden. Ihnen kann ich's ja sagen, Dean, da Sie mein Brautführer sein werden. Ich machte eine Kur zur sexuellen Verjüngung.«

»Großer Gott!«

»Dr. de Hoots Jungbrunnen-Klinik. In Kent. Verdammt gut übrigens.«

»Großer Gott!«

»Sie haben dort ein Präparat – die Formel ist natürlich geheim –, das gibt Ihnen das Gefühl, ein neuer Mensch zu sein, ein viel jüngerer neuer Mensch.«

»Großer Gott!«

»Sie scheinen schockiert.«

»Ich glaube, mit Recht. Für Sie als Arzt, als Mann von Stand –«

»Aber ich sagte Ihnen schon, Verehelichung mit einer jüngeren Frau ist für einen Mann meines Alters viel riskanter, als Autorennen zu fahren. Ich brauche alle Hilfe, die ich bekommen kann. Diese Injektionen können durchaus lebensrettend für mich sein. Nebenbei, mein lieber Dean, mein ganzes Leben lang habe ich versucht, meine Patienten völlig befriedigt zu entlassen, und ich sehe keinen Grund, meine Prinzipien jetzt aufzugeben.«

Der Dean erhob sich. »Das ist Ihre Sache. Jetzt muß ich ins Spital. Ich habe um zehn Visite.«

»Lassen Sie bitte die *Times* da? Ich löse so gern Kreuzworträtsel.«

Der Dean schritt zur Tür. Er blieb stehen. »Wie, sagten Sie, war der Name der Anstalt?«

»Dr. de Hoots Jungbrunnen-Klinik.«

»Hm«, sagte der Dean gedankenvoll, während er den Raum verließ.

Sir Lancelot vertiefte sich in die Zeitung des Deans. Er hob den Blick, als er ein leichtes Klicken vernahm. Muriel war leise ins Eßzimmer geschlüpft und blieb schwer atmend an die Tür gelehnt stehen. »Sir Lancelot, könnte ich Sie einen Augenblick sprechen?«

»Sicher, mein Schatz. Auf etwas Schwieriges in der Chirurgie gestoßen?«

»Es handelt sich nicht ums Studium. Es handelt sich um Männer.«

»Viel interessanter.«

»Ich bin nämlich verliebt.«

»Schaun Sie doch deshalb nicht so besorgt drein! Das ist in Ihrem Alter ein endemischer Zustand.«

»Zumindest glaube ich, daß ich verliebt bin. Ich glaubte es schon einmal gewesen zu sein, dann aber dachte ich, ich war's nicht. Jetzt habe ich Angst, daß ich glauben werde, daß ich nur denke, ich wäre es wieder einmal. Aber das glaube ich nicht.«

»Ganz recht.« Sir Lancelot strich sich den Bart.

»Was denken Sie?«

»Jemand im Spital?«

Sie schüttelte heftig den Kopf.

»Gesellschaftlich annehmbar?«

»O ja. Er führt einen Antiquitätenladen.«

»Will er Sie heiraten?«

Sie senkte den Blick. »Ich weiß nicht. Aber neulich war er mit mir in einer Diskothek, dann lud er mich noch zu sich ein, er wohnt über dem Laden, um ... nun, Sir Lancelot, ich bin nicht frigid, und ich weiß, viele Mädchen tun es, ich meine, ganz nette Mädchen, aber ich weiß nicht, wahrscheinlich habe ich von Vater diesbezüglich allerhand Gehirnwäsche bekommen«, schloß sie dramatisch.

»Meine Liebe, Sie brauchen sich für Ihre Moral nicht zu rechtfertigen. Die Freuden der Selbstdisziplin werden betrüblicherweise unterschätzt. Nichts ist so köstlich wie das Gefühl der Selbstzufriedenheit.«

»Aber wenn ich ihn nicht lasse, wird er glauben, ich liebe ihn nicht.«

»Es gibt bestimmt andere Wege, ihm zu beweisen, daß Sie seine Aufmerksamkeiten zu schätzen wissen.«

»Welche anderen Wege?«

»Sich für seine Arbeit zu interessieren, sagen wir. Männer finden das immer schmeichelhaft, ob sie Einbrecher oder Chirurgen sind. Er verkauft Antiquitäten? Nun, dann denken Sie über Möglichkeiten nach, ihm bei dieser etwas esoterischen Beschäftigung zu helfen.«

Muriels Gesicht hellte sich auf. »Ich bin sicher, mir wird etwas einfallen. Ich bin so froh, daß ich Sie gefragt habe. Ich hätte natürlich mit dem Problem zu Vater gehen können, aber er scheint der Meinung zu sein, ich sollte an Sex überhaupt nicht denken, bevor ich nicht graduiert bin. Sie werden ihm doch nicht sagen, daß ich mit Ihnen gesprochen habe?« fragte sie ängstlich. »Ich mußte heute schon vorgeben, daß meine Vorlesung abgesetzt sei.«

»Ich besitze die Diskretion einer besonders schweigsamen Auster.«

Sobald er allein war, zog er seine Füllfeder heraus und machte sich an das Kreuzworträtsel, als er sich undeutlich der Anwesenheit eines anderen Lebewesens im Zimmer bewußt wurde. Er blickte in der Erwartung auf, Miss MacNishs Katze zu sehen, statt dessen fiel sein Blick auf George, der durch seine dicken Brillengläser zur Tür hereinschaute. »Kommen Sie herein oder gehen Sie hinaus, aber schließen Sie bitte die Tür, bevor ich erfriere.«

George sprang herein, schloß mit einer schnellen Bewegung die Tür und blieb an sie gelehnt stehen in der Haltung eines schüchternen Spions, der sich dem Erschießungspeloton gegenübersieht. Sir Lancelot sah ihn finster an. Er war den Klagen junger Männer gegenüber weit weniger aufgeschlossen als denen junger Mädchen.

»Ich nehme an, das mit Ihrer abgesagten Vorlesung heute morgen war eine Lüge?«

George schien beunruhigt. »Woher wissen Sie das, Sir Lancelot?«

»Lassen wir das. Ich vermute, Sie wünschen meinen Rat in irgendeiner Angelegenheit. Geld, Frauen, Rauschgift?«

»Oh, weder noch, Sir Lancelot ... aber vielleicht hat es mit einer Frau zu tun. Die Sache ist die, ich möchte die Medizin gerne aufgeben.«

»Ich sehe keinen Zusammenhang.«

»Ich möchte heiraten. Fragen Sie bitte nicht wen.«

»Das Au-pair-Mädchen. Weiter!«

George befeuchtete seine Lippen. »Daher möchte ich sofort Geld verdienen. Ich möchte unabhängig sein. Von Vater. Ich glaube, er sähe es gerne, daß ich meinen Facharzt in Chirurgie mache, bevor ich ein Mädel auch nur ins Kino einlade.«

»Und wie wollen Sie diese Unabhängigkeit erringen? Von Tür zu Tür ziehen und Enzyklopädien verhökern?«

»Drehbücher schreiben. Fürs Fernsehen. Ich hab' schon ein paar Sketches eingesandt. Unter einem anderen Namen natürlich, damit Papa nichts davon erfährt. Ich bin sicher, ich habe da gute Aussichten. Und die Medizin liegt mir gar nicht. Ich mußte mich darauf verlegen, weil Papa nicht wußte, was er sonst mit mir hätte anfangen sollen. Ich bin nicht wie Muriel. Aber natürlich wird Papa nichts davon wissen wollen, daß ich St. Swithin verlasse. Was soll ich also tun?« schloß er beschwörend.

»Das ist mir völlig gleichgültig, was Sie –« Sir Lancelot hielt inne. Er lächelte. Die Aussicht auf einen kleinen, harmlosen Scherz auf Kosten des Deans belustigte ihn. »Die Antwort ist ganz einfach: Wenn Sie nicht freiwillig aus St. Swithin herauskommen, können Sie sich ja hinauswerfen lassen.«

»Aber wie stelle ich das an?«

»Du meine Güte, seid ihr heutigen Studenten Hasenfüße, oder mangelt es euch an Vorstellungskraft? Als ich jung war, mußten wir unsere ganze Kraft aufbieten, um genau dieses Schicksal jeden Samstag abend abzuwenden.«

George kratzte sich am Kinn. »Gut«, sagte er fest, »ich will mein Bestes tun, das heißt, mein Schlechtestes!«

»Na dann, viel Glück!«

George drückte sich schuldbewußt, als die Haushälterin erschien.

»Was gibt's, Miss MacNish?«

»Ich hab' noch einen Dundee-Kuchen für Sie gebacken, Sir Lancelot. Hätten Sie gern ein zweites Stück zu Ihrem Frühstückskaffee?«

»Kalorien, Kalorien«, seufzte er. »Aber es wäre eine gute Idee.«

»Und was hätten Sie gerne zum Abendessen? Ich weiß, Sie haben doch Fleischpudding so gern.«

»Darauf wird dem Dean immer übel.«

»Ach, dem werde ich ein Ei kochen. Das wird ihm nicht schaden. Würden Sie es für möglich halten, Sir Lancelot, daß er den besten Cognac weggesperrt hat? Ich hab' die Flaschen wieder zurückgeholt. Nicht auszudenken, daß Sie das billige Zeug trinken sollen!« Sie begann das Geschirr abzuräumen. »Ich bin wirklich froh, daß Sie sich entschlossen haben, beim Dean zu wohnen. Eine ganz nette Familie, aber es ist doch nicht dasselbe, wie für einen richtigen Gentleman zu sorgen. Diese Tage damals waren wahrhaftig die glücklichsten in meinem Leben. Ach, da möchte Sie jemand sprechen. Ein Dr. Grimsdyke.«

Sir Lancelot zog die Augenbrauen hoch. »Was führt der wohl wieder im Schilde? Führen Sie ihn herein.«

Grimsdyke setzte sich an den Frühstückstisch und nahm eine Tasse lauwarmen Kaffee. Er kam sofort zur Sache. »Es ist wegen Miss Gray, Sir, dem Mädchen, das Ihre Röntgenbilder vertauscht hat. Sie möchte gern in ihre alte Stelle nach St. Swithin zurück. Ich habe mir gedacht, Sie könnten vielleicht ein gutes Wort für sie einlegen.«

»Ich? Das Opfer?«

»Es war wirklich nicht ihr Fehler, Sir, sondern meiner. Und ich glaube, sie eignet sich sehr gut für diesen Posten. Ich habe auch die Absicht, im Spital wieder rein ärztlich tätig zu sein, obwohl das nicht sehr gut bezahlt ist.«

»Ich sehe da keinen Zusammenhang, aber beide Vorhaben sind sehr löblich.« Er dachte ein paar Augenblicke nach. »Ich werde sehen, ob ich den Chefröntgenologen in einer nachsichtigen Stimmung antreffe. Das ist das geringste, was ich für Sie tun kann, nachdem Sie mir zu dieser hervorragenden Behandlung in der Klinik verholfen haben.«

Grimsdyke schaute betreten drein. »Ich hoffte, Sie würden das mehr aus persönlichem Entgegenkommen als aus Dankbarkeit für geleistete ärztliche Dienste tun.«

»Warum sagen Sie das? Diese Injektionen waren einfach wunderbar! Ich war in großer Verlegenheit, als mir das kleine Schwedenmädel heute früh den Tee brachte.«

»Sir, Sie schlugen doch vor, die Formel in der medizinischen Fachpresse zu veröffentlichen. Soll ich sie Ihnen verraten?«

»Das würde mich sehr interessieren. Bedenken Sie aber, daß ich Chirurg und nicht Biochemiker bin. Ich werde die komplizierte chemische Zusammensetzung nicht verstehen.«

»Ich glaube, diese werden Sie verstehen, Sir: H_2O.«

»Was?«

Grimsdyke tippte sich an die Stirn. »Die Wirkung tritt hier oben ein, Sir. Sehr effektvoll.«

»Unvorstellbar! De Hoot berechnete 20 Pfund pro Injektion.«

»Das gehört alles zur Behandlung, Sir.«

Sir Lancelot fiel in seinen Sessel. »Sie haben ganz recht – die Wirkung hat mich verlassen. Fort. Pft! Mit einemmal.«

»Ich fand, Sie sollten die Wahrheit wissen, Sir. Ich habe überhaupt nie geglaubt, daß dieser Hokuspokus auf Sie wirken würde.«

»Ich weiß Ihre Offenheit zu schätzen.« Sir Lancelots Stimme klang plötzlich müde. »Das war sehr anständig von Ihnen.«

»Ich danke Ihnen, Sir.«

Es entstand eine Pause. »Nun gut. Mehr ist da nicht zu sagen oder zu tun. Ich werde heute nachmittag in das St. Swithin gehen. Ich werde ein Wort für Ihre Röntgenologin einlegen. Gehen Sie jetzt. Ich möchte nachdenken.«

Grimsdyke erhob sich umständlich. »Auf Wiedersehen, Sir.«

»Auf Wiedersehen, Grimsdyke«, sagte Sir Lancelot mit Grabesstimme.

Einige Minuten lang starrte er mit leerem Blick auf die Überreste seines Frühstücks. »Ich fühle mich so alt«, murmelte er, »so alt. Und soll heiraten. Freitag in einer Woche. O Gott!«

20

Kurz vor sechs Uhr abends fuhr Eric Cavendish in seinem Mercedes eine Straße in Chelsea hinunter, die zu Godfris Atelier in der umgebauten Garage führte. Wie in allen Seitenstraßen Londons war die Bordkante von einer ununterbrochenen Reihe parkender Wagen gesäumt, in der der Chauffeur hoffnungsvoll nach einer Lücke suchte.

»Bleiben Sie hier einen Augenblick in zweiter Spur stehen«, wies ihn der Schauspieler an. »Wenn sich ein Polizist zeigt, sagen Sie nur, der Wagen gehört Eric Cavendish.«

Er kletterte hinaus und schnippte ein Staubkorn von seinem modischen neuen Anzug. Auf diesen Abend hatte er sich mit besonderer Sorgfalt vorbereitet. Er hatte für seine letzten Tage in Dr. de Hoots Klinik bei den Injektionen um doppelte Dosis gebeten, und jedesmal, wenn sich die Nadel in sein Fleisch bohrte, dachte er an die zwanzigjährige Stella.

Er zwängte sich zwischen zwei Autos hindurch, wanderte beschwingt ein Stück den Gehsteig entlang und bog dann in eine kurze Gasse ein, die zum Studio führte. Er bemerkte zwei Männer in weißen Mänteln, die mitten auf dem Gehsteig standen. Zwischen ihnen stand auf dem Boden eine weißgestrichene Metalltrommel von der Größe eines Bierfasses. Offensichtlich lauschten sie mit gespannter Aufmerksamkeit an dem Gegenstand.

»Guten Abend!« rief er freundlich.

»Oh, Sir!« rief einer der Weißgekleideten aufgeregt. »Wissen Sie, wo Sie sich befinden?«

»In Chelsea, London, meiner Meinung nach.«

»Wie schrecklich!« rief der andere aus. »Sie sind direkt hereingeschritten.«

Eric Cavendish blieb stirnrunzelnd stehen. »In was?«

»Haben Sie denn nicht gesehen?« fragte der erste eindringlich. »Die Warnung?«

Eric Cavendishs Blick folgte dem ausgestreckten Finger in Richtung eines großen weißen Schildes, das an die gegenüberliegende Wand gelehnt war:

STADTPOLIZEI
GEFAHR!
RADIOAKTIVITÄT!
NICHT WEITERGEHEN!

»Was ist das?« fragte er verblüfft. »Ist eine Bombe explodiert oder was?«

»Ein Unfall«, sagte der zweite, »ein höchst unseliger Unfall. Transportwagen fuhr Radioisotopen ins Spital – Zusammenstoß mit Taxi – gerade hier an der Ecke – Behälter zerbrochen – Zeug hier ausgeschüttet.«

»Es ist Jodium 131.«

»Sendet Beta- und Gammastrahlen aus.«

»Halbwertzeit acht Tage.«

»Lagert sich in der Schilddrüse ab.«

»Besteht Gefahr?« fragte Eric Cavendish stammelnd den Kleineren der beiden.

»Gefahr!« Terry Summerbee lachte kurz auf. »Er fragt, ob Gefahr besteht, Doktor!«

»Ich möchte nicht in der Haut des armen Teufels stecken, Doktor!« pflichtete Ken Kerrberry schneidend bei.

»Das ist der Geigerzähler.« Terry wies auf das Metallfaß. »Hören Sie nur!«

Eric Cavendish hielt den Atem an. Er hörte ein Ticken wie von einem billigen Wecker.

»Einen Augenblick...« Der Schauspieler schaute ängstlich von einem zum anderen. Sie waren offensichtlich Ärzte. Stethoskope lugten aus ihren Manteltaschen. Sie waren jung, aber das waren diese cleveren Radiologen wohl alle. Sie drückten sich außerordentlich gelehrt aus.

»Aber was ist mit Ihnen?« fragte er. »Müßten Sie nicht angezogen sein wie Astronauten?«

»*Wir* sind in Ordnung«, erklärte ihm Terry. »Wir haben das Gegenmittel genommen.«

»Carbonium 14«, sagte Ken kurz. »Halbwertzeit fünftausendsechshundert Jahre.«

»Aber ... aber was sind die Folgen?«

»Sterilität, Störung des Keimplasmas und Impotenz.«

»O nein!«

»Das ist nur der Anfang«, fügte Terry hinzu. »Die langfristigen Folgen möchte ich lieber gar nicht erwähnen.«

»Was soll ich denn tun?« jammerte Eric Cavendish verzweifelt.

»Gott sei Dank können wir Sie retten!«

»Sie müssen sofort entseucht werden.«

»Ich will alles tun, Doktor... aber gerade jetzt«, erinnerte er sich, »habe ich eine Verabredung.«

»Sofort!« wiederholte Ken. »Oder ich kann für die Folgen keine Verantwortung übernehmen.«

»Ich auch nicht«, pflichtete Terry bei, »weder für Sie noch für Ihre ungeborenen Nachkommen.«

»Da kommt schon der Rettungswagen.«

»Dank sei dem Himmel, Doktor! Der Patient hat Glück.«

»Kein Augenblick zu verlieren!«

»Es könnte schon zu spät sein!«

Eric Cavendish blickte ängstlich nach dem Ateliereingang, dann auf den Rettungswagen, der rückwärts in die Sackgasse einfuhr. »Ich habe Wagen und Chauffeur.«

»Einen Chauffeur?« sagte Ken. »Armer Kerl. Sagen Sie ihm, er soll sofort wegfahren. Vielleicht ist er noch in Ordnung. Hinein mit uns! Doktor, vergessen Sie den Geigerzähler nicht!«

»Wohin bringen Sie mich?« fragte Eric Cavendish verschreckt.

»St.-Swithin-Spital. Sind auf Fälle wie den Ihren spezialisiert.«

Der Schauspieler rief seinem Chauffeur ein paar Anweisungen zu. Die Türen des Rettungswagens fielen klirrend ins Schloß. Alle Polizisten hielten den Verkehr auf, als er mit Höchstgeschwindigkeit in Richtung St. Swithin brauste.

Stella wartete schon vor dem Atelier, als Grimsdyke wenige Minuten später um die Ecke bog. »Tut mir leid, daß ich mich verspätet habe, Liebste«, sagte er aufgeräumt, »ich hoffe, du hast mich erwartet.«

»Ja, natürlich, Gaston.«

»Und niemand anderen?«

Sie zögerte nur eine Sekunde. »Keineswegs.«

»Nicht Eric Cavendish?«

Sie schmiegte sich an ihn. »Ich glaube, der denkt jetzt nicht einmal an dich.« Sie löste sich von ihm. »Diese Tafel an der Mauer!«

Er las sie lachend. »Ach das! Wahrscheinlich ein Studentenjux.«

Eric Cavendish dachte keineswegs an Stella noch an irgend etwas, außer an sich selbst. Er lag auf einer Bahre im Rettungsauto, während die beiden Ärzte seinen Fall miteinander besprachen. Doch war er in der medizinischen Terminologie völlig unbewandert, und alles, was sie sagten, schien in zunehmendem Maße furchterregend zu sein.

»Werde ich am Leben bleiben?« rief er.

»Das werden wir erst sehen.«

»O Gott!«

»Die Wissenschaft wird bestimmt ihr Bestes für Sie tun.«

»Aber warum gab es keine Warnung, keinen Hinweis im Fernsehen oder im Radio?«

»Sie meinen, Sie haben ihn nicht gehört.«

»O Gott!«

Der Rettungswagen hielt und reversierte.

»Da sind wir«, sagte Terry. »Wie heißen Sie übrigens?«

»Eric Cavendish.«

»E. Cavendish. Gut. Sie werden sich ruhig verhalten, ja? Das Spital ist voll von radioaktiven Fällen, alle ernstlich krank, und viele von ihnen liegen im Sterben. Hier entlang.«

Eric Cavendish stieg aus. Er stand vor einem verboten aussehenden Spitalsgebäude. Seine Eskorte bugsierte ihn durch eine schmale Seitentür, die, wie sie erklärten, für verseuchte Fälle reserviert war. Es ging durch einen langen, leeren Gang, in dem zwei, drei Rollwagen und fahrbare Betten abgestellt waren. Terry öffnete eine Tür. »Da ist der Entseuchungsraum.« Es handelte sich um eine Schlafkammer mit nur einem Tisch, einem harten Sessel und einer Ordinationscouch.

»Ziehen Sie jetzt Ihre Kleider aus!«

»Kleider? Alle?«

»Natürlich. Sie kommen in die Materialentseuchungszentrale. Wir kommen dann zurück, um Sie zu entseuchen.«

»Aber wenn jemand hereinkommt? Eine Schwester zum Beispiel.«

»Keine Sorge, wir sperren die Tür zu.«

»Danke, Doktor!« Eric Cavendish fiel ein, daß er in seiner Panik vergessen hatte, seinen Rettern zu danken. »Ich bin Ihnen beiden sehr dankbar, daß Sie mir das Leben gerettet haben.«

»Gehört alles zu unserem Tagewerk«, entgegnete Terry freundlich. »Übrigens glaube ich, wir sollten das Korsett auch noch mitnehmen.«

Sie ließen ihn allein. Er hörte, wie der Schlüssel umgedreht wurde. Er setzte sich zögernd auf den harten Sessel und stützte die Ellbogen auf den Tisch. Dann fiel ihm ein, daß er versäumt hatte zu fragen, wie lange sie eigentlich ausbleiben würden. Er hätte gern eine Zigarette gehabt. Er schaute sich nach einem Zeitvertreib um. In einer Ecke lag ein Merkblatt auf dem Fußboden, das er aufhob. Er las die Überschrift: NACHGEBURTLICHE ÜBUNGEN FÜR MÜTTER. Er fand es seltsam, so etwas an diesem trübseligen Ort zu finden. Fröstelnd setzte er sich wieder.

21

Im selben Augenblick überquerte Sir Lancelot Spratt zielbewußt den freien Platz hinter dem Hauptgebäude des Spitals und begab sich in den neuen chirurgischen Trakt. Sein ernster Gesichtsausdruck wurde noch düsterer, als er seine Braut in Schwesterntracht gewahrte, die gerade vor ihm durch die automatische Tür schritt. Er strich sich den Bart und knurrte. Dann gelang es ihm, etwas salbungsvollen Charme auf sein Antlitz zu zaubern, und er holte sie mit wenigen Schritten ein.

»Hallo, Tottie, mein Liebes! Welch eine freudige Überraschung! Ich bin gerade unterwegs zu Professor Binghams Station, um Aug und Hand mit einigen seiner Fälle aufzufrischen.«

»Hallo, Lancelot! Ich geh' auch hinauf. Eine Schwester ist krankgemeldet, und die neue Stationsschwester macht mächtiges Aufhebens davon.«

Sie erreichten den Lift. Sir Lancelot seufzte tief. »Welch eine Vergeudung!«

»Ich verstehe nicht.«

Er drückte den Knopf für das oberste Stockwerk. »Du, Tottie, eine erstklassig ausgebildete und erfahrene Krankenschwester, wirst ab morgen in einer Woche für die Menschheit verloren sein.«

»Aber, Lancelot, du weißt doch, um wieviel lieber ich für dich sorge.«

»Zweifellos, zweifellos, ich finde es nur tragisch.«

»Was soll ich deiner Meinung nach tun? Weiterarbeiten? Lady Spratt, eine arbeitende Ehefrau?«

»Nein, nein, daran ist gar nicht zu denken.«

»Würdest du mir bitte freundlicherweise sagen, was du eigentlich denkst?«

»Wenn du den unleugbaren Erfolg in deiner Karriere bedenkst und die zahllosen Vorteile, die er mit sich bringt, wirst du es dir vielleicht zweimal überlegen, ob du ihn mit der so weltlichen Einrichtung der Ehe vertauschen sollst.«

»Nein.«

»Ich meine, es gibt nur wenige Oberschwestern, aber viele Gattinnen auf der Welt.«

»Worauf willst du eigentlich hinaus? Ich kann dir nicht folgen, Lancelot. Zuerst möchtest du in einem Jahr heiraten, dann in ein paar Monaten, dann rufst du mich an und sagst, du kannst es kaum erwarten, und wir müssen unbedingt nächste Woche heiraten. Kannst du dich nicht endlich entschließen?«

»Es ist ein großer Schritt im Menschenleben, der reiflicher Überlegung bedarf.«

Sie erreichten das Dachgeschoß.

»Du versuchst doch nicht schon wieder auszusteigen?«

»Ich? Keine Rede davon.«

»Das möchte ich auch sehr hoffen.« Sie entfernte sich mit festem Schritt. »Denn es wird dir nicht gelingen.«

»Sir Lancelot!« Bingham stand vor dem Aufzug. »Ich erfuhr von meinem Hauschirurgen, daß Sie vorhaben, heute abend einen Leistenbruch aus einem meiner Säle zu operieren.«

»Ganz richtig. Das ist eine verhältnismäßig einfache Operation, genau das, was ich brauche, um meine Operationsmuskeln wieder geschmeidig zu machen. Der Stationsarzt versichert mir, es ist so ein Fall da, obwohl der Patient zufällig wegen etwas ganz anderem eingeliefert worden ist. Ich nehme an, Sie erledigen Ihre Brüche heutzutage ambulant. Es wird für den Betreffenden eine außerordentliche Vergünstigung sein, im Spital zu liegen.«

»Ich fürchte, Sie irren sich. Der Operationssaal steht Ihnen nicht zur Verfügung.«

»Im Gegenteil, Bingham, ich habe die Operationsschwester angewiesen, den Fall in zehn Minuten vorzubereiten. Ich werde die präoperative Untersuchung im Anästhesieraum vornehmen.«

»Ich habe Ihren Auftrag widerrufen.«

»Wie können Sie es wagen? Sie kennen mein Recht nach dem Wortlaut des Stiftungsbriefs sehr genau!«

»Der Stiftungsbrief gibt Ihnen keinerlei Recht, alle im Spital verrückt zu machen. Nicht nur die Ärzte und Schwestern, die es noch hinnehmen können, sondern auch die Patienten, die sich das nicht gefallen lassen müssen. In ihrem Namen ersuche ich Sie, meine Station sofort zu verlassen!«

»So, so, Sie ersuchen mich? Gut, wenn Sie nur aus hochherzigen, humanitären Gründen so handeln, werde ich weichen müssen. Unter einer Bedingung!«

»Welcher Bedingung?«

»Meine Fünfzigtausend zurück.«

»Ich lasse mich nicht erpressen!«

»Erpressen? Wenn jeder einzelne Penny mir gehört?«

»Wollen Sie bitte meine Station verlassen, und zwar bedingungslos ...«

Sie wurden durch das Öffnen der Aufzugtür unterbrochen. Es tauchten der Dean, der Portier

Harry und ein dicker Mann in blauer Uniform und Chauffeurmütze auf.

»Bingham! Gott sei Dank. Etwas Schreckliches ist geschehen.«

»Wenn Sie mich bitte entschuldigen«, sagte Sir Lancelot hochfahrend, schon zum Gehen gewandt, »mich ruft die Pflicht.«

»Ja, bitte, Lancelot, verlassen Sie uns«, sagte der Dean zerstreut. »Es ist wegen der Studenten, Bingham.«

»Was regen Sie sich auf? Es ist Radauwoche«, sagte Bingham ungeduldig.

»Normalerweise wäre ich nicht aufgeregt, nein, Spaß muß sein, und ich lache als erster. Aber diesmal ... Ich werde es Ihnen erklären. Kennen Sie einen Filmschauspieler namens Eric Chatterley?«

»Eric Cavendish«, verbesserte ihn der Chauffeur.

»Stimmt. Er wurde von irgendwo in Chelsea in einem Rettungswagen weggeführt. Eine sehr merkwürdige Sache. Er war nicht krank, hatte keinen Unfall, nichts.«

»Ich hielt es für besser, ihm zu folgen, Sir«, sagte der Chauffeur. »Mein armer Herr wünscht vielleicht, daß seine Verwandten informiert werden.«

»Und es ist keine Spur von ihm im Spital, Sir«, fügte Harry hinzu.

»Haben Sie bei den Unfällen nachgeschaut?« fragte Bingham.

»Zweimal, Sir.«

»Sie sehen, es waren die Studenten«, sagte der Dean.

»Entführung. Mein Gott, ich Armer! Wenn dem Burschen irgend etwas passiert, wird das Unsummen kosten. Er muß Millionen Dollars wert sein.«

»Summerbee und Kerrberry!« Bingham hielt die zwei Studenten auf, die versuchten, ungesehen in den Lift zu schlüpfen. »Wissen Sie etwas über den Vorfall?«

»O nein, Sir.«

»Aber Sie sind im Radauwochen-Komitee, nicht wahr?«

»Ja, Sir. Aber wir beschlossen, heuer nur einen lebenden Alligator im Serpentine-Teich auszusetzen.«

»Vielleicht sollten wir das Spital durchsuchen, Dean.«

»Jetzt, da Sie davon sprechen, Sir, erinnere ich mich, ein paar Jungen flüstern gehört zu haben, daß irgendwer geschnappt werden sollte«, sagte Ken Kerrberry.

»Sie hatten vor, ihn dort zu verstecken, wo die Gas- und Sauerstoffflaschen aufgehoben werden.«

»Danke schön.« Der Dean nickte freundlich. »Ich werde mich Ihrer Hilfsbereitschaft später erinnern, Mr. Kerrberry.«

Alle sechs fuhren miteinander im Aufzug hinunter. Beim Tor des chirurgischen Traktes angekommen, wanderten die zwei Studenten langsam in die entgegengesetzte Richtung zur Entbindungsabteilung. Sobald sie außer Sichtweite waren, rannten sie zu der leeren Vorgeburtlichen Abteilung im Erdgeschoß. Als sie den Gang entlangstürmten, hörten sie aus dem Zimmer, in dem Eric Cavendish gefangengesetzt war, Getrommel und Schreie.

»Laßt mich heraus! Ich sterbe hier vor Kälte. Doktor! Doktor! Lieber möchte ich an Strahlenkrankheit sterben als an Erkältung. Zumindest dauert das länger.«

»Beruhigen Sie sich, Mr. Cavendish, beruhigen Sie sich! Alles in bester Ordnung!« rief Terry fröhlich durch die Tür. Flüsternd fügte er, zu Ken gewandt, hinzu: »Ich glaube, wir lassen ihn lieber frei.«

»Du hast den Dean gehört, er könnte uns übel mitspielen.«

»Der Bursche selbst könnte ekelhaft werden.«

»Aber erinnere dich, was Grimsdyke sagte: Er habe einen außerordentlichen Sinn für Humor.

Er wird sich wahrscheinlich die Seele aus dem Leib lachen.«

»Hoffentlich!« Terry hielt, den Schlüssel in der Hand, plötzlich inne. »Seine Kleider!«

»O Gott!«

»Das war deine blödsinnige Idee, sie unter dem Zeug der Patienten im Kasten zu verstecken.«

»Immerhin war es deine blödsinnige Idee, sie ihm wegzunehmen.«

»Wir mußten doch sichergehen, daß er nicht entkommt. In seinen Filmen flieht er aus weit verzwickteren Situationen.«

Eric Cavendish begann wieder an die Tür zu trommeln.

»Hol eins von den fahrbaren Betten – das mit den Decken!« befahl Ken.

Der Schauspieler stand schlotternd mitten im Raum und wahrte sein Schamgefühl mit dem Schild NACHGEBURTLICHE ÜBUNGEN FÜR MÜTTER. »Wozu das Bett? Wohin bringen Sie mich?«

»Legen Sie sich darauf, Mr. Cavendish. Kein Grund zur Sorge. Wir bringen Sie nur zum anderen Entstrahlungsraum, wo Ihre Kleider liegen. In ein paar Minuten werden Sie imstande sein, das Spital völlig sauber und gesund zu verlassen. Wir haben sogar nach Ihrem Chauffeur geschickt, damit er Sie anschließend abholt.«

»Oh, danke, Doktor«, sagte Eric Cavendish beruhigt und kroch unter die Decke.

Mit einem Gefühl der Erleichterung ließ er sich den Gang entlangrollen, durch ein Tor, ein Stück unter freiem Himmel, durch mehrere Tore und in einen Aufzug. Es fiel ihm auf, daß ihn seine Ärzte schweigend und rasch vor sich herschoben. Der Aufzug hielt. Sie schwenkten in einen geräumigen, gut erleuchteten Gang ein.

»Sie haben verdammt lang mit meinem Patienten auf sich warten lassen. Kommen Sie schon, Junge, nicht dorthin, der Anästhesieraum ist hier. Das werden Sie doch wenigstens im Spital gelernt haben?«

»Diese Stimme kenne ich doch.« Eric Cavendish hob den Kopf. »Witzig, Sie in diesem Beinhaus zu treffen.«

»Mein lieber Cavendish, *Sie* sind also der Patient? Dieser blöde Stationsarzt sagte mir gar nicht, daß es sich um einen Privatpatienten handelt. Hätte mir nicht gedacht, daß man jetzt Spitalsärzte auf Privatpatienten losläßt, aber seit meiner Zeit ist wohl alles anders geworden. Das Honorar werde ich trotzdem Bingham zukommen lassen. Komm, Junge, schieb ihn herein!« schnauzte Sir Lancelot Terry an und zog das Gestell eigenhändig in den kleinen, kahlen, cremefarbenen Anästhesieraum. »Nun lassen Sie mich sehen, Cavendish, warum man Sie aufgenommen hat. Ich muß sagen, Sie erwähnten nie etwas, als wir ein Zimmer im Etablissement dieses Quacksalbers teilten. Ich hoffe, es ist nicht eine jener Krankheiten, deren man sich schämen muß?«

»Ich bin wegen eines Strahlenunfalls aufgenommen worden, soviel ich weiß.«

»Wirklich? Wie außergewöhnlich!« Sir Lancelot schlug die Decke zurück. »Husten Sie!«

Der Schauspieler hustete.

»Noch einmal!«

Sir Lancelot schien erstaunt. »Auf welcher Seite ist er?«

»Was denn?«

»Der Leistenbruch.«

»Aber ich hab' doch keinen Bruch.«

»Schon gut, Mann, Sie können sich vor der Operation nicht mehr drücken, nur weil Sie im letzten Moment die Nerven verlieren. Natürlich haben Sie einen Bruch. Links, glaube ich. Keinen schweren, aber deutlich genug. Sie kommen gerade recht. Alles ist fertig. Ich werd's Ihnen im Handumdrehen zugenäht haben.«

Der Schauspieler setzte sich kerzengerade auf. »Was soll das? Sie wollen *mich* operieren?«

»Und warum nicht, bitte? Sie haben doch das Konsensformular unterschrieben. Das erklärt ausdrücklich, daß Sie möglicherweise nicht den Chirurgen Ihrer Wahl bekommen und daß der Umfang der Prozedur gänzlich seiner Geschicklichkeit und seinem Ermessen anheimgestellt ist.«

»Mir fehlt absolut nichts!« rief Eric Cavendish. »Und wenn mir etwas fehlte, würde ich Sie nicht auf fünf Meilen an mich heranlassen.«

»Jetzt werden Sie ausfallend.«

»Aber nein. Ich bin bei vollen Sinnen. Ich erinnere mich an all die haarsträubenden Geschichten, die Sie mir erzählten. Über die Niere, die Ihrer Hand entglitt, über das Blut, das über die Spitzen Ihrer Operationsstiefel schwappte. Oder wie Sie damals Ihre Taschenuhr liegengelassen haben.«

»Jetzt los, Cavendish, spielen Sie den starken Mann! Sie mögen ein neurotischer Typ sein, aber Sie haben nichts zu befürchten.«

»Ich werde mich *nicht* operieren lassen!«

»Doch.«

»Ich bin ganz fest entschlossen.«

»Ich auch. Haltet ihn!« schrie Sir Lancelot den beiden Studenten zu, die dem Wortwechsel mit der Betäubtheit von Autofahrern lauschten, die einen garstigen Unfall verursacht haben. »Los, werft euch auf ihn!«

Eric Cavendish sprang mit einem Satz vom Bett. Sogar die Decke ließ er zurück. Er floh durch die Tür des Anästhesieraumes. Draußen stand die Oberschwester.

Er blieb unvermittelt stehen. »Großer Gott, Charlotte, was machst denn *du* hier?«

»Großer Gott, Eric, was tust *du* hier?« Sie musterte ihn von Kopf bis Fuß. »*So*?«

22

»Ach, diese Schande!« rief der Dean. »Dieses Unglück! Diese Erniedrigung! Dieser gräßliche Radauwochenstreich, den armen Schauspieler einzufangen und das Spital auf die Titelseite aller Zeitungen des Landes zu bringen, war an sich schon schlimm genug. Gott sei Dank hatte Lancelot die Geistesgegenwart, ihn mit einem teuren Dinner zu besänftigen. Damals dachte ich, es könne nichts Schlimmeres geben. Aber das war ein gewaltiger Irrtum! Verglichen mit diesem jüngsten Ärgernis war's ein reiner Aprilscherz.«

Es war Mittwoch vormittag der folgenden Woche. Professor Bingham, der neben ihm saß, straffte seinen Ärztemantel. »Schon gut, Dean, nehmen Sie sich's nicht allzusehr zu Herzen!«

»Allzusehr zu Herzen? Sind Sie verrückt? Ich bin das Gespött von ganz London. Vielleicht der ganzen medizinischen Welt. Sie wissen, wie diese unglückseligen Geschichten die Runde machen. Das ist wirklich mehr, als ein Mensch ertragen kann.«

»In sechs Monaten wird keiner mehr daran denken.«

»Das bezweifle ich«, sagte der Dean bitter. »Ich jedenfalls werde es nicht vergessen haben.«

»Besonders bedauerlich, nehme ich an, daß Ihre eigene Familie in den Zwischenfall verwickelt war.«

»Bedauerlich? Das ist das Entsetzlichste daran. Vor einem Monat, vor einer Woche hätte ich nicht gedacht, daß so etwas auch nur im entferntesten möglich wäre. Selbst jetzt kann ich noch nicht ernsthaft glauben, daß dieser ›Zwischenfall‹, wie Sie das größte Unheil meines Lebens seit meinem Versagen bei der chirurgischen Abschlußprüfung zu nennen belieben, tatsächlich geschehen ist.«

»Das kann doch kaum *Ihrem* Ansehen schaden?«

»Aber natürlich. Diese Dinge färben ab.« Er schüttelte verzweifelt den Kopf. »Sie verstehen nicht, wie vorsichtig ich sein und daß ich einen Monat lang die Nase in den Wind halten muß. So wie die Dinge stehen, zweifle ich sehr daran, daß ich jemals –«

»Ja?«

»Daß ich, daß ich ... jemals wieder die Sonne aufgehen sehe.«

»Sie werden doch nicht Selbstmord begehen?« fragte Bingham bestürzt. »So schlimm kann es nicht sein.«

»Das meine ich ja gar nicht. Ich meine... will sagen... ach, ich weiß nicht, was ich meine«, schloß der Dean hoffnungslos.

Das Paar befand sich allein in dem großen, länglichen, dunkel getäfelten Konferenzsaal von St. Swithin, dessen Wände die Porträts medizinischer Kapazitäten trugen, die ihren Patienten in die Ewigkeit gefolgt waren. In der Mitte stand ein langer Tisch mit dicken Beinen, an dem der Dean und der Professor saßen. Seine glattpolierte Platte war mit rosa Löschpapier, Durchschlägen von Maschinegeschriebenem und offenen Nachschlagewerken bedeckt. Der Disziplinarhauptausschuß des Spitals hatte soeben seine Sitzung beendet.

Diese furchteinflößende Kommission, mit welcher der Dean Terry Summerbee gedroht hatte, trat nur selten zusammen, um über schwere Vergehen der Studenten oder des Ärztestabes zu befinden. Sie setzte sich aus den dienstältesten Fachärzten zusammen und nahm sich sehr wichtig. Waren ihre Mitglieder schlechter Laune, dann nahm sich im Vergleich zu ihr die Feme wie ein harmloses Bezirksgericht aus.

Schweigend zappelte der Dean eine Weile auf seiner Sesselkante. Er war natürlich Mitglied des Ausschusses, hatte sich aber mit einer kurzen, würdevollen Rede von dem vormittäglichen Verfahren zurückgezogen. Er hatte draußen gewartet, war mit langen Schritten auf und ab gegangen und erst erschienen, nachdem das Urteil gefällt worden war. Das war notwendig gewesen, denn der unglückselige Delinquent war sein eigener Sohn.

»Nicht auszudenken, daß George eine Fälschung begangen hat!«

»Aber er hat doch nur Ihre Unterschrift gefälscht.«

»Das ist sogar ärger, denn er benützte sie, um Zugang zum Ministerium zu erhalten. Ich kann mir nicht vorstellen, wie es ihm gelang, sich dort bis zum Morgen zu verstecken.«

»Im Waschraum.«

»Welch ein unbequemer Ort, um eine Nacht zu verbringen. Ja, er erzählte mir eine Wald- und Wiesengeschichte von dringenden Arbeiten im St. Swithin, die ich als vertrauensseliger und rücksichtsvoller Vater sogleich glaubte. Wie er dann entdeckt wurde ... am Morgen ... im Zimmer des Ministers ... vom Minister persönlich, unter dem Schreibtisch des Ministers ...«

»Aber ist das wirklich so entsetzlich? Heutzutage ist kein Ort heilig. Das Sit-in ist eine so konventionelle Form des Studentenprotestes geworden, daß es schon ausgesprochen langweilig wirkt.«

»Ja, aber kein nacktes Sit-in.«

»Vielleicht.«

»Gott sei Dank, ›die Art der Gnade weiß von keinem Zwang, und Ende gut, alles gut‹«, zitierte der Dean konfus Shakespeare.

»Wir konnten ja nur milde urteilen. Jeder im Ausschuß kannte George als jungen Mann von bestem Charakter und strengster Erziehung. Was auch von mehreren Mitgliedern ausdrücklich festgestellt wurde. Es war alles so wenig typisch für ihn, daß wir es nur einem akuten Anfall zuschreiben konnten. Hysterie, Hypomanie, irgend so etwas. Er wird sich eine Zeitlang in der psychiatrischen Abteilung aufhalten, danach kann er weiterstudieren, als ob nichts gewesen wäre. Vielleicht war es die Beanspruchung durch das Studium. Überarbeitung.« Bingham lachte dünn. »Ich würde sagen, Dean, Sie treiben Ihre Kinder ganz schön an, wie?«

»Aber ich kann, meiner Seel, noch immer nicht begreifen, wie diese absurde Idee in Georges Kopf gekommen ist.«

»Einerseits war sie ja ziemlich witzig.«

»Das sagte Lancelot auch. Er hat sich halbtot gelacht. Wie eine Hyäne. Gott! Ich wünschte, der verdammte Kerl ließe uns in Frieden.«

»Wenigstens werden Sie ihn übermorgen wegen seiner Flitterwochen los.«

»Ja, fünf Tage in Brighton. Dann kommt er zurück und wird in dem neuen Wohnblock gegenüber meinem Haus wohnen, der mir sowieso schon die Aussicht auf den Park genommen hat.«

»Schade, daß er nicht auf die Kreuzfahrt geht!«

»Sie wissen, wer daran schuld ist! Meiner Seel, Bingham! Sie können ihm doch sicher sein Geld noch zurückgeben. Schließlich ist es ja auch kein Vermögen. Nichts im Vergleich mit dem, was wir vom Blaydon Trust zu erwarten haben.«

»Erwarten! Die Spende vom Blaydon ist noch nicht unterschrieben, gesiegelt und ausgezahlt. Die von Sir Lancelot liegt auf der Bank.«

»Eine rein administrative Kleinigkeit. Sie könnten es leicht verkraften, das Geld wieder auszuspucken. Vielleicht verschwindet er dann wenigstens mit seiner Braut nach Wales. Ich weiß zufällig, daß er darauf brennt, mit dem Forellenfischen zu beginnen, jetzt, da die Saison beginnt.«

»Es geht ums Prinzip.«

»Wenn Sie doch nicht so selbstgefällig wären, Bingham!« sagte der Dean beleidigt. »Manchmal behandeln Sie uns alle wie einen Haufen Eisenbahnräuber.«

»Vielleicht habe ich Ursache zur Selbstgefälligkeit.«

»Das ist noch schlimmer: Jetzt bilden Sie sich noch etwas drauf ein, daß Sie eingebildet sind.«

Bingham legte ihm die Hand auf den Arm. »Regen Sie sich nicht so auf! Das kann dem Druck in Ihren Herzkammern nicht guttun. Entspannen Sie sich ein wenig, während ich Ihnen genau erzähle, warum ich so eingebildet bin. Sie werden es sicher interessant finden.«

Der Dean sah ihn verblüfft an. »Also gut, machen Sie's kurz. Ich möchte mein Mittagessen.«

»Ist es nicht merkwürdig, daß unwahrscheinliche Ereignisse manchmal noch unwahrscheinlichere Folgen haben? Die Spore des Penicillinschimmelpilzes, die durch das Fenster von Flemings Laboratorium in St. Mary's geweht kam –«

»Kommen Sie zur Sache, Mann!«

»Ich meine, die kleine Verirrung Ihres Sohnes könnte uns allen großen Segen bringen.«

»Worauf, zum Teufel, spielen Sie an?«

Professor Bingham langte nach einem großen, alten, ledergebundenen Buch in der Mitte des Konferenztisches. »Wissen Sie, was das ist?: Das Protokollbuch des Disziplinarhauptausschusses.« Zärtlich glitt seine Hand über den glänzenden Einband. »Nur selten sieht es das Licht des Tages. Ich als Sekretär des Ausschusses konnte es nur mit Schwierigkeiten vor der heutigen Versammlung auftreiben. Es war unter Stöße von chirurgischen Berichten aus der viktorianischen Zeit gesteckt worden. Ein unpassender Platz. Vielleicht hatte es jemand verstecken wollen.«

»Was wollen Sie mit alldem sagen, Bingham? Ich bin hungrig.«

»Ich will – in aller Kürze – sagen: Ich kann garantieren, daß Sir Lancelot am Freitag in die Flitterwochen fahren und sich für den Rest seines Lebens nie wieder in St. Swithin oder in London überhaupt anschauen lassen wird.«

23

Während der Dean mit Professor Bingham im Konferenzzimmer von St. Swithin saß, lief seine Tochter, Muriel, von der Bushaltestelle das steile Pflaster von Highgate Hill hinauf. Auf halber Höhe bog sie in eine Straße mit kleinen Geschäften ein, die bis vor kurzem Fisch und Chips und Zeitungen verkauft hatten, aber nun von Leuten, die mit schickeren Dingen handelten, übernommen worden waren, als diese Gegend plötzlich für originell galt. Muriel hielt im Laufen inne. Sie hob den Rock, bis er kaum noch die Schenkel bedeckte. Wohlgefällig blickte sie an sich hinab. Ihre Beine waren wirklich nicht schlecht. Sie hoffte inbrünstig, daß Albert sie zur Kenntnis nehmen würde.

Muriel stieß die Ladentür auf. »Hallo«, rief sie freudig, »da bin ich!«

»Ach, hallo.«

Albert kam aus den dunklen Tiefen seiner Boutique ans Tageslicht wie ein rundes zottiges Tier, das aus seiner Höhle auftaucht. Der Gegenstand von Muriels Leidenschaft war ein

ein Meter sechzig langer und sechzig Zentimeter breiter junger Mann. Sein Aussehen war schwer zu bestimmen, da seine unbekleideten Teile weitgehend unter einer dicken Haarmatratze verschwanden. Das Kopfhaar reichte ihm bis zu den Schultern. Sein dicht gekräuselter Backenbart erinnerte an aus Tauen geflochtene Schiffsfender. Der Schnurrbart, der seine Oberlippe bedeckte, änderte an den Mundwinkeln plötzlich die Richtung und lief abwärts, dem Kinn zu. Mächtige Augenbrauen bildeten ein Haardach über seinen vorquellenden Augen, und ein kleiner Spitzbart behauptete sich innerhalb der übrigen Haarfülle. Er war mit modischer Nachlässigkeit in Jeans und eine Jacke aus Khakidrill gekleidet.

»Ach«, wiederholte er.

Muriel schlang die Arme um ihn, und als sie eine genug große freie Stelle fand, drückte sie einen Kuß darauf. »Freust du dich denn nicht, mich zu sehen?«

»'türlich.«

»Albert, Liebster, es war schrecklich, dich diese Woche kein einziges Mal zu sehen.«

»So, so.«

»Hast du meinen Brief bekommen?«

»Ja.«

Muriel konnte ihr Zittern nicht unterdrücken. Er war um so vieles erfahrener, so vieles weltmännischer als sie, daß sie dauernd fürchtete, er könnte sie unbeholfen finden. Tatsächlich behandelte er die Welt, die er einfach in Kunden, Flittchen und Leute einteilte, mit einer Ungezwungenheit, die ihm so flott vorkam wie seine Kleidung.

»Na also«, sagte er.

»Willst du mich nicht küssen?«

»Schon, schon.«

Sie war aufgewühlt, als er seine Lippen hart auf die ihren preßte, aber irgendwie fühlte sie in ihrem Herzen, daß es wie ein Schlag mit einer feuchten Fußmatte ins Gesicht war. Sie ließ ihn los und blickte sich schuldbewußt um. In ihrer Erregung hatte sie nicht darauf geachtet, ob Kunden da waren. Aber die Boutique bot den üblichen Anblick der Leere. Es war ein winziger schlauchförmiger Raum, angefüllt mit einer Sammlung von Gegenständen, die nur das eine gemeinsam hatten, daß sie alt, staubbedeckt und beschädigt waren. Im Sommer gelang es Albert, ein wenig davon jenen Touristen zu verkaufen, die eine merkwürdige Beseligung darin fanden, ihr fernes Heim mit Bronzepferden, Muschelschalen oder gar flaggengezierten Nachttöpfen von Admirälen zu schmücken. Vor dem Zeitalter der Boutiquen wäre das Unternehmen unter dem guten, ehrlichen Namen eines Trödlerladens gelaufen.

»Nun, Albert, mein Süßer. Wohin führst du mich zum Essen?« Er kratzte sich seinen Backenbart. »Oh, Albert! Sag nicht, daß du vergessen hast.«

»Vielleicht doch.«

»So, aber da bin ich nun einmal, gehen wir also«, sagte sie gutgelaunt.

»Wie wär's mit 'ner Kneipe?«

Sie war enttäuscht. Sie hatte sich eine stilvolle Mahlzeit in einem gemütlichen und möglichst romantischen Restaurant ausgemalt. Aber wieder lächelte sie. »Du weißt, mit dir würde ich überallhin gehen, Albert, Liebster.«

»Ich sperr' den Laden lieber gut zu. Läuft soviel Gesindel herum!« Bedächtig legte er an der Hintertür den Riegel vor. Er fragte sich, wie er eigentlich an diese merkwürdige Jungfrau geraten war. Vielleicht war er bei diesem Budenzauber stärker betrunken gewesen, als er angenommen hatte. Oder hatte ihn ihr medizinisches Flair angezogen? Er fragte sich, ob er vielleicht eine Vorliebe für Ärztinnen entwickle, ähnlich einem seiner Freunde, der ununterbrochen Schwierigkeiten mit Polizistinnen hatte.

Sie gingen in ein kleines Wirtshaus mit dekorativen Milchglasfenstern gleich gegenüber. Albert kaufte ihr an der Theke ein kleines Bier und eine Schinkenrolle.

»Albert«, kündigte sie an, »ich muß dir etwas Wichtiges mitteilen.«

»Ja?«

»Siehst du, ich... ich kann dir doch so wenig bieten. Darum habe ich beschlossen, dir... statt dessen... bei der Arbeit zu helfen.«

»Im Geschäft verkaufen, also?«

»Nein, das gerade nicht. Ich habe ja meine Vorlesungen im St. Swithin. Obwohl ich es gern täte. Es muß herrlich sein, mit all diesen entzückenden und wertvollen Dingen zu tun zu haben. Aber ich dachte, ich könnte dir mit Einführungen bei wichtigen Kunden helfen.«

Alberts Interesse war geweckt. Er war ein unternehmungslustiger junger Mann mit bewundernswertem Scharfsinn für günstige Gelegenheiten, die sich in seinem tristen Leben hin und wieder boten. Sie kramte in ihrer Handtasche und reichte ihm eine Visitenkarte. Er stellte sein Bier nieder und studierte sie eingehend. Darauf stand:

Dr. Lionel Lychfield, D. Sc., M. D., F. R. C. P.
164 Grace Gardens,
N. W. 1
01-467 3128

»Könnte nützlich sein!« Langsam drehte er sie um. »Du könntest sie den Leuten zeigen, weißt du«, sagte sie atemlos. »Und sie werden glauben, er hätte dich persönlich rekommandiert, um ihnen Antiquitäten zu verkaufen.«

»Sie werden mir vielleicht nicht glauben.«

»Warum nicht?«

»Weil...« Er kratzte sich wieder. »Schau, Schatz, es wäre besser gewesen, er hätte eine unterschriebene Empfehlung draufgesetzt.«

»Ich glaube nicht, daß ich ihn dazu bringen kann«, sagte sie zweifelnd.

»Wer soll schon wen zu ›was bringen‹?« Er lachte. »Schreib's doch selbst!«

»Oh, aber das wäre doch nicht recht von mir.«

Er nahm einen Schluck. »Was ist schon dabei, wenn's niemand erfährt?«

Muriel zog ihren Kugelschreiber heraus. Sie schrieb auf die Karte: »Dient zur Einführung von Mr. Albert Duttle (Antiquitätenfachmann), der sehr zuverlässig ist. L. Lychfield.«

»Da hast du.« Sie gab sie ihm entzückt zurück. Nun, da die Tat einmal begangen war, wollte sie sich nur noch seiner Billigung erfreuen.

»Ha«, sagte er und ließ die Karte in die Hintertasche seiner Jeans gleiten.

»Bei wem wirst du sie ausprobieren, Albert, Liebster?«

»Das ist eben die Frage. Kennst du wen, der an erstklassigen Antiquitäten interessiert wäre?«

»Die Freunde von Papa und Mama kommen nicht in Frage, denn sie würden ihn natürlich anrufen, und alles käme heraus. Dasselbe wär's mit allen Ärzten vom Spital.« Sie nippte nachdenklich an ihrem Bier. »Ich hab's. Viel besser!« Sie kam so nahe an ihn heran, daß sie Gefahr lief, einen Mundvoll seiner Haare zu erwischen. Sie flüsterte: »Hast du schon von einer gewissen Lady Blaydon gehört?«

»Nicht, daß ich wüßte.«

»Papa hat in den letzten Monaten mit ihren Rechtsanwälten zu tun gehabt. Sie hat dem Spital eine Menge Geld gegeben.«

»Hat sie Kies?«

Muriel nickte eifrig. »Papa sagt, sie schwimmt in Geld. Ich hab' gehört, sie bewohnt eines dieser enormen Apartmenthäuser, die auf den St. James Park schauen. Mein Vater kennt sie nicht persönlich, daher würde sie nur glauben, er war einer deiner zufriedenen Kunden. Du könntest mit dem Moped hinfahren und schauen, ob sie sich für etwas interessiert. Wenn nicht, ist damit noch nichts vertan, nicht wahr?«

»Vielleicht.« Er dachte einige Augenblicke nach. »Nett, einmal mit den besseren Ständen Geschäfte machen zu können. Sie wissen gute Ware eher zu schätzen. Ha!« Herablassend fügte er hinzu: »Noch ein Helles?«

24

In dieser Nacht träumte der Dean wieder, daß ihn die Königin auf der flaggengeschmückten Estrade köpfte. Schweißgebadet wachte er auf, voll Erleichterung, daß alles nur ein Traumgespinst war. Er warf einen Blick auf die Uhr und sah, daß es schon sieben Uhr vorbei war. Dann überkam ihn ein angenehmes Gefühl. Gerade dieser Tag würde ihm eine der größten Genugtuungen seines Lebens bescheren.

Gewöhnlich beeilte sich der Dean mit seiner Toilette, bestrebt, schnell aus dem Haus und ins Spital zu kommen. Er hatte sich in dieser Woche sogar noch mehr beeilt, um schon fort zu sein, wenn Sir Lancelot zum Frühstück herunterkam. Weit davon entfernt, ihn heiterer zu stimmen, schien die nahende Hochzeit den Chirurgen in immer schlechtere Laune zu versetzen. Aber an diesem Morgen trödelte der Dean im Bad und beim Ankleiden und achtete darauf, daß seine Frau zuerst hinunterging. Er wollte ganz sicher sein, nach dem Frühstück seinen Gast allein anzutreffen.

Als der Dean sich an den Tisch setzte, hatte Josephine schon eine Tasse Kaffee hinuntergestürzt und eilte zu einer letzten Anprobe des Kleides, das sie für die morgige Hochzeit gekauft hatte, in die Bond Street. Muriel erhob sich und sagte, sie müsse vor der Visite noch einen Patienten untersuchen. Nur George saß gähnend über seinen Cornflakes. Der Junge macht jetzt am Morgen immer einen so müden Eindruck, dachte der Dean besorgt. Vielleicht sollte er sich behandeln lassen.

Neben seinem Teller lag nur ein Brief. Er war vom Vorstand der psychiatrischen Klinik von St. Swithin. Der Dean las ihn knurrend.

»Mir scheint, du hast die Psychiater im St. Swithin bei deiner Untersuchung gestern nachmittag ziemlich beeindruckt.«

George blickte ihn schweigend an. Seit dem Zwischenfall mit dem Schreibtisch des Ministers war er viel zu erschrocken, um überhaupt mit seinem Vater zu sprechen. »Sie beeindruckt?«

»Ja. Sie kommen zu dem Schluß, daß du für die Beschäftigung mit der Medizin geistig ungeeignet bist.«

Langsam breitete sich ein Lächeln auf Georges Gesicht aus.

»Sie gehen noch weiter. Sie unterstellen, daß du für jegliche Beschäftigung geistig ungeeignet bist.« Er warf den Brief auf den Tisch. »Wenn du's also aufgeben willst – meinetwegen. Obwohl ich mich auf das Wort eines Psychiaters nicht einmal dann verlassen würde, wenn es sich um die Tauglichkeit eines Fisches fürs Wasser handelt. Du bedeutest eine enorme Zeit- und Geldverschwendung, aber da du von beider Wert keine Idee hast, nehme ich an, daß das dein Gewissen wenig belasten wird.«

»Aber, Papa –«

Der Dean unterbrach ihn. »Ich will kein Wort mehr darüber hören. Das Thema ist für mich sehr schmerzlich. Sobald wir Sir Lancelot los sind, werden wir in Ruhe über deine berufliche Laufbahn beraten. Vielleicht tätest du gut daran, auszuwandern.«

George löffelte die restlichen Cornflakes in sich hinein und machte sich aus dem Staub. Der Dean griff zur Morgenzeitung. Inga räumte schweigend den Tisch ab. Der Dean wußte, daß Miss MacNish wegen der bevorstehenden Hochzeit zum Friseur gegangen war. Sie würden ungestört sein. Die Szene war gestellt, das Drama konnte beginnen.

»Morgen, Dean.« Sir Lancelot erschien und setzte sich an den Tisch. »Geben Sie mir doch bitte das Blatt mit dem Kreuzworträtsel herüber.

Ich zerbreche mir gern beim Frühstück den Kopf.«

Der Dean fixierte ihn kalt. Er fuhr sich mit der Zunge über die Lippen. »Vielleicht interessiert es Sie, Lancelot, daß es zu den wenigen mir noch gebliebenen Vergnügen meines geschäftigen und gehetzten Daseins gehört, mir beim Frühstück den Kopf über das Kreuzworträtsel zu zerbrechen. Ich bekomme meine Zeitungen überhaupt nur zu Gesicht, weil ich kurz nach Ihrer Ankunft Miss MacNish ausdrücklich gebeten habe, sie nicht gleich mit dem Morgentee in Ihr Zimmer zu schicken.«

Sir Lancelot schnaubte. »Ich glaube, ich habe ärgere Sorgen.« Er schenkte sich Kaffee ein. »Schwänzen heut die Schule, wie ich sehe. Um die Zeit sind Sie gewöhnlich im Spital.«

»Ich schwänze nicht. Ich habe extra auf Sie gewartet.«

»Nett von Ihnen, aber eigentlich nehme ich diese Mahlzeit lieber allein ein.«

»Ich habe Ihnen etwas zu sagen, was Ihnen, fürchte ich, einiges Unbehagen bereiten wird.«

»Es ist doch nicht schon wieder wegen dieser verdammten Heizdecke?«

»Lancelot, wenn Sie dieses Haus morgen verlassen, um aufs Standesamt zu gehen, verlassen Sie es für immer. Darüber sind wir uns, glaube ich, einig. Aber Sie werden auch St. Swithin für immer verlassen.«

Sir Lancelot starrte ihn an. »Was soll das? Kommandieren Sie mit mir herum, Sie kleiner Möchtegernnapoleon?«

»Ich hatte vor, Ihnen eine unerfreuliche Angelegenheit so schonend wie möglich beizubringen. Wenn Sie weiterhin solche Ausdrücke gebrauchen, werde ich weniger Feingefühl anwenden.«

»Halten Sie jetzt den Mund, Dean, und läuten Sie um meine Eier mit Speck!«

»Ich glaube, es wäre vorteilhaft für Sie, wenn wir keine Zuhörer hätten. Lancelot, wollen Sie sich bitte an Donnerstag, den 25. Juni 1953, zurückerinnern? Das war das Krönungsjahr.«

Sir Lancelot überlegte eine Zeitlang. »Das war der erste Tag der Kricketentscheidungskämpfe gegen die Australier unter Hassett, die Saison, in der wir die Trophäe zurückbekamen, weil wir das Endspiel gewannen.«

»Ich will nichts von Trivialitäten hören«, schnauzte ihn der Dean an. »Ich dachte, daß sich dieses Datum Ihrem Gedächtnis unauslöschlich eingeprägt hat. An diesem Tag trat der Disziplinarhauptausschuß im Spital zusammen.«

»Hm«, sagte Sir Lancelot.

Der Dean nahm ein Buttermesser und klopfte auf den Teller, um seine Rede zu unterstreichen.

»An diesem Junitag waren Sie noch Mr. Spratt, ein junger Facharzt im Stab von St. Swithin. Aber vielleicht waren Sie sich nicht im klaren darüber, daß Sie an der Schwelle Ihrer größten Zeit als Chirurg standen, was, wie ich offen und freudig zugebe, der Menschheit großen Segen und dem Spital beachtliche Anerkennung gebracht hat.«

»Hm«, wiederholte Sir Lancelot.

»Sie erschienen unter ziemlich eigenartigen Umständen vor dem Ausschuß.« Der Dean trommelte lauter. »Erstens waren nur drei Mitglieder zusammengekommen. Höchst regelwidrig. Die Zusammenkunft fand zu ungewöhnlicher Zeit statt, um neun Uhr abends, so daß sich nur wenige konsultierende Ärzte im Spital aufhalten konnten. Und von diesen drei Mitgliedern, die jetzt alle unglücklicherweise tot sind, waren zwei Internisten mit Ihrer Familie verschwägert. Vorsitzender war der Chefchirurg, Ihr Onkel, der im Begriff stand, in Pension zu gehen. Sonderbar.«

»Es wäre mir sehr lieb, wenn Sie aufhörten, auf dem verdammten Butterteller ›God save the Queen‹ zu trommeln.«

Der Dean ließ das Messer fallen. »Weiters, Lancelot, wurden die betreffenden Seiten des Protokollbuches mysteriöserweise zusammengeklebt.«

»Daran ist nichts Mysteriöses. Ich klebte sie zusammen.«

»Mit Hilfe eines Skalpells wurde die Geschichte dieser Konferenz nun enthüllt. Das Verfahren scheint lächerlich kurz und lächerlich milde gewesen zu sein. Ein Verweis, erinnere ich mich, war die einzige Bestrafung. Alles wurde mit Diskretion, ja Zartgefühl erledigt. Die Dame, um die es ging, wurde durchwegs schlicht als ›Mrs. X‹ bezeichnet. Ich werde nicht in Sie dringen, wer die Unselige war.«

»Das möchte ich Ihnen auch geraten haben, und sie war *nicht* unselig.«

»Nichtsdestoweniger, Lancelot, Sie verletzten den Anstand, indem Sie mit ihr auf ein Wochenende nach Frankreich fuhren. Nach Le Touquet. Ich muß schon sagen, es scheint Ihnen Vergnügen zu machen, sich zu wiederholen.«

»Na und? Was war schon groß dabei? Selbst wenn ich es zweimal im Leben tat.«

»Mit einem Unterschied: Im zweiten Fall wird die Dame, die Sie begleitete, morgen Ihre Frau. Selbst der engstirnigste Moralist würde Abstand nehmen, dagegen Einwände zu haben. Bei dem früheren Unternehmen hatte die Dame bereits einen Gatten.«

»Sie waren nur formell verbunden.«

»Das hat gar nichts damit zu tun. Zum Glück für Sie schien der Ehemann wirklich nicht besonders beleidigt zu sein. Er beschwerte sich einfach im Spital und überließ es St. Swithin, die Sache weiterzuverfolgen, wenn man es für opportun hielte.«

»Ich möchte wissen, was das alles das Spital überhaupt anging?«

Der Dean nahm das Messer wieder zur Hand und versetzte dem Teller einen entscheidenden Schlag. »Sie scheinen im Laufe der Zeit vergessen zu haben, daß die Dame auch eine Ihrer Patientinnen war. Wenige Wochen zuvor hatten Sie ihr in der Privatabteilung den Appendix entfernt.«

»Hm«, sagte Sir Lancelot wieder.

»Ich glaube natürlich nicht, daß sich der Disziplinarausschuß der Ärztekammer unbedingt verpflichtet fühlen wird, zu diesem Zeitpunkt darüber zu verhandeln – was er höchstwahrscheinlich getan hätte, wären ihm damals die Tatsachen bekannt gewesen.«

»Warum nicht, um Gottes willen? Es ist ja keine prähistorische Angelegenheit.«

»Weil Sie sich jetzt aus der Praxis zurückgezogen haben«, betonte der Dean, »völlig zurückgezogen. Sie operieren nicht, Sie untersuchen keinen einzigen Patienten. Sie zeigen sich nicht einmal in den Mauern von St. Swithin. Sie sind absolut im Ruhestand.«

»Hm.«

»Im übrigen wäre schon der darauffolgende Tratsch nicht das Angenehmste für einen Mann von Ihrer Integrität, Ihrer Pflichtergebenheit, Ihres Standes – und, ich darf hinzufügen, Ihrer Arroganz, Sturheit und Intoleranz.«

Sir Lancelot seufzte. »Erpressung?«

»Das Wort möchte ich nicht gebrauchen. Aber vielleicht doch«, fügte der Dean zufrieden hinzu.

Es entstand eine Pause. »Gut. Ich werde verschwinden. Ich werde Tottie mitnehmen und euch in Ruhe lassen.«

»Sehr klug von Ihnen.«

»Sie erwähnten vor einiger Zeit eine Gratis-Kreuzfahrt um die Welt –«

»Dieses Angebot besteht jetzt nicht mehr«, sagte der Dean mit fester Stimme.

»Nach den Flitterwochen werden wir wohl nach Wales fahren«, sagte Sir Lancelot düster. »Wenigstens werde ich ein wenig zum Fischen kommen.«

Der Dean erhob sich. »Jetzt ruft mich aber die Pflicht. Das war schmerzlich für mich, Lancelot, wirklich schmerzlich. Ich wünsche Ihnen einen guten Morgen. Morgen wird es ein Lebewohl sein.«

»Nur eins noch, Dean!«

»Ja?«

»Wenn Sie irgend jemandem auch nur ein einziges Wort über die Affäre zuflüstern, müßte ich Ihre verdammte Kehle mit einer Knochensäge aufschlitzen.«

Der Dean war verletzt. »Aber, aber, Lancelot! Sie können auf meine Diskretion bauen. Schließlich sind wir lebenslange Freunde, nicht wahr?«

25

Jedermann im Haushalt des Deans war am nächsten Tag zeitig auf, mit Ausnahme von Sir Lancelot. Der Dean erschien händereibend in seinem besten Anzug und strahlte angesichts eines Durcheinanders, das an normalen Tagen die Ausbrüche eines Königs Lear bei ihm hervorgerufen hätte. Er hatte vor einigen Tagen widerwillig zugestimmt, daß der Hochzeitsempfang in seinem Haus gegeben werde – Sir Lancelot mochte keine Hotels und fand es überhaupt eine bequeme Lösung, um Zuschauer fernzuhalten. Miss MacNish und Josephine waren seit achtundvierzig Stunden fast ununterbrochen in der Küche tätig, und jetzt war das große Speisezimmer ausgeräumt und enthielt anstelle seiner Möbel zwei lange Tische, die mit gestärkten weißen Tischtüchern bedeckt waren. Auf dem einen standen die köstlichsten Brötchen und eine kleine Hochzeitstorte, auf dem anderen die Champagnergläser. Der Dean sah sofort, daß sein Frühstück bestenfalls aus einer Tasse Kaffee in der Küche bestehen würde. Aber das war ihm gleichgültig. Heute ging Sir Lancelot. Für immer.

»Nichts ist so sehr wie eine Hochzeit dazu angetan, die Weiber in Hochstimmung zu versetzen«, äußerte er mit wohlwollendem Blick über sein Speisezimmer zu Josephine, »selbst wenn der Bräutigam im pensionsreifen Alter steht und die Braut alt genug ist, es sich anders zu überlegen. Welch eine standardisierte Form der menschlichen Ernährung, diese kleinen Cocktaildinger«, fügte er hinzu und ergriff ein Stückchen Toast mit einer Scheibe Ei und zwei Spargelspitzen. »Genau das gleiche bekommt man auf Empfängen in New York oder Buenos Aires, in Melbourne oder Tokio.« Er verschlang es. »Ich muß der *Times* einmal einen Leserbrief darüber einsenden.«

»Lionel!« rief seine Gattin aufgeregt. »Ich habe – o bitte hör auf, diese Brötchen zu essen, sie werden sowieso kaum für alle reichen – ich habe eine ganz wunderbare Neuigkeit.«

»Hast du schon davon gehört? Ist es nicht herrlich?«

»Dann hast also *du* schon davon gehört? Und du bist einverstanden?«

»Natürlich. Seit Wochen arbeite ich auf dieses Ziel hin.«

»Das hast du wirklich getan? Das ist fein. Ich dachte eher, du würdest diese Idee mißbilligen.«

»Wie, um alles in der Welt, kommst du darauf? Wir werden endlich ein bißchen Ruhe haben, wenn er unseren Familienkreis verlassen haben wird.«

»Er ist schon manchmal etwas laut. Aber er wird uns natürlich gräßlich fehlen.«

»Fehlen? O ja! Wie der Mist, wenn ihn die Müllabfuhr am Montag morgen ausleert.«

»Lionel! Wie – *bitte* iß nichts mehr davon – wie sprichst du von deinem eigenen Sohn?«

»Ich habe an meinen Sohn nicht einmal gedacht«, entgegnete er gereizt. »Ich meine Lancelot.«

»Du bist ja ganz besessen von Lancelot. Hör mir bitte einen Augenblick zu. Sie wollen heiraten.«

»Ja, freilich. Wozu, glaubst du, ist dieses Bankett sonst gut?«

»Ich meine, George möchte Inga heiraten.«

»Wirklich? Darüber werden wir noch reden. Wovon will der Narr denn leben? Von mir kriegt er keinen Penny. Und von dem Gefasel, das er fürs Fernsehen schreibt, wird er nicht sehr fett werden. Wahrscheinlich will er Busfahrer werden. Ich nehme an, darauf wird nicht einmal Inga großen Wert legen.«

»Warum gehst du immer so schrecklich auf die kleine Inga los?«

»Nun, sie kann keine großen Ansprüche stellen. Sie erzählte mir, daß ihr Vater in Stockholm Streichhölzer verkauft. Also eine Art Bettler, vermute ich.«

»Du ziehst wohl nicht die mangelhaften Englischkenntnisse des armen Mädchens in Betracht. Er verkauft seine schwedischen Streichhölzer nach Hundertmillionen. Täglich.«

»Oh, wirklich?«

»Und noch etwas. Inga schaut ihn nicht an, bevor er sein Medizinstudium beendet hat. Sie hat Hausverstand, weißt du! Sie möchte, daß er einen ordentlichen Beruf hat.« Josephine lachte. »Sie wird eine herrliche Arztgattin abgeben. Sie sieht ja direkt antiseptisch aus, findest du nicht?«

Das frischverlobte Paar, das an der Tür gehorcht hatte, fand den Augenblick gekommen, Hand in Hand mit unschuldiger Miene einzutreten.

»Dann bin ich entzückt«, entschied der Dean. In der Stimmung, in der er sich an diesem Morgen befand, wäre er auch entzückt gewesen, wenn ihm sein Sohn angekündigt hätte, er würde ein Revuegirl heiraten. »Ja, du hast meinen Segen, wie man zu sagen pflegte, als Kinder ihre Eltern in solchen Dingen noch ins Vertrauen zogen. Gut, gut! Du heiratest also,

George! Ich habe dir nie eine solche Initiative zugetraut. Wenn du jetzt eine Frau nimmst, mußt du ausgeglichener werden, eine ernste und nüchterne Lebensauffassung annehmen. An der Ehe ist nichts Frivoles oder Unterhaltsames, weißt du?«

»Ja, Papa, du sagst es.«

»Ich muß gestehen, ich habe mir oft gewünscht, daß du etwas von dem Hausverstand und dem sozialen Verantwortungsgefühl, das deine Schwester Muriel an den Tag legt –«

Miss MacNish erschien. »Herr Doktor, soeben sind drei Polizisten gekommen.«

»Polizisten? Ich habe nicht nach ihnen geschickt. Wohl, um den Verkehr draußen zu regeln. Muß Lancelots Werk sein. Wilde Extravaganz. Wenn man nichts zahlt, wird man sie nicht los. Sagen Sie ihnen, sie sollen gehen.«

»Das habe ich bereits getan, Herr Doktor. Aber sie wollen nicht.«

»So eine Frechheit. Sagen Sie, wir brauchen ihre Dienste nicht. Es war ein Mißverständnis. Ich werde an Scotland Yard schreiben.«

»Sie haben einen Haussuchungsbefehl, Herr Doktor.«

Der Dean erstarrte. »Haussuchungsbefehl? Aber da muß ein Irrtum vorliegen...«

»Du solltest sie lieber hereinlassen und das aufklären, bevor Lancelot herunterkommt«, sagte Josephine entschlossen.

»Ja, ja, führen Sie sie herein«, sagte der Dean, griff nervös nach einem dreieckigen Schwarzbrot mit Lachs und verschlang es.

Zwei der Polizisten waren in Uniform. Höflich nahmen sie die Helme ab. Der dritte war ein untersetzter junger Mann in Zivil.

»Fürchte, wir stören die Feier, Sir«, sagte er freundlich und schwenkte seinen Ausweis hin und her.

»Aber das... das ist eine grobe Verletzung der persönlichen Freiheit.«

»Ich weiß, wie Ihnen zumute ist, Sir. Wir werden Sie nicht lange aufhalten. Ich hätte gern ein paar Worte mit der hier wohnhaften Miss Muriel Lychfield gesprochen.«

»Mit meiner Tochter? Aber warum?«

»Ich habe einen Haftbefehl gegen sie, Sir.«

»Oh!« schrie Josephine.

»Was geht hier vor?« wandte sich Inga nervös an George. »Werden sie jetzt deinen Vater prügeln?«

In diesem Augenblick trat Muriel mit einem Tablett voll Spargelbrötchen ein.

»Sie sind gekommen, um dich ins Gefängnis mitzunehmen«, sagte der Dean.

Muriel ließ das Tablett fallen. Sie schlug die Hände über dem Mund zusammen. Der Detektiv zog einen kleinen silbernen Gegenstand, der wie ein Elefant geformt war, aus der Tasche seines Regenmantels. »Ihr Eigentum, Miss?« Sie konnte nichts antworten. Er wandte sich dem Dean zu: »Oder Ihres, Sir?«

»Nie zuvor im Leben gesehen. Ich weiß nicht einmal, was das ist.«

»Es ist eine silberne Zuckerdose von erlesener Form.« Der Detektiv drehte sie um. »Wirklich außergewöhnlich hübsch. Ich interessiere mich sehr für Antiquitäten. Uns kommt ja allerhand unter, wie Sie sich vorstellen können.«

»Was ist denn überhaupt los?« fragte der Dean.

»Papa«, sagte Muriel, »ich war verrückt.«

»Würden Sie mir zuerst ein paar Fragen beantworten, Sir?«

»Was immer Sie wissen möchten.« Der Dean schlug sich an die Stirn. »Um Gottes willen! Mein Ritter –«

»Wie bitte?«

»Mein – meine Ritterburg! Das ist so ein Ausdruck von mir, den ich manchmal gebrauche.«

Der Detektiv schaute ihn verdutzt an. »Wir haben gestern abend eine Anzeige von einer Lady Blaydon erhalten – ist Ihnen nicht gut, Sir?«

»Doch, doch, nur ein wenig schwindlig.«

»Soll ich einen Arzt rufen?«

»Ich bin selbst einer, verdammt noch mal.«

»Entschuldigen Sie, Sir. Hab's einen Augenblick vergessen. Lady Blaydon gab an, daß sie gestern nachmittag ein Mann namens Albert Duttle unter dem Vorwand, Antiquitäten zu verkaufen, besuchte. Nachdem er sie verlassen hatte, fehlte dieses Stück.«

»Albert Duttle? Nie von ihm gehört.«

»Oh, Papa«, sagte Muriel, »ich war wirklich verrückt.«

»Aber er kennt Ihre Tochter, Sir.«

»Muriel? Das ist nicht möglich! Ausgeschlossen!«

»Oh, Papa, ich war völlig verrückt.«

»Alle sind verrückt geworden.« Der Dean lehnte sich an die Wand. Josephine legte den Arm um ihn. »Vielleicht träume ich. Ja, ich träume. Die Königin schlägt mir den Kopf ab.«

Der Detektiv sah ihn verwirrt an. »Es ist zwar eine ernste Anklage, Sir, aber so ernst wieder nicht.«

»Aber was hat unsere Tochter mit alldem zu tun?« fragte Josephine.

»Wir machten Duttle leicht in dem schmierigen kleinen Antiquitätenladen ausfindig, den er betreibt. Er ist einer unserer Stammkunden. Wir fanden den fehlenden Gegenstand. Es hat den Anschein, als wäre Ihre Tochter bei dem Diebstahl seine Verbündete gewesen.« Der Detektiv nahm ein gelbes Kuvert aus seiner Innentasche. Er zog eine Visitenkarte heraus und reichte sie schweigend dem Dean.

»Das ist meine Karte, richtig. Unleugbar. Aber das habe ich bestimmt nie geschrieben. Das ist nicht meine Handschrift. Es –« Entsetzt blickte er Muriel an.

»Oh, Papa, ich war ganz blödsinnig verrückt!«

»Scheint ein klarer Fall zu sein«, sagte der Detektiv mit Genugtuung. »Sie kommen auch noch dran, Doktor. Beihilfe vor der Tat.«

Der Dean begann mit den Armen herumzufuchteln. »Sehr gut. Sperrt mich ein. Sperrt uns alle ein! Entehrt uns, sperrt die gesamte Familie ein! Stoßt mich in die Gosse! Nur soll mir einer das erklären: Warum macht ein empfindsames, standesbewußtes Mädchen wie meine Tochter plötzlich gemeinsame Sache mit den ärgsten Gaunern?«

»Wegen Sir Lancelot«, sagte Muriel. »Er meinte, ich soll Albert bei seiner Arbeit helfen. Ich blieb einen Vormittag zu Hause, nur, um ihn um Rat zu fragen. Das war an dem Tag, als er George empfahl, sich nackt unter dem Schreibtisch des Ministers zu verstecken.«

Der Dean nahm undeutlich einen jungen Mann wahr, der ins Zimmer stürzte.

»Es war meine Schuld«, verkündete der Neuankömmling. »Ich nehme alle Schuld auf mich. Meine Idee war es, den Plan auszuführen, und ich bin bereit, die Folgen zu tragen.«

Der Dean glotzte ihn an. »Sie sind nicht Duttle. Sie sind Summerbee.« Ein Gedanke durchzuckte ihn. »Oder arbeiten Sie unter einem Decknamen?«

»Ich bin eigentlich nicht gekommen, ein Geständnis abzulegen, Sir. Aber da die Polizei sich der Sache angenommen hat, bin ich bereit, mich zu ergeben.«

»Aber Sie nehmen immer die Schuld auf sich, verdammt noch mal. Was sind Sie, Junge? Eine Art Masochist?«

»Wegen der Entführung, Sir.«

»Entführung?« Der Detektiv blickte auf.

»Außerdem, Sir, möchte ich Ihnen folgendes sagen: Die Art, wie Sie Ihre Tochter behandeln, würde jeden viktorianischen Roman in den Schatten stellen. Und damit ist jetzt Schluß, denn ich habe vor, sie mitzunehmen und mit ihr zu leben. Aber ich heirate sie vorher, wenn sie unbedingt möchte.«

»Terry, Liebling!« Sie fielen einander um den Hals. »Wie konnte ich nur so *blind* sein?

Ich war verrückt! Ach, Terry, ich liebe dich so sehr!«

Der Dean streckte eine zitternde Hand nach einer Sardelle auf einer Scheibe Toast aus und zerkaute sie geistesabwesend. »Ich werde mich umbringen«, murmelte er, »Bingham kann die Leichenteile haben.«

»Hallo! Hat die Party schon begonnen? Sie hätten die Pferde wenigstens im Zaum halten können, bis die Zeremonie vorüber ist, Dean. Warum haben Sie das Haus voller Polizisten? Wenn Sie glauben, daß da wertvolle Hochzeitsgeschenke zu bewachen sein werden, dürfte das ein trauriger Irrtum sein. Kein Frühstück, nehme ich an. Dann werde ich mich wohl für ein Glas Champagner entscheiden. George, sei so nett und mach die Flasche im Eiskübel auf! Ich hoffe, du weißt, wie du das anstellst, ohne uns alle zu ersäufen. Das ist doch Sergeant Morgan Jones! Ganz vergessen, daß Sie ein Geheimer sind. Wie geht's dem alten Leistenbruch?«

»Gut, Sir Lancelot. Keinen Augenblick mehr Beschwerden gehabt, seit Sie ihn im St. Swithin operiert haben.«

»Muß einer der letzten Fälle gewesen sein, bevor ich mich zur Ruhe setzte. Spielen Sie noch Rugby?«

»Dazu bin ich jetzt leider zu schwer, Sir.«

»Waren ein verdammt guter Dreiviertler bei der Polizei. Eine tolle Sauferei war das damals, als ihr die Fünfzehn von St. Swithin geschlagen habt! Wie, um alles in der Welt, schaffen Sie es jetzt, im Zeitalter des Alkotests, nach Hause zu kommen? Leihen sich wohl einen grünen Heinrich für den Abend aus, nehme ich an.«

»Lancelot«, krächzte der Dean, »helfen Sie mir!«

»Also, Dean, Sie sehen gar nicht gut aus. Hat Ihnen diese Heizdecke einen Streich gespielt, oder was sonst?«

»Etwas Entsetzliches ist passiert. Ich sehe mich einer Strafanklage gegenüber.«

»Wirklich? Nun, das ist keine angenehme Sache für einen Mann von Ihrer Integrität, Ihrer Pflichtergebenheit, Ihrer Stellung und – ich darf hinzufügen – Ihrem Geiz, Ihrer Verschrobenheit und Ihrer Selbstsucht.«

»Sie *müssen* mir helfen!«

»Werd' kaum Zeit haben. In einer Stunde heirate ich. Dann mache ich Flitterwochen, dann ziehe ich mich nach Wales zurück. Aber schicken Sie mir eine Postkarte, wie die Verhandlung ausgegangen ist.«

»Lancelot, Sie *dürfen* London nicht verlassen. Nur Sie können mich retten.«

»Zum Teufel, Mann, wollen Sie mich jetzt ins Exil schicken, oder nehmen Sie uns beide als Mieter auf? Entscheiden Sie sich endlich!« Er nahm das Glas Champagner, das George ihm reichte. »Guten Morgen, Grimsdyke«, fügte er strahlend hinzu, als der junge Arzt mit Stella am Arm eintrat, »wie komme ich oder vielmehr der Dean zu diesem unverhofften Besuch?«

»Wir heiraten auf demselben Standesamt, Sir. Wir kommen sogar gleich nach Ihnen dran. Ich dachte, es wäre ein Spaß, wenn wir alle gemeinsam gingen.«

»Eine sehr nette Idee. Nehmen Sie Champagner! Ihr anderen seht auch so aus, als ob euch ein Glas guttäte. Nicht Sie und Ihre Leute natürlich, Sergeant, nehme ich an. Weder im Dienst noch beim Training. George, mach lieber noch eine Flasche auf! Meine liebe Tottie, wie schön, dich zu sehen! Aber sollte ich von Rechts wegen deiner nicht erst auf dem Standesamt ansichtig werden? Sonst bedeutet das, glaube ich, sieben Jahre Pech.«

»Lancelot!« Sie nahm von den anderen im Raum keine Notiz. »Ich muß mit dir reden. Unter vier Augen.«

»Dann auf ins Arbeitszimmer des Deans, gleich hier die nächste Tür. Hier ist es sowieso schon so entsetzlich voll. Macht es dir etwas aus, wenn ich meinen Champagner mitnehme?«

Sie gingen in das kleine Arbeitszimmer nebenan.

»Lancelot –«

»Du siehst entzückend aus, Tottie. Der Hochzeitsputz steht dir.«

»Das ist es ja gerade, Lancelot. Es wird keine Hochzeit geben.«

»Was, wirklich?«

»O Lancelot!« Sie begann zu weinen. »Wie kann ich dir das nur antun?«

»Nun, nun.« Er bot sein rot-weißes Taschentuch an. »Erzähl mir deinen Kummer. Bist du schon verheiratet oder so was?«

»Fast.« Sie schüttelte betrübt den Kopf. »Du weißt doch, daß ich St. Swithin verlassen hatte, um nach Amerika zu gehen. Zum Schluß arbeitete ich in einer teuren Privatklinik in Los Angeles. Dort lernte ich Eric Cavendish als Patienten kennen.«

»Das erzähltest du mir, als wir drei nach dem Studentenulk miteinander beim Dinner waren.«

»Ich habe dir aber verschwiegen, daß wir damals nachher zusammenlebten.«

»Ich verstehe.«

»Bis wir Krach hatten und ich wieder Krankenschwester wurde.«

»Ich verstehe.«

»Der Krach war wegen Frauen. Junger Frauen. Sehr junger Frauen. Er hat eine Art Fimmel für sie. Ich weiß nicht, wie das die Psychologen nennen, Lolitakomplex oder so. Es gelang mir, ihn zu bremsen. Nur *ich* konnte ihn bremsen. Sobald er von mir weg war, geriet er in alle möglichen Schwierigkeiten. Keine Ahnung, wo das enden sollte.«

»Ich verstehe.«

Sie sahen einander an.

»Jetzt hat sich seine Frau endlich von ihm scheiden lassen, und ich möchte ihn heiraten, Lancelot.«

»Entschuldige, daß ich es so ausdrücke, Tottie: Aber willst du eine Art psychiatrische Wärterin werden? Das klingt nicht furchtbar lustig.«

»Nein, Eric ist im Begriff, sich zu ändern. Ich glaube, er macht nur Jagd auf Mädchen, um seine Männlichkeit zu beweisen. Da könnte *ich* ihm doch helfen.«

»Ich bin sicher, daß du ihm helfen könntest.«

»Außerdem liebe ich ihn. Ich habe ihn immer geliebt. Die ganze Zeit hindurch, auch als ich wieder im St. Swithin war und alles zu vergessen versuchte.«

»Dann wäre es überaus kleinlich von mir, dir im Wege zu stehen.«

»Lancelot, du bist wunderbar!«

»Aber nein. Ich bin ein ganz gewöhnlicher Mensch. Doch ich habe meine Grundsätze.«

»Wie kann ich dir das je vergelten?«

»Vielleicht hast du es schon.« Er lächelte. »Die Woche in Le Touquet war köstlich.«

Sie lächelte ebenfalls. »Wir hatten es wirklich lustig. Sogar getanzt haben wir! Dieser Schlager, den du spielen ließest – wie hieß er nur? Aus dem Musical *Guys and Dolls* – jetzt fällt er mir ein: ›Ich war noch nie zuvor verliebt‹.«

»Ein gefühlvolles Lied.«

»Lancelot, was immer geschieht ... was du auch von mir denken magst ... glaub mir bitte, daß ich dir von Herzen danke für die ... für die vielleicht hinreißendste und aufregendste Woche meines Lebens.«

»Ich bin gerührt.«

»Jetzt werde ich am besten einfach verschwinden. Erics Wagen wartet. Weder du noch sonst jemand vom Spital wird mich je wiedersehen.«

Sir Lancelot beugte sich vor und küßte sie. Dann wandte sie sich um und eilte davon.

Er kehrte ins Eßzimmer zurück. »Champagner! Los, George, beeil dich! Du öffnest ja die Flaschen keineswegs wie ein Student von St. Swithin.«

»Was ist los, Lancelot?« fragte Josephine. »Eine angenehme Neuigkeit?«

»Ja, die Hochzeit ist abgesagt.«

»Lancelot«, rief der Dean, der nicht zugehört hatte, »ich habe inzwischen meine Gedanken geordnet. Ich muß mit Ihnen sprechen. Kommen Sie sofort in mein Arbeitszimmer!«

»Mein lieber Dean, ich kann doch hier keinen Pendelverkehr einrichten.«

»Ich flehe Sie an.«

»Na gut.« Der Chirurg öffnete wieder die Tür. »Was machen Sie hier in dieser Maskerade?« fragte er eine Gestalt, die in einem indischen Gewand in der Halle stand.

»Aber ich bin doch Godfri. Ich mache die Hochzeitsfotos. Die Braut hat mich beauftragt.«

»Alle sind in diesem Zimmer versammelt«, teilte ihm Sir Lancelot mit, »gehen Sie nur mit Ihrer kleinen Kamera hinein und fangen Sie an zu schießen!«

»Lancelot –« Der Dean schloß die Tür hinter sich. »Bingham hat mir erzählt, daß Sie Lady Blaydon persönlich kennen.«

»Ja, ich bin mit ihr bekannt. Hören Sie doch bitte auf, die Wurstsemmel gegen mich zu schwingen.«

»Ach ja.« Der Dean starrte sie überrascht an und warf sie dann in den Papierkorb. »Könnten

Sie mit ihr sprechen? Als Vermittler? Ihren ganzen Einfluß geltend machen? Sie bitten, die Klage gegen diesen schrecklichen Menschen, mit dem unsere Tochter zu tun hatte, zurückzuziehen? Ich bin sicher, sie würde es tun. Aber was das Geld betrifft, das sie dem Spital aus dem Blaydon Trust versprach –«

»Diesbezüglich haben Sie nicht die leiseste Chance. Sie kann es nicht ausstehen, wenn man sie zum Narren hält.«

»Sie sind meine einzige Hoffnung, Lancelot, die einzige Hoffnung des Spitals.«

»Na, gar so pleite seid ihr ja nicht. Bingham hat immerhin noch meine Fünfzigtausend.«

»Ein Tropfen auf den heißen Stein, verglichen mit dem Blaydon-Vermächtnis.« Der Dean griff nach einem Scheckbuch, das auf dem Schreibtisch lag, und kritzelte etwas auf eine Seite. »Hier! Das geht zu Lasten von St. Swithin. Da haben Sie Ihr Geld auf Heller und Pfennig zurück.«

Sir Lancelot faltete den Scheck bedächtig zusammen und verwahrte ihn in der Tasche. »Ich sehe nicht ein, warum ich mich dadurch beeinflussen lassen sollte, da es ja sowieso mir gehört.«

»Lancelot, im Namen unserer lebenslangen Freundschaft, unseres gemeinsamen Berufes –«

»Aus dem Sie mich freundlicherweise hinauszuwerfen drohten.«

»Lionel, geh sofort hinaus!« Josephine war in das Arbeitszimmer getreten. »Los! Ich möchte allein mit Lancelot sprechen.«

Der Dean blickte unglücklich von einem zum andern, dann gehorchte er.

»Lancelot.« Sie beruhigte sich. »Ich muß Ihnen ein Geheimnis anvertrauen. Lionel soll geadelt werden.«

»Wußt' ich vor ihm, meine Liebe. Der Minister fischt in meinem Lachswasser in Wales. Als es soweit war, legte ich ein gutes Wort für ihn ein.«

»Oh, Lancelot! Welch ein gütiges Herz Sie unter der rauhen Schale haben!«

Er strich sich den Bart. »Ich habe meine weichen Momente.«

»Aber heute sind seine Aussichten auf Ehrungen zunichte gemacht worden.«

»Ich gebe zu, daß sie nicht eben verbessert wurden. Jemanden anheuern, um der Erzwohltäterin des Spitals das Silber zu klauen.«

»Aber Lionel sagt, Sie kennen Lady Blaydon. Könnten Sie nicht mit ihr reden? Ich flehe Sie aus ganzem Herzen an.«

»Nun gut«, beschloß Sir Lancelot. »Weil Sie mich darum bitten, meine Liebe.«

»Oh, Lancelot! Sie sind süß!«

Er tätschelte ihr die Wange. »Und wenn alle Frauen auf der Welt so wären wie Sie, Josephine, dann würde niemand an diese mageren jungen Dinger in kurzen Röcken und mit schmutzigen Füßen auch nur einen Blick verschwenden. Ich schlüpfe hier hinaus. Rufen Sie bei ihr an und sagen Sie, daß ich komme. Ihr Mann soll die Polizisten mit leichtem Geplauder unterhalten, bis ich wieder da bin.«

26

»Aber natürlich, Lancelot, das war ein Fehler von mir. Was für eine dumme Gans ich war! Ich hätte nicht gleich die Polizei rufen sollen. Aber ich hatte diese süße kleine Zuckerdose so gern. Und du weißt, wie viele Einbrüche jetzt in London verübt werden. Wirklich, die Kerle brechen ein und nehmen alles, buchstäblich alles mit; sie würden sogar die Tapeten von den Wänden reißen, wenn sie Zeit dazu hätten.«

Lady Blaydon, eine langbeinige Rothaarige, lehnte sich mit ihrem Gin-and-Tonic auf dem Sofa zurück und zündete sich eine neue Zigarette an.

»Mein liebes kleines Pudelchen –«

Sie lächelte zärtlich. »Seit Jahren hat mich niemand mehr so genannt. Mein Mann nannte mich nie so, kein einziges Mal.«

»Ich hoffe, dieser Zwischenfall wird an deiner Großzügigkeit hinsichtlich des neuen Traktes von St. Swithin nichts ändern. Das ist ein Projekt, das uns allen sehr am Herzen liegt, wie du weißt. Mir ganz besonders.«

»Aber gewiß nicht! St. Swithin liegt *mir* sehr, sehr am Herzen.«

Sir Lancelot schmunzelte. »Es war die zweite Maiwoche 1953, wenn ich mich recht erinnere. Im Krönungsjahr.«

»Ja, Le Touquet war zauberhaft. Welchen Spaß hatten wir doch damals. Wir tanzten sogar! Ich werde mich immer an den Schlager erinnern, er war aus dem Musical *Guys and Dolls* – ›Ich war noch nie zuvor verliebt‹.«

»Ich erinnere mich auch, daß dein Mann nicht ganz so großzügig war, wie du mich hoffen ließest, Pudelchen.«

Sie machte eine kleine Handbewegung. »Ach, er hatte nur eine schlechte Rennwoche hinter sich. Er hatte schon das Interesse an mir verloren. Aber alles in allem war unsere Ehe ein Erfolg – er bekam das Geld und ich den Titel.«

»Und du hast nie wieder geheiratet?«

»Ich hatte nie Zeit, Liebling, bei so vielen Freunden.« Plötzlich kam ihr ein Gedanke. »Möchtest du die entzückende Narbe sehen, die du mir gemacht hast?«

Sir Lancelot erhob sich. »Ich muß gehen.«

»Schon?«

»Ich muß mehreren Leuten aus der Patsche helfen. Dann muß ich schauen, daß ich in mein

Haus nach Wales fahre, wenn ich abends noch zum Fischen zurechtkommen will!«

»Aber warum bleibst du nicht in London? Es ist in diesen Tagen doch so aufregend.«

»Zu aufregend für einen alten Mann wie mich!«

»Alt? Bestimmt nicht, Liebling. Du bist noch ganz der alte, aber doch nicht alt!«

»Du führst mich sehr in Versuchung, dir das zu beweisen, liebes Pudelchen.« Er neigte sich zu ihr und küßte sie. »Diese Wiedersehen können schreckliche Anforderungen an die Gefühle stellen. Ich habe den Eindruck, meine brauchen eine lange geruhsame Erholung auf dem Land. Vielleicht mehrere Jahre lang.«

Es war früher Nachmittag, als Sir Lancelot abreiste. Der Dean war eigens zu Hause geblieben, um ihm Lebewohl zu sagen. Er stand mit Josephine an der Haustür, während Miss MacNish half, die Koffer im Rolls zu verstauen. Als Sir Lancelot auf den Fahrersitz kletterte, sah er, daß sie weinte.

»Das fand ich neulich zuunterst in meinem Koffer.« Die Wirtschafterin drückte ihm einen kleinen blau-weißen Porzellan-Aschenbecher in die Hand. Er las die Aufschrift: *Un cadeau du Touquet.*

»Ich hab sie nicht vergessen«, sagte sie unter Tränen lächelnd, »diese dritte Woche im Mai 1953. Krönungsjahr. Zum erstenmal im Leben im Ausland! Was war das für ein Schlager, den man spielte? Ich höre ihn noch manchmal im Radio – ›Ich war noch nie zuvor verliebt‹ – aus einem dieser Musicals, *Guys and Dolls*. Man bedenke: Ich war ein junges Mädel, gerade aus Aberdeen angekommen, und öffnete bei Ihnen die Tür und nahm in Ihrer Ordination in der Harley Street die Telefonate entgegen.«

Sir Lancelot tätschelte ihr die Wange. »Auch ich werde jenen Frühling in Le Touquet nie vergessen. Und glaub mir, meine Liebe, du hast dich wirklich kein bißchen verändert.«

Er winkte. Alle riefen Lebewohl. Er gab Gas. Er fuhr nach Westen. Vor der ersten Verkehrsampel saß er tief in Gedanken versunken. »War auch eine verflucht gute Empfangsdame, das Mädel«, sinnierte er.

Als der Dean die Haustür schloß, gestand er seiner Frau: »Wie falsch habe ich diesen Mann mein ganzes Leben lang beurteilt.«

»Wie so viele, Liebling.«

»Er hat zwar eine rauhe Schale, aber darunter schlägt ein Herz aus Gold, aus purem Gold!«

Sie gingen ins Arbeitszimmer.

»Dennoch war ich ein wenig überrascht, muß ich sagen«, fuhr der Dean fort. »Ich bin gewiß ein eifriger Student der menschlichen Natur – wie alle Ärzte –, und nach allem, was ich ihm angetan habe, hätte es eigentlich der Uneigennützigkeit eines wohlbestallten Heiligen bedurft, so großzügig meine Haut zu retten und meinen Adelstitel.«

»Lionel –« Sie biß sich auf die Lippe. »Er hat es für mich getan.«

»Er hat dich gewiß immer sehr verehrt.«

»Lionel – ich muß dir etwas mitteilen.« Der Dean starrte sie an. »Erinnerst du dich an den Sommer 1953, als ich behauptete, ich könnte die Menschenmassen in London anläßlich der Krönung nicht ertragen? Ich ließ die Kinder bei dir und Nanny, um vierzehn Tage zu meiner Schwester aufs Land zu fahren. Nun, ich war nicht bei ihr, zumindest keine vierzehn Tage. Eine Woche, es war die letzte Maiwoche, verbrachte ich mit Lancelot. In Le Touquet. Ich erinnere mich lebhaft daran, sooft ich den Schlager ›Ich war noch nie zuvor verliebt‹ aus *Guys and Dolls* höre.«

»Großer Gott, willst du damit sagen, daß du –?«

»Leider ja, Lionel.«

»Du warst ...?«

»Leider ja, Lionel.«

»Mit Lancelot?«

»Leider ja, Lionel.«

Der Dean schüttelte langsam den Kopf. »Ich werde die Seiten im Protokollbuch des Disziplinarausschusses doch lieber wieder zusammenkleben.«